2

著 鉄人じゅす
ill 煮たか

TOブックス

contents
目次

イラスト／煮たか　デザイン／伸童舎

第三章 ポーション使い、黒の民の里へ行く

カナディアの故郷、黒髪の民の集落は工芸が盛んな街【エグバード】のさらに南にある森を抜けてすぐの所に存在した。

集落のまわりは険しい山々に囲まれて、地図上だとその先は断崖絶壁（だんがいぜっぺき）で海となっている。

集落の近くには川が流れており、畑や米が作れる田んぼと呼ばれる農地があちこちに存在していた。

まわりから秘匿（ひとく）できて、自給自足ができる場所か。

広大なこの土地が今まで誰にも気づかれていなかったなんて信じられない。

「ふぅ、やっとここまで来れた」

カナディアが俺の下を出て行って二週間。彼女を連れ戻すために様々なツテを使ってようやくこの場所まで来ることができた。

黒髪の民の集落か……。王都へ出る直前に一番のツテであるＳＳ級の冒険者であるペルエストさんに会った時のことを思い出す。

「ペルエストさん、ヴィーノです。お時間よろしいでしょうか？」

「ああ、入れ」

扉を開けてペルエストさんの執務室に入る。

「来ると思ったぞ、ヴィーノ」

重厚な声と威厳（いげん）のある鋭い目付きで俺を見据えてくる。

「カナディアがいなくなった件だな。来ると思ったぞ、ヴィーノ」

「やっぱりですか……。それなら話が早いです」

ペルエストさんの執務室は各国の装飾品が飾られて彩られている。

外国出張の多いペルエストさんならではの部屋だと思う。

王国最強の冒険者。それはすなわち冒険者や兵士、傭兵(ようへい)その他含(ふく)めて、王国で最も強い人間であることを示す。

「カナディアの故郷について教えてください」

「……」

様々なツテを頼ってカナディアが向かった所はある程度特定できるようになった。

しかしその場所は王国の地図にはまったく載っていない場所であった。

S級冒険者の誰もが行ったことのない区域。いつもその場所の調査はSS級のペルエストさんが行っていた。

「この区域にカナディアのふるさと。黒髪の民の集落があるんじゃないですか」

「よく調べ上げたな。ヴィーノ」

ペルエストさんは嬉しそうに言う。

俺は指につけているカナディアがくれたルビーの指輪を隠すことにした。カナディアの黒魔術により追跡魔法がかけられておりだいたいの方角や距離がこれによって分かっていたのである。

ペルエストさんに褒(ほ)められた件をわざわざ否定するのはやめとこう。

「じゃ、本当に……カナディアはそこに？」

「ああ」

ペルエストさんは頷いた。

「おまえはカナディアと共にいるなら分かるな。黒髪が忌み嫌われていることを」

それはよく分かっている。

黒髪は死を呼ぶ、死神を象徴していると。

交易の街でも工芸が盛んな街でも王都でもそのような言葉で詰られていることを今までずっと見てきた。

カナディアも理解者が増えたおかげで生活に不自由はないがトータルで見るとやはりほとんどの人から迫害を受けていると言っていい。

「どうしてこの国はここまで黒髪を嫌っているのかと思っています」

「ここまでか……。もし、王国が世界で一番黒髪に優しい国と言ったらどう思う？」

「はっ⁉　そんなはず……」

ペルエストさんは俺の目をじっと見つめる。

まさか……そうなのか？

ＳＳ級冒険者として世界中をまわってきたペルエストさんだから分かるのか。

「黒髪の民による村。それが許されているのは世界でただ一つ。この王国のみだ」

「ほんとですかそれ」

「この王国が白の国の影響力を受けていないことが大きい。もちろん国外にも黒の民は存在するが、いずれも山奥で細々と暮らす程度だ。村を形成するほどの人材は集まらない」

白の民の話はアメリがちょろっと言っていたことがきっかけで独自で調べたことがある。

国の規模はそう大きくはないが、なぜか諸外国に強い影響を持っている。それが白の国である。

王国からはかなり遠く離れており、王国新聞であるキングダムタイムズでもそこまで大きく取り上げられていない。外国へ行ったことのない俺では認識しづらい世界なのだろう。

「このことはこの国の王、法的機関の最高幹部、わずかな貴族、そしてギルドマスターと俺しか知らない」

「本当に極秘な話なのですね」

「俺は黒の里の管理をカナディアに引き継ごうと思っていたからな。一緒に仕事をすることが多いおまえならばいいだろう。あの娘と仲良くできるのなら問題はない」

「そういうことですか。やっぱり、カナディアとペルエストさんは元々面識があったのですね。もしかして交易の街へカナディアを連れてきたのも……」

「遠回しだがそうだと言えよう」

ペルエストさんは昔話をしてくれた。

黒の民の村と唯一（ゆいいつ）面識のある冒険者であるペルエストさんは半年に一度来訪し様子を見ているらしい。

世間的には黒髪は忌み嫌われて、白の国に近ければ近いほど黒髪の迫害は強く、生きていくのは難しいと言われている。

　昔は黒髪狩りなどもあったそうだが……時代は移り変わり迫害は残れど黒髪の人を殺したりするのは人道的にまずいという形となっていた。

　それでこの国の王は黒髪の一族の歴史的価値から保護するように働きかけた。なるべく白の国に気付かれないように細々と暮らせるよう計らっている。

　そんな中黒髪の一族の末裔であるカナディアが立ち上がった。

　ペルエストさんも幼少の頃からカナディアのことを知っているのでいろいろ説得したみたいだけど根負けしてしまったようだ。

　ただ……ペルエストさんと黒髪の一族の関係が明るみに出ると動きが制限される可能性があるので十五歳になったカナディアは後ろ盾無しで交易の街へ向かうことになる。

　その後は俺が知る所に繋がる。

「あの娘の父親も大した剣豪だった。その血を受け継いだカナディアならもしかしたらと思ったんだ」

「一人でA級になるだけの素質がありましたからね。それに今の実力なら俺の支援無しでもS級になれたんじゃないかと思っています」

　技術を極限まで磨いた俺と違いカナディアはまだまだ成長期だ。日に日に成長し、強くなっている。

　あのアメリが数年もしないうちに実力で抜かれると言っていたくらいだ。

　見た目じゃ分からないけど九年の差を技術の差で追い抜かすのって相当の才だと思う。

　最後にこれを聞こう。

「黒髪の一族って何なんですか」

「……」

ペルエストさんが口を開こうとして噤んでしまう。言いあぐねているのかもしれない。

最高機密そんなようにも見える。少しの間の後、ペルエストさんが口を開いた。

「俺の口からは言うことはできない。……あの娘の両親に聞くといいだろう」

カナディアの両親か。大太刀を教えたのが父親だっけ。

やはり直接行くしかないな。

「あの一族は頑固で有名だ。大変かもしれんが頑張れよ」

「ありがとうございます」

「あの子は俺にとっても娘のような子だ。今回の件……連れ戻すなら目を瞑るが分かってるな？」

「うぐっ⁉」

実は怒っていた⁉

こ、これは絶対に連れ戻さないと俺が王国にいられなくなってしまう。

いいさ、元々絶対連れ戻す予定だったんだ。やるしかない！

「まぁいい。おまえの動きはこの目である程度見えている。自分なりのやり方でいくといいさ」

「は、はい」

ペルエストさんの瞳がきらりと光る。全てを見通す神の眼、【神眼】。それがペルエストさんの二つ名である。

あの人に知らないことは何一つとしてない。

ペルエストさんから黒髪の集落に入るための推薦状を貰った。

「そんなことがあったんだ」

隣を歩くスティーナがそんな言葉を漏(も)らす。

今回の件、俺だけの問題だったんだがスティーナも同行してくれることになった。

「あたしも行くわ。カナディアは友達だから。……それに泥棒(どろぼう)ネコはダメって言われてるし」

とのこと。ちょっとよく分からないけど正直ありがたかった。

一人で向かってカナディアに拒絶されてしまったら恐らく立ち直れない。

そんな時は慰(なぐさ)めてほしいと思う気持ちも少々、スティーナが側にいてS級として弱い所を見せては駄目だという気持ちが大きくある。

その気持ちが奮(ふる)ってカナディアを取り戻す意思に昇華(しょうか)できている。

「何よ、あたしのことじろじろ見て」

「俺にとってスティーナはわりと大事な存在だったんだなって」

「はぁ!?　ま、まぁ悪い気はしないけど」

スティーナは顔を紅くしてプイと顔を背けてみせた。

よし黒髪の民の集落に到着だ。

到着した集落の入口にはごつい体をした男が四人、槍（やり）を立てていた。

俺達の姿を見つけて二人が互いに槍を交差させて入場を遮断する。

もう二人が俺とスティーナの後ろにまわりこむ。全員、黒髪の男達であった。

「何用だ！　この地に何用で参った」

俺はスティーナに目線で抵抗しないよう指示し、手を挙げることにした。

「さすがにこれは横暴じゃないか？　まだ何もしてないのに」

「うら若き男女。兄妹（きょうだい）で迷い人か？　この場所を知られたからには生きて帰すわけにはいかん」

「兄妹じゃないし……」

スティーナから抗議の声が上がる。

俺もスティーナも金髪だから間違えられてもおかしくはない。

この口ぶり、迷子でここにやってくる人がいたのだろう。

だけどここは秘匿の場所ゆえに絶対知られるわけにはいかない。

迫害された黒髪の民のことを思えば当然と言える。

「俺はヴィーノ。今回、冒険者のペルエストさんの紹介でこの集落へ来た。もちろん紹介状も持っている。長と話がしたい」

「……ペルエストさんだと？」

門番達の間で騒（ざわ）めきが起こる。

持ってきた紹介状には冒険者ギルドの承認印やペルエストさんのサインも入っている。

さすがに無視できないはずだ。

「あの人は仕事熱心な方だ。こんな若造に大事な役目を渡すはずがない」

「そうだ！　もし本当だったら一緒に来るはずじゃないのか」

再び槍を向けられる。

一理ある。それほどにペルエストさんは彼らの信頼を勝ち得ているということだろう。

だけど俺だって引くわけにはいかないんだ。

「教えてくれ！　カナディアがこの集落にはいるんだろ？」

門番全員の顔つきが変わる。

カナディアがここにいるのは間違いない。ルビーの指輪の反応もこの先を示している。

「俺はカナディアを追ってここまで来た。大事な仲間なんだ。会わせてほしい！」

「何用だ」

俺の叫(さけ)びに動揺していた門番達であったが、集落側から聞こえる落ち着いた男性の声に俺もステイーナも門番達の視線がそちらに移行する。

王国ではあまり見られない和服を着こなす初老の男性がそこにはいた。

服の上からでもわかるほど筋肉が隆起(りゅうき)しており、鍛(きた)え上げたその体は強者の様相を示していた。

口髭(くちひげ)に白髪交じりの黒髪。威厳を感じさせる顔立ちから五十代くらいに思えた。

「村長(むらおさ)、この村に迷い人が来たんだ」

「迷い人は何ぴとたりとも生存はさせぬ。それはヌシ達が一番理解しておるだろう」

「あ、ああ。だけど……こいつらペルエストさんの紹介状を持っていて」

「ふむ」

門番の一人が村長に紹介状を渡した。

この人がこの集落の長か。この圧倒的な威圧感、この人だけは違うと腰に備えたポーションが揺らいで伝えてくれる。

「王国の冒険者よ、黒の民の里へよくぞ参った。歓迎しよう」

その言葉に俺とスティーナは一息つく。

「いいんですかい？　素性が分からないのに」

「このサインはペルエスト殿のもので間違いない。彼が認めた者を通さねば長年の恩を仇で返すことになるぞ」

門番達はその言葉に押し黙ってしまった。

ペルエストさんってものすごく慕われているんだな。

俺もいつかはこんなことを言われる冒険者になりたいものだ。

「さて冒険者諸君。さきほどカナディアの名前が上がったが……どういうことかな」

「カナディアは王国で俺……ヴィーノとスティーナの三人でよくパーティを組んでいたんです」

「ほぅ」

「でも不幸な行き違いでカナディアが離れてしまって……。でも俺はカナディアのこと大事な仲間だと思っているんです。だからペルエストさんに頼んで紹介状を書いてもらいました」

「ふむ」

「カナディアに会わせてください！　俺、あいつに伝えなきゃいけないことが山ほどあるんです！誰よりも大事で……大切でカナディアがいない生活なんて考えられない！」

「つまりお主はカナディアを引き取りたいと申すのかな？」

「はい！　また一緒に王国で暮らしたい。二人で住んで過ごしたあの家に戻って本当の意味で結ばれたい。ってあのー、お顔が般若のようになっていますよ？」

「そうか。お主があの子が言っていた男か……」

「へっ」

「ハアアアアアァァァァァァアアアァ！」

村長の和服が弾け飛び鋼の肉体が露わになった。

そしてどこからか取り出した大太刀がキラリと俺に向けられた。

「カナディアが言っておったぞ。王国で愛した人に弄ばれたと、純情を踏みにじられたと」

「うっ！」

この感じ……俺はとんでもないことをやらかしてしまったのかもしれない。

村長は話を続ける。

「ワシの名はシュウザ。カナディアはワシの大事な一人娘じゃ。さぁ……しっかり話を聞かせてもらおうかのう！」

「……は、はい」

肩をバンと叩(たた)かれて、そのまま恐ろしい力で肩を握(にぎ)り込まれる。

一人娘の親父って最悪なパターンじゃねぇか。

逃げ出したくなったが……もはや逃げ場はどこにもなかった。

そして。

「ヴィーノ、修羅場(しゅらば)だね！　ふふふ」

スティーナがすごく楽しそうなのが癪にさわった。この女、後で覚えてろよ！

村長のシュウザさんに案内され、俺とスティーナはこの村で一番大きな家へと通された。

村長の家だけあり、他の家とは比較にならないほど大きい。

家というよりは屋敷というべきだろう。小綺麗(こぎれい)な客室に通された俺たちはさっそくシュウザさんと向かいあう。

テーブルを挟んで座り合うが……大太刀を机の上に置くのをやめてくれないかな。

発言を間違えたら斬(き)り殺されてしまいそうだ。

「よければ王国でのあの子、カナディアの暮らしを教えてはくれないだろうか」

「あ、それなら」

「貴様には聞いとらん」

「はい」

最初の印象最悪だよ！

この人がカナディアの父ってわかっていればあそこまで言わなかったのに……。失敗したな。

「あたしはスティーナと言います。カナディアと同じパーティを組んでいてあたしにとって大事な友人なんです」

「そうか、そうか！　あの子にも同世代の友人が出来たか。嬉しいのぅ」

「冒険者としてはカナディアの方が格上なので先輩として頼りにさせてもらってます。休日は一緒に買い物を楽しんだりしてますね」

「微笑ましい！　これからも仲良くしてやってくれるかな？」

「当然です。早くカナディアと会いたいです！」

　この女、騙ってやがる。

　確かに仲良しだけど！　まるで長年切磋琢磨して時に友人、時にライバルみたいに演じている。

　知り合ってまだそんな経ってないからな！

　さすが元怪盗、シュウザさんの心をばっちり盗みやがった。

「カナディアは今、どこにいるんですか？」

「ふむ、会わせてやりたいのだが……昨日から修行で森に籠もっているのだ。邪念を振り切り太刀術の奥義を極めんとする。そこのゴミクズを斬ろうとしているのだろう」

　うぐっ。

「じゃがスティーナさんは別じゃ。この村を満喫してくれい！」

「ありがとうございます。おじさま！」

「スイ、スイはおらんか！　スティーナさんにお茶菓子を持ってきてくれ」

「はーーい」

遠くから女性の声が聞こえ、足音を立てて近づいてきた。

客室の襖を開けて、女性が手を床に付け礼をしてきた。

「お客様、ようこそおいでくださいました。カナディアの母のスイファンと申します」

「おわっ」「すっごい美人」

黒髪の和服美人がそこにはいた。

カナディアをさらに大人にさせたような容姿で瓜二つであった。

何だか胸がドキドキしてくる。

カナディアのお母さんだぞ！　変な気持ちになったらだめだ。

シュウザさんが五十ぐらいとしたら奥さんであるスイファンさんは四十後半くらいだろうか。

いや……どう見ても三十前半、二十後半だろ。

これが噂の美魔女ってやつなのかもしれない。

「おっぱい……大きい。やっぱ血筋かぁ」

思ったけど口に出すなよ。

スイファンさんがお盆に載せた茶飲みを俺とスティーナの前に置く。次においしそうな饅頭も置かれた。

「おい、その馬の骨に高級菓子など渡すな」

「ですが」

「カビ生えたせっけんがあっただろう。あれでいい」

よくねぇよ。せめて食べられる物にしてくれ。

「もうあなたったら。カナディアがお世話になったのですから礼をつくさねばなりませんよ」

「むぅ……」

シュウザさんが押し黙った。

なるほど、この家で最も強いのはスイファンさんか。

「ヴィーノさんでよかったですよね？」

「は、はい！」

「ヴィーノさんから見てあの娘、カナディアはどうでしたか？　是非(ぜひ)とも聞かせてください」

俺はカナディアとの冒険の話を思い返すように語った。

さすがに迫害など悲しいお話は避け、パーティを組んだ後からのお話を続けた。

驚くことにシュウザさんは険しい顔をしながらも話を聞いてくれた。

実際のカナディアの活躍を説明できるのは俺だけだからな。素直に全てを語った。

全てを語り終えた後、スイファンさんはくすりと笑みを浮かべた。

「ふふ、カナディアは好い人に出会えたようですね」

「好い人……ですか。本当にそうでしょうか」

「カナディアとの暮らしを話すヴィーノさんの顔はとても優しさに満ちていましたよ。あの娘もきっと……それはわかっていると思います」

「でも俺はカナディアを傷つけてしまいました」

「その通りだ！」

シュウザは声を荒げた。

「カナディアは泣きはらした顔で帰ってきたのだぞ！　貴様分かっているのか！」

「っ！」

「我らの一族が秘匿されていることが許せず、高い志を持って出て行ったのにわずか二年ほどだ！　あの子の悲しさを思うと涙が止まらん。あの子はまだ十六歳だ！　ワシは男に捧げて泣かせるために王国へ差し出したわけではない！　まだ若いあの子を傷つけおって！」

「……申し訳……ありません」

返す言葉もなかった。

信じて送り出した一人娘が泣きはらして帰ったんだ。元凶の俺は叩かれてもしかたない。

「どうせあの子の強さか、美しい容姿に目を付けただけだろう」

「違います！」

俺は自然と叫んでいた。

「確かに俺はカナディアに好意を抱いていました。もちろん、その恵まれた容姿にも見惚れていたのです。でも、一番は、一番は」

胸の中に潜む気持ちが溢れ出してきた。

「俺はカナディアの夜空のように美しい黒髪が一番好きなんです！」

「は？」「あらっ」

シュウザさんもスイファンさんもその言葉に目をぱちくりとさせている。

少し時が止まり、シュウザさんが口を開いた。

「き、貴様正気か……？　黒髪が呪われているこの世でそんな」

「正気ですよ！　滅茶苦茶綺麗じゃないですか！　カナディアの黒髪を見続けたいんです！　死ぬ時はカナディアの黒髪の中って決めているんです！　俺はカナディアの黒髪も……カナディア自身も愛しています！」

勢いよく言葉を吐きすぎて、胸が痛く、息が荒くなる。

だけど紛れもない本心だ。

かつて仲間に捨てられドラゴンに喰われそうになった時、カナディアに助けてもらった時のあの姿を一度だって忘れたことはないんだ。目を瞑れば今でもなびく黒髪を思い出せる。

「……」

唖然と俺を見る両親に思わず口を手で押さえてしまった。

シュウザさんは立ち上がる。

「チッ！」

「ワシが貴様を試してやる。結婚とは親に認められてなんぼじゃ！　裏の広場で待っちょる。準備が出来たらかかってこい」

それだけ言い放ってシュウザさんは立ち去ってしまった。

これはいったい……どういうことなんだろう。

スイファンさんに視線を送る。

「よかったですね。シュウさんに認められたのですよ」

「え、あれで⁉」

あの仏頂面（ぶっちょうづら）で認められたなんて思えないんだけど……。

隣のスティーナも同じ気持ちのようでお互い見合った。

「黒髪を愛される。私達黒の民にとってその言葉は何よりも嬉しいことなんです」

そうか。

そういえばカナディアもそんなことを言っていた気がする。

俺はあの黒髪の良さに惚（ほ）れ込んでしまっているが現実、黒髪は忌み嫌われている物だ。

「君の黒髪が好きって言葉はシュウさんの求愛の言葉でもあったのですよ」

「きゃっ、いいわね！」

あの豪傑（ごうけつ）がスイファンさんにそんな歯が浮く台詞を放ったのか。

お姫様願望のあるスティーナも思わずうっとりだった。

「スイファンさんはその……娘、カナディアのことをどう思っているんですか？」

「我が娘ながら情けないと思っています」

「え」

予想外の発言だった。

「一度夫と決めた者を命がけで愛することが妻の役目。それを投げ出したあの娘には妻の自覚がありません」

「でも……実際、俺とカナディアはそういう関係ではなかったですし」

「そうは言ってもずっと一緒だったのでしょう？　あの子はあなたを夫と思っていた。夫の浮気にも寛容になるべきです」

　スイファンさんはさらに続ける。

「夫を惑わす泥棒ネコには死を与える。それが妻の役目ですから」

「んぐっ」

　スティーナの額から汗が流れ始める。

わ、話題を変えた方がいいだろうか。

よし、シュウザさんには聞きづらいけどスイファンさんならいいだろう。

「カナディアが泣きはらした顔をしていたと言っていましたがやっぱり……俺のことを悪く言ってましたか？」

「ふふっ」

　スイファンさんは吹き出すように笑った。

「シュウさんはあのように語りましたが帰ってきて二日目以降のカナディアは随分と落ち込んでいましたよ。やりすぎてしまったとか冒険者の責務から逃げてしまったとか。冒険者として情けない姿でしたが、やはり娘ゆえに甘くなってしまいますね」

「仕事の方は大丈夫です。きっかけを作った俺が言うのも何ですが……カナディアの帰りをみんな待ってます」

「そしてもう一つ。スティーナさんが泥棒しないかしきりに心配されてましたよ。やはりそうなのですか？」

「にゃん⁉　そそそ……そんなことにゃいです」

「猫を被（かぶ）ってたのバレてるじゃないか。ザマァないな」

「うるさいわね！」

「あらあら仲良しですね。浮気をした夫は許せと言いましたがやはり家長としてケジメをつけないといけませんね」

「へっ、け、けじめですか？　それはいったい……」

「女にすぐ手が出てしまうその腕を折るぐらいはしてもらわないといけませんね」

間違いない、この人やっぱカナディアの母親だ。

カナディアの人生観は全てこの人からの受け売りに違いない。

スイファンさんの発する気迫に俺もスティーナも汗が止まらない。

「ただ……それを決めるのはあの子ですから。これからも仲良くしてあげてくださいね」

俺とスティーナは項垂（うなだ）れるように頷くしかなかった。

◆　◇　◆

シュウザさんが待つ場所へスイファンさんに案内してもらうことにした。

娘との結婚を親に認めてもらうための試験ってところか。

カナディアの大太刀はシュウザさんから教わったことに違いない。

おそらく戦うことになるだろう。

「スイファンさんっておいくつなんですか？　すっごく若く見えますよ」

「あらあら……ありがとうございます。でも年相応ですよ」

スティーナの質問にスイファンさんは柔和な笑みのまま言葉を返した。

どう見たって年相応に見えない。

四十後半ぐらいのはずが、二十後半ぐらいにしか見えないなんて美魔女そのものだ。

カナディアの母だけあって美人でスタイルも抜群。シュウザさんもよく射止めることができたな。

「いや、ほんと若いですって。どう見たって二十代後半にしか見えないですから」

「はい、二十代後半ですよ」

「は」「は」

俺とスティーナの言葉が重なる。

「私、今年で二十九歳なんです」

「え、じゃあカナディアは……」

「ふふ、あの娘は私が十三歳の時に産んだ子なのですよ」

美魔女だと思ったら普通に若かった件。

「よく姉妹って言われるんですよ。カナディアは不服らしいですが」

スイファンさんは笑って言う。

そりゃ二十九歳と十六歳だったら年が離れた姉妹にしかならねーわな。

「あ、あの……じゃあシュウザさんは？」

「シュウさんは今年で五十になります」

年の差二十一歳⁉

「どんな縁で結婚したのよ……」

「ふふ、あの人が私の家庭教師をしていて、その縁ですね」

手を出しちゃったかー！

「えっ、十三歳って成人前でしょ？　引くわ」

十五歳で成人の世で十三で手を出すのはかなりヤバイことである。

スティーナもぞっとした顔をする。

さっきシュウザさんに思いっきりどやされたけど、あのおっさん十三歳を妊娠(にんしん)させてんだろ。

どの面(ツラ)で俺に説教してきやがったんだ。ちょっと腹が立ってきた。

「そんなわけですからあまり気にしなくていいですよ」

スイファンさんに案内され、俺とスティーナは屋敷の裏の広場へと向かう。

そこにはシュウザさんともう一人、男性がいた。

「怖気付(おじけづ)いて逃げ出したかと思ったぞ若造」

成人してない女性に手を出したクソ野郎と思うと恐れは全くなくなるな。

口に出すと険悪になるから我慢しないと……。

「シュウザ殿、その若者がカナディアちゃんの婿(むこ)候補か」

男性が値踏みするようにじろっと見てくる。

この男性も黒髪でシュウザさんと近い年齢に見える。近所のおじさんとかそんなんだろうか。

シュウザさんと同じく鋼の肉体を誇っている。

二人とも上半身裸ってどういうことだろう。黒髪の一族ってすげーな。

「では義父上(ちちうえ)。一族に伝わる婚姻(こんいん)試験を行ってください」

義父上⁉

もしかしてこの人ってカナディアの祖父になるのか。

「つかぬことをお聞きしますがカナディアのお祖父(じい)さんはおいくつなんですか？」

「お？　ワシか？　今年で五十二歳じゃい」

シュウザさんと二歳しか変わらねえじゃねえか！

スイファンさんが二十九歳なら普通ぐらいの年だ。

義理の親子なのにほとんど歳が変わらない。

「どうした若造さっさと準備しろ！」

シュウザさんがイビリ散らしてきたのでやり返してみよう。

「お祖父さん。シュウザさんが十三歳のスイファンさんと結婚された時も同じ試験をやったんですか？」

「んがっ⁉」

思わぬカウンターパンチを与えられたのかシュウザさんは焦った顔をする。

「そうだのう。あの時はワシもさすがにブチギレてもーたわ。二歳違いの男が十三歳の娘を嫁に欲しいと言い出した時は思わず半殺しにしちゃったなぁ」

「お、義父上……昔のことはその良いではないですか！」

「まぁそうじゃの。おかげでカナディアちゃんという可愛い孫も出来たし、ひ孫、ヤシャ孫も見れる可能性があるんだ。喜ばしいことだ」

お祖父さんは柔らかな表情をしていた。

「お主がカナディアちゃんと結婚してひ孫をたくさん作ればワシは満足じゃい」

「義父上！　カナディアにはまだ早いです！　親が子を守るのです！」

十三歳の子供を妊娠させた男が何をと思うけどまぁ気持ちは分かる。

振り向くと後ろのスティーナがすっげー呆れた顔をしていた。

男達ってほんとクソねって今にも言いそうだ。その男達に俺まで含まれてそうなのが辛い。

「とにかくカナディアの気持ちも大事ですが両親にも認められなきゃ意味がない。その婚姻試験とやら……乗り越えさせてもらいます」

「ははっ、言ったな若造！」

「言っておきますが俺は手強いですよ。お祖父さんとシュウザさんの二人相手でもやってやる！」

伊達に数ヶ月S級冒険者をやっていたわけじゃない。

人間相手だと本気で投げられないがやりようはある。絶対負けない。

俺はホルダーからポーションを取り出す。

「何を言っておるんじゃ婿殿は」

呆れた声を出すお祖父さんに戦意がガクッと削がれてしまった。

シュウザさんは大太刀を背負っているが手には違うものが持たれていた。

お祖父さんも同じものを持っている。

これは木の棒……？　いやそれにしては丸くまっすぐ伸びて、うまく加工された一品だ。

あんな道具初めて見た。

「婚姻試験とは一球入魂！　義祖父とヤキュウ勝負をするのだ！　ワシのバットを空振りさせればお主の勝ちじゃ！　カナディアちゃんとの結婚を認める」

「はぁーー？」

ヤキュウってなんだ。何の遊びだ。

戸惑っているとお祖父さんが説明してくれた。

どうやら俺がコンテナに山積みとなっている球を掴んでぶん投げる。

その球をお祖父さんが打ったら俺の負け。木の棒を空振りさせたら俺の勝ちということらしい。

球を触らせてもらったが思った以上に硬い。

うーん投げられはするだろうけど……やり慣れてそうなお祖父さん相手に空振りとか取れる気が

しない。どうしたら……。

戸惑っている俺にシュウザさんが近づいてきた。

「若造。貴様、ポーションを投げるそうだな」

シュウザさんに言われて俺は摑んでいたポーションを取り出す。

「真剣勝負でなければ意味がない。ボールではなくポーションを義父上に投げるといい」

「いいんですか？　勝ってしまいますよ」

「ふん、やれるもんならな」

シュウザさんもお祖父さんも俺の投擲を甘く見ている。

カナディアからポーション投擲を聞いたのだろうが実際に知識で知るのと見るとでは全然違う。

伊達でＳ級やっているわけじゃない。

それに人間に当てる必要がないのであれば本気でぶん投げることができる。

「スティーナ、俺にポーションを渡してくれ」

「うん」

全力投球ならホルダーを外しておいた方が投げやすい。

スティーナに補助をお願いした。そしてシュウザさんが何故か後ろに来る。

「せこいマネしないように監視する必要があるからの！」

「さぁ婿殿！　来るがいい！」

「胸を借りさせていただきます！」

一回で決めてやる。

こんな茶番を終わらせてカナディアを迎えに行き、想いを告げるんだ。

俺はポーションを右手で掴み、大きく足を上げ、腕を大きく回した。

全力のポーション投擲。

S級魔獣のタイラントドラゴンの首ですらぶち折ったこの技をあんな柔(やわ)な木の棒で打てるハズがない。

「ストレートポーション。ブチ抜けぇぇぇぇっ！」

紛れもなく全力の投擲だった。

威力を高めて相手にねじ込み撃墜(げきつい)するジャイロポーションではなく、スピード重視のストレートだ。

その豪速(ごうそく)とも言えるポーションは速度以上の威圧感を与えると他のS級冒険者から言われている。

まっすぐど真ん中、このスピードが当てられるはずがない。

そう思っていた。

「ハッハァッ！　絶好球じゃあのおぅぅぅぅ！」

お祖父さんがとてつもない速度で両腕を動かし木の棒を振る。

それはまさに一瞬とも言える速度の一振りだった。

アッパースイング気味だったその一振りは……。

俺の投げた最速のポーションを打ち返し、俺の頭上遥(はる)か彼方(かなた)へ飛んで行ってしまった。

「打たれた……だと」

避けられたことやカットされたことは今までも何回かあった。

もしそれだったら悔しいという気持ちが先行しただろう。

でもあのような形で打ち返されたことは今までなかった。

完全な敗北は……初めてだったかもしれない。

思わず膝をつきそうになる。

「ヴィーノ！　まだ終わってないでしょ！」

「あっ……」

スティーナの声につきそうになった膝はすんでの所で止まる。

そうだ。この試験は一回勝負じゃない。

お祖父さんは再び木の棒を構えている。俺の心が折れるまで相手をしてくれるのか。

「カナディアのために来たんでしょ！　たった一回くらいで落ち込むな！」

「ああ！」

「あなたにはジャイロも変化弾もあるじゃない。全部やりきってから落ち込みなさい！」

スティーナの叱咤激励に腕に力が入ってくる。

そうだ。最近はご無沙汰だったけどパーティを追放されるまではずっと負け続けだったじゃないか。

少しでも仲間のために強くなるためポーション投擲を学びまくったんだ。

俺のこれまでに覚えた、力全てを使い切ってやる。

「お祖父さん！　やらせてもらいます！」

「おぅよ、婿殿！　何発でも相手になってやるわぃ！」

ストレートは通用しなかった。お祖父さんは恐ろしく目が良いんだと思う。

俺は足を上げ、腕を回す。

握りはそう……ジャイロポーション。

一日数回しか投げられないこの投擲でお祖父さんを打ち崩(くず)す。

「ジャイロポーション！」

回転の増すポーションは圧倒的な貫通力(かんつうりょく)を持つ。

いくらお祖父さんのスイングが見事でもこの貫通力の前には成す術(すべ)も無い。

ポーションはまっすぐ突き進み、予想通り振り抜かれた木の棒を押し続ける。

「ぬう！」

さっきは一気に振り抜かれたけど、今回はそれが出来ていない。

このままバットを貫いて空振りさせてやる！

行け！

「良い球じゃ！　だが……まだ若い！」

「なっ！」

一瞬バットがブレたように見えた。

その瞬間押しに押していたポーションが軽やかに俺の頭上の後方、遥か彼方へ飛んで行ってしまった。

ジャイロポーションも打ち崩されてしまった。

「何でポーションが打ち返されるの……？　当てたら割れるでしょ」

その質問はごもっともだ。ただ打つだけならポーションの瓶は軽やかに割れてしまう。

「スティーナさん、簡単なことだ。義父上はヒッティングの瞬間にバットを回転させ、空気の流れを生み出しているのだ。その空気の流れにポーションが呑まれ、逆へと向きを変える。その後はただ押し出すだけでポーションは若造の方へと向かっていくのだ」

言葉ではたやすいがやってることは無茶苦茶だ。

だがその方法を使えばジャイロの貫通力も無意味となる。

やはり当てずに空振りさせるしかないか。

「おじさま、よく……カナディアのお祖父さんから空振りさせることができたわね。おじさまもこの婚姻試験をやったのよね？」

「今ほどとんでもないわけでもなかったがワシも空振りさせるのに十年以上かかったのだ。未だ九割は打たれてしまう」

「え、じゃあどうやって結婚が認められたの？」

「あ、その……スイが妊娠したので特別に」

「おじさま……正直、引く」

「うぐっ！」

何か気が抜けそうな会話をしているが何とか空振りを取るしかない。

軌道を変えるポーションを何発も投げてみるが全て適応し、打ち返してくる。

しかしやはりまっすぐ投げるよりはジャストミートされていない。

相手のバット目がけてポーションを投げて、跳ね返ったものをキャッチする。

だめだ、今回の条件は空振りさせることだ。

「その年でこれだけの変化球を投げるとは大したもんじゃ。ボールに慣れたらヤキュウができるぞ！　婿殿、はよー、婿になれぇ」

……正直手が無くなってきた。こんな時どうするのが一番なんだ。

いろいろ思うがどう変化させても打たれてしまう。

俺の頭だけでは限界だった。

でも、……一つだけ思い浮かぶことがあったんだ。

それは俺がポーションで支援している時のカナディアとスティーナの姿だった。

俺は二人を指揮して、二人の良さを最大限にまで発揮させられる。

だったら……。

「スティーナ、手がない。案をくれ」

仲間を頼るんだ。俺は一人じゃない。

「そーねー」

スティーナは顎に手を寄せて考える仕草をする。

「元怪盗の意見として……一発で決めるのは避けるべきね。あたしもそれで失敗したし。どんな物事でも準備が七割を占めると言われているわ」

「確かにな」

「そうはっきり言われるとむかつくケド。……あとは欺きなさい。欺いて。欺いて……最後にあっと驚かせることをするの。そうすればきっと成功するわ」

答えが出た気がした。

お祖父さんを打ち取る道筋ができた。そのような気がする。

「スティーナ、ありがとな」

「ふふ、あなたが……頼ってくれたのは嬉しかったわ」

「頼って当然だろ。だって俺達は仲間なんだから」

「……若造とスティーナさん。随分と仲が宜しいなぁ。若造、まさか貴様カナディアだけじゃなく」

「投げます！」

これで二股疑惑なんてされたらたまったもんじゃない。

スティーナのアドバイスを経て、俺は決着までの道筋を立てた。

ポーションを複数抜き取り、大きく振りかぶってぶん投げる。

「五連発！」

五本のポーションをまっすぐにぶん投げた。

普通の人であれば困惑するだろう！　だがお祖父さんの力ならこの五連発も恐らくは……。

「何個増やそうが無駄じゃあ！」

苦肉の五連打はすべて打ち返されてしまった。

俺は投げた後、反動で動くことができない。

さすがに投げすぎた。

「五発も同時に投げるとは末恐ろしい若者よ。五発も十発も同じじゃ、ワシを空振りなどできん！」

「確かにそのようですね。ただ、棒を振ったままでいいんですか？」

「へっ」

その惚(ほう)けた言葉と同時に空から一本のポーションが落ちてきた。

当然振ったバットを戻すことなどできるはずもなく、そのポーションは急角度ながらお祖父さんの後方を通り過ぎた。

振ったバットの後に落ちてきたんだ。これは空振りと同じだろう。

カチャリと地面に落ちて割れたポーションをお祖父さんは振り返って見ている。

すぐに俺の方に向き直った。

「まさか……あの五連発は囮(おとり)!?」

五発の同時ポーション。これはあくまで囮である。本命は超上空へ投げた切り札。

俺は六発のポーションを同時に投げたんだ。

欺いてやった。超スローポーションは戦闘ではあんまり役に立たないが……習得しておいて本当によかった。

俺は後ろを向く。

「シュウザさん、俺の勝ちです！」

「むぅ……ぐぅ……だが！」

「シュウザ殿。婿殿の勝ちじゃ。勝負の世界は非情、カナディアちゃんを想って、策を講じるのは良きことだ」

お祖父さんはにこりと笑い……俺の側まで近づく。

鍛え上げられた手を肩にあててくれた。

「孫娘を宜しく頼むぞ」

「は、はい！」

「ふふ、決着がついたようですね」

いつのまにかスイファンさんがこの場に現れていた。

「父上、シュウザ殿、シュウさん。今日はごちそうを作るので……先にお風呂になさってください」

「シュウザ殿、一杯やろうぞ！　のぅ！」

「むっ……むぅ」

お祖父さんがシュウザさんを連れ帰ってくれた。気を使ってくれているのだろうか、ありがたい。

屋敷の裏の広場にはスイファンさん、スティーナが残る。

「ヴィーノさん、おめでとうございます」

「あ、ありがとうございます」

「あとは……カナディアの気持ちだけですね」

スイファンさんは柔らかな笑みを絶やさないが少しだけ口調がきつくなっているような印象がする。

何か……状況が変わったのか。

「カナディアが修行を終えたようです。今からこちらに帰ってくると連絡がありました」

「っ！」

「そしてヴィーノさんやスティーナさんが来られたこともお伝えしました。婚姻試験のことはまだ言っていませんので一波乱あるかもしれませんね」

そうだろう。

カナディアはどう思うだろうか。俺が連れ戻しに来たことを喜んでくれるか、もしくは見限ったと責めてくるか。どっちの可能性も考えられる以上……会うしかない。

「カナディアに会います。この婚姻の試験もクリアしたと伝えます。そして俺はこの気持ちをカナディアに伝えたい」

「もしかしたら罵倒されるかもしれませんよ。あの子は私によく似ていますので……どんな行動を取るか手に取るように分かります」

「……。たとえそうであっても、カナディアに嫌われたとしても俺はこの気持ちを彼女に伝えます」

スイファンさんは一息つき、じっと俺の目を見つめる。

当然俺もスイファンさんの瞳を見るわけで、この気持ちが嘘ではないと目に力を込める。

「……そうですか。ではヴィーノさんには【真名】のことを教えていいかもしれませんね」

◆
◇
◆

スイファンさんに指示された場所で俺はカナディアを待ち続ける。
今いる場所は帰ってくる時に必ず通る場所らしい。
今、俺は一人だ。さすがに今回はスティーナにも下がってもらった。
覗(のぞ)いていそうな気がするけど今はカナディアに集中しよう。
夕日がまもなく沈もうとしている。
夜へと変わる時、少しずつ地を歩く足音が聞こえ始めた。
一歩、さらに一歩、この地が生む南風と合わさって胸がざわついてきた。
少しの時を経て、ようやくその足音が聞こえなくなる。
彼女は足を止めたのだ。
思い返せば……この半年、たくさんの時を彼女と過ごしてきた。
彼女の顔を見る度に心の安息を感じたものだった。
でも今は……不安な気持ちで胸が一杯である。
「カナディ……」
「何用です。そこに立たれると目障りなのですが」
「っ！」
針を刺すような痛々しい視線と冷徹な言葉。

まるで初めてカナディアと会った時のようだ。誰も信じず、寄せ付けず。ただ一人で戦い続けたあの時のカナディアを思い出してしまった。

「俺は……話をしたい」

「話すことなどありません。邪魔です」

そんな言葉をカナディアにだけは言われたくなかった。

違う、言わせてしまっているのは俺だ。

カナディアは本来とても優しい性格をしている。

迫害され続けて自分を守るしかなかったあの時とは状況が違う。

今も必死に自分を守ろうとしているだけなんだ。

「王都で君に言いたいこと……いっぱいあったんだ！　全部、全部聞いて……拒絶するならそれでもいい！　何も言えずにさようならすることだけはイヤだ！」

「っ！　勝手なことを」

その通りだ。傲慢でクズでわがままでカナディアの想いを知りつつも逃げてしまっていた。

勝手な行動だってことはよく分かってる。でも今しかないんだ。

ここでカナディアを行かせてしまうわけにはいかない。これ以上失望をさせたくない。

カナディアは手を震わせている。そして唇を噛んで何かを我慢している。

おそらく一線を引いている。言葉ではその一線を越えることはできない。

だったら……これしかない。

「カナディア……俺と勝負をしてくれ。君の大太刀と俺のポーション。言葉で越えられないなら……ぶつけ合うしかない！」

「……修練を経て私はさらに強くなりました。そんな私に勝つつもりですか」

「勝つ！　絶対勝つ。俺が勝ったら……」

大きく息を吸う。

「俺の妻になってくれぇぇぇぇぇぇ！」

「えっ」

一瞬惚けた顔をしたカナディアだがすぐに鋭い表情へと変わっていった。

嫌がられる可能性もあったが何も反論を述べず両目を瞑る。

やがて俺の提案に応じるように背負う大太刀を鞘から引き抜いた。

「いいでしょう。私を妻にしたければ屈服させてみなさい！」

「ああ、絶対……君を手に入れる！　俺の全てを使って君を振り向かせてみせる」

さっきの試験の後補充をした千本のポーションで絶対にカナディアに勝ってやる！

夕日が間もなく沈もうという中、俺とカナディアは向かい合う。

カナディアの大太刀術を誰よりも知り理解している。

この勝負に負けるわけにはいかない。

「よそ見ですか、余裕がありますね」

「っ！」

予想よりも速い移動に反応が一瞬遅れる。

カナディアの振るう大太刀の斬撃(ざんげき)を俺はギリギリの所でかわすことができた。

だが斬撃が一回で終わるはずもなく、次の二撃目が上半身を狙ってくる。

俺の回避能力では当然カナディアの斬撃を避けることはできない。

避けられないなら……受け流すしかない！

カナディアの技が単体攻撃であればポーションで受け流すことができる。

「ポーションパリィ！」

ポーションを使えば俺だってＳ級冒険者、カナディアに引けを取らない。

三本のポーションで一連の攻撃を避けることができた。

ダメだ、近づかれるとこちらの手が少なくなる。

近接戦闘は得意ではない。バックステップで距離を取る。

カナディアは大太刀の鞘を抜いている。本気で俺と戦おうとしているのだ。

そのため技が直撃すれば俺は死ぬかもしれない。あんなデカイ太刀で斬られるんだ。無事ですむはずがない。

俺もそうだ。俺の本気のポーションが頭にヒットすれば人間の頭なぞ吹っ飛んでしまう。

だけど……手を抜きたくない。

この勝負、絶対手を抜いちゃいけないんだ。もし……カナディアを殺すようなことがあれば……

俺は死を選び、あの世でカナディアと添い遂げる。

地獄に落ちるかもしれないけど何としてでもカナディアの下へ向かってやるんだ。

ポーションを五発。カナディアにぶん投げた。

ストレートにまぜて、シュートとスライダーを二発ずつ混ぜている。

このトリックを見破れるか？

予想とは違い、カナディアは全てのポーションを避けてしまった。

シュートもスライダーの変化も見破って曲がる方とは逆に避けたのだ。

……まさか。変化弾を出す時のポーションの握り方を覚えているのか。

そんなことできるのは激戦を共にくぐり抜けてきた……相棒(カナディア)ぐらいだ。

カナディアは飛び出してきた。

「四(よん)の太刀【桜花(おうか)】！」

四の太刀は瞬速の七連撃。カナディアが最もよく使用する技だ。

特別な手段を用いず、自然に七回大太刀を振る。ただその七回に遅延の動きは存在せず、流れるような動きで敵は一撃目を防御しても二撃目、三撃目で防御を砕かれて残る攻撃を全て受けてしまう。

たくさんの魔獣がこの攻撃で斬りきざまれていくのを見てきた。

型があるためその七回の攻撃の全ての軌道を把握(はあく)している。

だったら……俺の取る手段は一つ！

「ディフェンスポーション！」

ポーションを両手に持ちカナディアの斬撃に当てるように打ち付ける。

このポーションは瓶に特殊金属を混ぜており、圧倒的な硬度を誇るポーションだ。

最近まではずっとパリィで対応していたが、軌道が読める攻撃であればこのディフェンスポーションの方が都合がいい。相手の力が強ければ受け流し、こちらの力が強ければ打ち合う。

ポーションを豪速で投げる俺の筋力は常人を遥かに超えている。

アメリのような特異種でも無い限り、俺より力が強い奴はそうはいない。

七回の攻撃を防御し、俺はカナディアに向けてポーションを連続で投げる。

今度は避けずに瓶の上の方を斬って落としてしまった。

あれじゃ……中の液体を浴びせるのは無理か。

さすがだよ、カナディア。よく分かっている。

「六の太刀【空斬】！」

六の太刀は遠距離攻撃。

鋭い剣刃で敵を両断する。腕を上げるたびに射程が伸び、カナディアは空中戦も華麗にできるようになってきた。

俺のポーション投擲よりも早く撃ってやります！　って言われた時は唖然としたよなぁ。

いつかは抜かれてしまうんだろう。カナディアは天才美剣士だ。

だけど今は……まだだ！

「ストレートポーション！」

その剣刃であれば俺のポーションの方が速くて強い！

まっすぐ飛ばした本気の一撃はカナディアの剣刃を吹き飛ばし、カナディアの顔面に目がけて飛んでいく。

「っ！」

カナディアは返す刀で俺の渾身(こんしん)のストレートを斬った。

ちっ、やはり斬られてしまったか。お祖父さんもあれを打ち崩した。カナディアができるのは当然といえる。

避けられなかったら頭をはね飛ばせたというのに……。

「二(に)の太刀【神速(しんそく)】」

二の太刀は威力が低いが恐ろしい速度で突撃してくる技だ。

俺の動体視力でも見切ることはできない。だったら……罠(わな)を仕掛けておけばいい。

「マインポーション！」

「ちっ！」

二の太刀は直線で突き進んでくる。

使用するタイミングもこれまで何戦も一緒に戦ってきたから熟知している。

ストレートポーションを投げる直前に地面に仕掛けたマインポーションがカナディアの移動に感知し、爆発する。

カナディアはギリギリの所で気付き、跳躍(ちょうやく)することで避けやがった。

普通だったらあれで足を一本は取れたはずだ。

跳躍し近づいてきたカナディアは当然縦に斬ってくるよな。

「一の太刀【落葉】！」

一の太刀は空中から振り下ろされる強力な一撃だ。

単純な攻撃だが、その威力は絶大。負荷も小さく、四の太刀と一緒でカナディアがよく使用する技だ。

空中にいるということは飛べない限り避けることはできない。

ここが鍵である。

「ジェットポーション！」

ポーションを点火させ、爆煙と爆音を吐き出させながらカナディアの空中攻撃を迎撃する。

火炎をマシマシで混ぜたポーションだ！　燃え上がるがいい！

しかし、カナディアは刀を下げて、体の向きを変えた。

ジェットポーションを足蹴にして俺から距離を取る。

何て身軽なことを……。普通あのままポーションを切り裂いて炎にまみれる姿が見られたのに
……さすがだ。

「まだまだ行くぜ！」

十本のポーションを掴んで、一度に投げた。

カナディアは全てのポーションを簡単に切り裂いていく。

「三(さん)の太刀【円波(えんは)】」

三の太刀は周囲に攻撃する術だ。

一度に大量の敵を倒せるかわりに射程が若干短い。

しかしパリィやディフェンスで防ぎきれない。

だったらこれだ！

「アヴォイドポーション！」

前方の地面に二本のポーションを投げる。

ポーションが割れた時に中に混ぜ込んだ風属性の魔法が俺の体を後ろへと飛ばす。

このポーションの役目は俺を安全に回避させ、攻撃するカナディアの動きに風属性の力で抵抗を与えるのだ。

この一瞬の差が大きい。

カナディアは両手で大太刀を持ち、地面に突き刺した。

「七(なな)の太刀【絶壊(ぜっかい)】！」

あれは……俺の家を崩壊させた技。

三の太刀と違い、魔力攻撃によるもの。射程も三の太刀よりも長い。

だったらこれしかない！

「バリアポーション！」

魔力攻撃を遮断する素材を封じ込めたポーションを割って煙を出させ、その攻撃の全てを遮断した。

「ハァァァァァ……」

この声!?

カナディアがあの技を使う時……小さく声を上げ、息を吸う。

バリアの煙のせいで前方がよく見えない。

だけど……何をしてくるかは経験で分かる。

俺は軸足に力を入れて、ポーションの握りを整える。

そのまま大きく手を振った。

「五の太刀【大牙】!」

「ジャイロポーション!」

五の太刀はカナディアの技で最も攻撃力の高い一撃だ。

その分、大きく息を吸い、全身の力を使う必要があるため隙が大きい。

だけど……その威力は絶大だ。俺のストレートでは相殺しきれない。

ストレートで無理ならジャイロの貫通力にかけるしかない。

「ぐうううう!」

「らあああああ!」

剛撃にくらいつく、ジャイロポーション。

大太刀をへし折ればそのままその腹に穴を空けることができる。

俺の持ち技で最強の威力の攻撃だ。これを止められるわけがない。

「このぉ！」

カナディアは大太刀を庇い、頭を支点に体を横に回転させる。

その技はお祖父さんがやっていたジャイロポーションの対処方法！

ポーションの貫通を受け流し、避けやがった。

お互い距離を取り、攻撃を止める。

「……」

「何か言いたそうだな」

「べつに……」

じっと目を細めてにらみつけられるが何を思っているのかはさすがに分からない。

どちらが勝つか。どちらが強いか。決着までの道筋は見えてきている。

「八の太刀」

初耳の技に混乱を隠せない。

今までは七の太刀までしか聞いたことがない。

合わせ技などもあるが……八の太刀は完全に初めての技だった。

どういう技で来る……？　避けるか、受けるか……対抗するか。

カナディアは大太刀の剣先を俺に向けて、飛び出してきた。

両腕を動かす。これは突きだ！

一瞬の判断が功を奏してポーションをばらまくことに成功した。

バラまきさえすればこれができる。

「八の太刀【百雨】」

「ガトリングポーション！」

一心不乱に突くその技を俺は百本のポーションで迎え撃つ。

その速度は互角。ポーション瓶の割れる音が鳴り響いた。

大量のガラスと液体が俺とカナディアの間に降り注いだ。

「はぁ……」

「っ……ふぅ」

お互いの百回目の攻撃。

それが終わるとカナディアは後退し、息を整えようとする。

こちらも息を整えさせてもらおう。

「ヴィーノ」

名を呼ばれ、胸が高鳴る。

しかし……カナディアの瞳はまだ鋭いままで敵意はそのままであった。

「私の勝ちです」

「何を言っている。君の技は全て防ぎきった。有利なのはこっちだ」

体力勝負なら俺の方に分がある。

性差は歴然、技術はカナディアの方が上だろうが……体の強さは俺の方が上だ。

時が経てば経つほど……有利となる。

「あなたは気付いていない。ポーション投擲には致命的な弱点があることに気付いていないのです」

「なんだと……」

「決着をつけましょう。……これで終わりです」

何だ、俺の弱点とはいったい何なんだ。

カナディアには何が見えている。

カナディアは再び突きの姿勢に入った。大きく息を吸い、俺に刃先を向ける。

「八の太刀・終極【千雨】！」

終極技は一回の戦闘に一度しか打てない。

各太刀の上位技だ。だけど……基本的な攻撃パターンは同じなので対処はできる。

ここで使用するなんていったい何を考えているんだ。勝ちを諦めたのか！

俺は再び百本のポーションを放り投げて、ガトリングポーションを使用する。

千雨というだけあり、さきほどの百雨とは比べものにならないほど多量の突きを繰り出す。

しかし想定の範囲内。百本投げながら、宙に百本ばらまくなんてわけがない。

何本突いてこようが……ガトリングポーションが全てを防ぐ！

俺は千本投げられる体力を持っている。体力勝負なら絶対に負けない！

百、二百、三百、四百、五百、六百、七百、八百、っ！

そういうことか！

俺はポーションの投擲を止めた。

その瞬間、カナディアの体は崩れ落ちる。

「ゴホッ！　ゴホッ！　……まだ私の技術では千回突くのは無理なようです」

手を震わせながらもカナディアは立ち上がり、体力が限界に近いのか肩で息をしていた。

対する俺は……体力は問題ない。

だけど。

ポーションの残数が十二本しかなかった。

「【ポーション卿(きょう)】がポーションを使えなくなったら何ができるのです？」

くっ！　その通りだ。

俺の攻撃はあくまでポーションありきとなっている。弾がなければ銃は撃てない。矢がなければ弓は引けない。ポーションがなければ……俺は戦えない。

カナディアはまだ距離を取って息を整えている。

残る十二本、全てジャイロを撃ったとしても全て避けられてしまうに違いない。

勝てないのか。俺は負ける？

嫌だ、絶対に嫌だ。

俺はカナディアに勝つんだ。どんな手を使ってでもカナディアに勝利し、カナディアに想いを告げる。

「カナディア。これが最後の攻防だ」

「十二本で一本ずつジャイロを撃つかそれとも同時に投げるかどっちです？」

余裕が出てきたカナディアに俺は首を横に振る。

俺に出来る事は、最後はこれしかなかった。

「どっちでもない」

「ポーションが使えなくなったらどうするって言ったな？　じゃあ……こうするんだよ！」

俺は十二本のポーションを全て飲みほした。

「え……え？」

「ポーションが無いなら……俺自身がポーションになる！」

全身にポーションを行き渡らせ……力が漲ってくる。

「くらえええええ！　ヴィーノポーション！」

それは特攻だった。

俺はまっすぐカナディアの下へ突き進む。

六の太刀【空斬】を食らっても四の太刀【桜花】を食らっても止まることなく突き進む。

どんな攻撃でも止まる気がしなかった。なぜなら俺はポーションだからだ！

「うらあっ！」

「ぐっ！」

カナディアの体に思いっきり抱きついて、強引に地面へ押し倒す。

「は、離れなさい！」

「絶対離さねぇ！」

両手で強くカナディアの体を抱え込む。

抱きついた衝撃で放した大太刀を遠い所へ蹴飛ばした。

腰のあたりに手をまわし、自分の頭をカナディアの胸元の下あたりで押しつける。

「絶対……絶対に離さない」

「くっ……いい加減に！　えっ……」

「もう……離したくないんだよ。俺の側からいなくなるなんて……そんなのやだよ」

カナディアが側にいることで思わず……弱音が出てしまった。

カナディアに抱きつくまでは絶対に負けられない闘志を抱いた上で戦っていた。

でも今、こうやって両手でカナディアに抱きつくと彼女と過ごした情が闘志を打ち消していく。

俺は寂しがり屋だ。

【アサルト】からパーティを追い出された時も怒り半分、悲しさ半分だった。

長年切磋琢磨して共に戦ってきた仲間から追い出されたのは本当につらかった。

そして今、もう一度……大切な人が離れようとしている。

「カナディア頼むよぉ。そんな冷たい目で俺を見ないでくれ。いつものように笑っていてくれよ……。俺はカナディアが笑った顔が大好きなんだ」

「……っ」

「君の作ったカレーライスや肉じゃがが大好きだ。一緒に寝た時の君のぬくもりにとても癒やされるんだ」

脳裏に浮かぶ……この半年の記憶。

わずか半年なのに長年の感覚に思えてくる。

それほどカナディアとの暮らしは俺にとって何よりも重要な時間だったのだろう。

「君がいなくなって……そのつらさがよく分かった。何とか明るく振る舞いたかったけど……やっぱり無理なんだ」

俺はゆっくりとお腹の所から顔を上げるようにする。

「戻ってきてくれ！　俺にはカナディアが必要なんだぁぁ！」

思いの丈をぶちまけた。

戻るって言ってくれるまで絶対に手を離さない。そんなわがままな感情も芽生えてくる。

カナディアが俺の頭を押し出して両手ではね除けようとしたとしても……絶対に離す気などない。

「はぁ……もう」

長期戦を予想した俺の耳にはため息のようなカナディアの声が入ってくる。

「本当仕方無い人……」

「うっ」

「……顔が見えないのでもうちょっと上がってきてください」

言われるがままのっそりとカナディアの反りだった胸元を通り越える。

その先には呆れていた表情でじろりと俺を見ていたカナディアの顔があった。

でもほのかに頬（ほほ）が赤みを帯びている。

逃げられないように抱きついたままなのは変わらずだ。

「ヴィーノの想いはその……分かりました。私の負けでいいです」

「いや、俺はまだ君への想いを吐けていない！」

「あ、いや……これ以上は嬉しすぎておかしくなりそうなので……だめ」

「嬉しい……？　じゃあ！」

カナディアは頷くように首を動かす。

「夫の戻ってこいに応じるのが妻の役目ですから」

「よがっだよぉぉぉぉぉ」

「ちょ、泣かないでください！」

やっぱりカナディアは優しいままだった。

優しい声で語りかけてくれることに涙や鼻水が止まらない。

「あのそろそろ離してもらえると」

「ぜっだいばなざない！」

「もー、悪い気はしませんけど」

「ようやく……終わったみたいね」

声のした方へ顔を向けると何もない所から突如スティーナが現れた。

予想通り、幻影魔法で姿を隠して覗いていたようだ。

「ハラハラしたわよ。どっちも本気で戦うんだもん」

「あ、ヴィーノ！　ストレートとかジャイロとか本気で私にぶち込んでいましたけどどういうことですか！　何度か命の危機を感じましたよ⁉」

「俺の全力をかわすもんだから……つい、力が入って。カナディアだって結構本気で技を撃ってこなかったか？」

「夫が悪い時、妻の暴力は許されると母上から聞きました」

スイファンさんはどういう教育をしているんだろうか。

まぁ……今回の一件俺が一番悪いのでカナディアに対してこれ以上文句はない。

思えばマインポーションとか踏まれて直撃していたら結構まずいことになっていた。

……お互い何もなくてよかった。

「もう暗くなってきたし戻るわよ。ヴィーノもカナディアもそんなところでいつまでもいるわけにはいかないでしょ」

「そうですね。ではヴィーノ。手を……」

それでも俺は抱きしめた両手を外さなかった。

ここで外してしまえば……また繰り返してしまう。そう思ってしまったからだ。

カナディアを抱いたまま翡翠(ひすい)の瞳をじっくりと見つめる。

「カナディア。聞いてくれるか？　何度も足踏みしたけど言わせてくれ」

「あ、はい」

「カナディア、俺と結婚しよう。正式に俺の妻になって……一緒に生きよう」

「っ！」

「遅くなってしまった。でも……もう迷わない。俺は【カナデ】、君を愛している」

カナディアの真名は【カナデ】だ。

黒髪の一族の仕来りで黒髪の子供には名前と共に真名がつけられる。

基本的に真名は名前の一部分であることが多い。スイファンさんならスイ。シュウザさんならシュウである。

そして真名は夫婦間でのみ呼び合う関係だ。

親や子供ですらその領域に侵入することは許されない。

「いいんですか？　真名で呼んだらもう逃げられないですよ」

「俺はカナデを連れ戻し、カナデを妻にするためにここへ来たんだ。俺の覚悟を見てほしい」

「ありがとう……ございます」

カナデの瞳から涙がポロリと落ち始める。

だけど……その表情はとても美しい笑顔だった。

「真名で呼ばれることってこんなに嬉しいんですね……。私がヴィーノのことを大好きだからかな」

「じゃ……じゃあ」

「はい……。お受け致します。私はヴィーノの妻になります。なってるつもりだったんですけど正式になるんですね」

「ありがとう！　俺、絶対にカナデを幸せにする！　だから……うぅ！」

「もう、涙に鼻水、汗まで流して……。ん？　汗？　何でそんなにダラダラ汗を流してるんですか？」

「ヴィーノ、さっきからあなたの腹からぐるるるるって音が鳴ってるけど……」

「ポーションを限界の十二本飲んだから……腹が限界なんだ」

飲んでからすでにかなりの時間が経っている。

俺の尻はすでに暴発寸前だった。

「ちょ！　何考えてるんですか！　は、離してください！」

「嫌だ！　たとえ漏らしたって絶対離さないぞ！」

「も、もう求婚したんだからいいじゃないですか！　後でいっぱいお話しますから！」

「そう言って逃げるんだろ！　俺は絶対、絶対カナデを離さない！　うぐっ！　おおおおお！」

「いやああ！　ヴィーノのバカァ！」

カナデからビンタを何発かくらいながらも決して彼女の体から手を離さなかった。

いろんな意味ですっきりした日だった。

「今日はさすがに疲れた……」

畳(たたみ)と呼ばれる床材が敷かれた室内にふとんを敷かせてもらい、ごろんと寝かせてもらっている。

ただ、ポーションの投げ過ぎによる疲労と飲みすぎで完全にダウンしてしまった。

もう少しこの村を観光したかったけど明日は早急に帰らないといけない。冒険者の仕事休んじゃったからなぁ。

「すみません、お体どうですか？」

カナデの声がする。

襖と呼ばれる仕切りの先で影となり呼びかけてくる。

「大丈夫だよ。体も良くなってきた」

「なら……中に入ってもいいですか？」

「ああ……。おっ」

襖を開けて、中に入ってきたカナデは白一色の寝間着姿であった。

いつもはピンクのルームウェアを着ているのだが、この寝間着姿はスイファンさんが着ている割烹着(かっぽうぎ)と呼ばれる衣服に似ている。

夜空のように美しい黒髪が揺れ、俺の横へちょこんと座る。

スゴくいいにおいがする。風呂に入って、そのままこっちに来たのかもしれない。

「ど、どうしたんだ」

何だか色っぽさに戸惑い緊張してしまう。

「い、いえ……ヴィーノに会いたかったんです。できるだけ二人きりで……」

カナデも緊張しているようだ。

「ス、スティーナとか……隠れて見てないよな」

「母上と喋（しゃべ）ってたので大丈夫だと思います。にゃっ！」

我慢できず、カナデの手を握る。

カナデの手のひらは大太刀を振ってるためか硬く鍛え上げられていたが手の甲は逆にスベスベで女の子らしい柔らかさだ。

「ダメか？」

「いや……まぁ、正式に夫婦となるのですから、その……いいですよ」

今までは遠慮していたが正式に妻になるのだからと触りまくる。

女の子の手って髪と同じくらい愛おしくないか。

カナデは恥（は）ずかしそうに頬を紅く染めていた。

実に可愛らしい。

「カナデ！」

「きゃっ！」

カナデの両腕を摑んで思いっきり抱き寄せた。

ずっとこうやって抱きしめたかったんだ。

カナデの黒髪を片手で撫（な）でて可能な限り密着する。

「ヴィーノ……」

　上目遣いで俺の名を呼ぶ。

　愛しい……。そんな色っぽい声を出されたらもう俺は我慢できそうにない。

「ああ、カナディア」

「今、カナディアって呼びましたね」

　カナデの表情が素に戻った。

「真名を間違えることは夫婦間で絶対にやってはいけないことです。不貞(ふてい)しているのと同じなのですよ」

「え、そうなの⁉」

「まぁ……ヴィーノは黒の民ではないので大目に見ますが腕をへし折られたっておかしくありませんよ」

「横暴すぎだろ⁉」

　また一つ、黒の一族のわけわからんルールを知らされることになる。

　今までカナディアって呼び続けていたからな……間違えそうだ。

「あの……その、ヴィーノ」

「ん、なに」

「もっとぎゅっとしてもらってもいいですか？」

　俺の心臓が大きく鳴り響く。

「今日はカナデの方が積極的じゃないか」

よく思えば白の寝間着の女の人を抱きしめたりした時にははらりと中が開くのだ。

するとカナデは下着をつけておらず、美しい肢体が見えていた。

どう見たって覚悟を決めてなきゃこんなことはしてこない。

「私が王都を出る前……ヴィーノに押し倒されたじゃないですか。あの時も妻として受けるべきだったのに……怖くて気付かないフリをしていたんです」

そういえば……あの時スティーナに見られたからやめちゃったけどその後も変わらずだった。一線を引かれたような気がして俺も攻めづらくなったんだよな。

「でも……もう、覚悟は決めました。ヴィーノが黒髪の私をもらってくれるなら……ヴィーノが望むこと何でもします！」

「何でも⁉　いいの⁉　ほんとに⁉」

「あ、やっぱりやめ」

その先は言わさない。

カナデの唇に自分の唇を強く押しつけてやった。

逃げられないように頭を押さえつけて、息をするのを忘れるほど長く、長く……口づけをした。

そのまま……カナデをふとんの中に引きずりこむ。

妻の実家で致します？　上等だ！　もう迷わない！

「ゔぃーの……すき」

「俺も大好きだカナデ！」

そして朝を迎えた。

「ゆうべはお楽しみでしたね」

「ゆうべはお楽しみだったわね！」

食事が並べられた居間にたどりついた俺は即座にスティーナとスイファンさんに声をかけられることになる。

お、おかしい。なぜバレてるんだ。

「あなた達、声うるさすぎ！　あえぎ声が外まで響いてたわよ」

「あ……マジか。カ、カナデは？」

「ヴィーノより三十分早く起きてきたから、からかったら真っ赤な顔して出ていったわ」

初めてなのに思った以上に盛り上がったため部屋の壁が薄いことが影響して響いてしまったか。

ちなみにカナデとの体の相性はばっちりだった。はよ、家帰って続きをしたい。

「ふふふ、孫の顔が案外早く見られるかもしれませんね」

子供が出来るとさすがに今のような生活は出来なくなる。

そのあたりはちゃんとしていかないといけないな。

「スイファンさんは十三歳でカナディアを産んだのよね？　怖くなかったの？」

スティーナはちらっと聞きづらいことを聞く。

十五歳で成人とするこの世で未成年の妊娠は倫理的に問題となる。

「怖くなかったですよ。シュウさんを愛していましたから」

「やっぱり愛なのね……ステキ」

「あ、いえ、黒魔術【一発妊娠】を使ったので確実ですよ。あっ、シュウさんには黙っててくださいね」

「うん？」「はい？」

俺とスティーナの声が重なる。

「も、もしかして……シュウザさんが十三歳のスイファンさんと結婚したのは……」

「はい、年の差で中々手を出してくれないので黒魔術を使って【暗示】と【一発妊娠】を」

全ての元凶はスイファンさんだった件。

まさかそんなカラクリがあったとは……いや、でも……これなら確実に落とせるよな。

「問題にならなかったの？」

「シュウザさん側は大変な目に遭っていましたけど支える気でいましたから。今となっては両家の関係はとても良好ですよ。カナディアにみんなメロメロでしたし」

そういう問題ではない気がする。

「私の習得した黒魔術を是非とも孫に教えたいですね。カナディアは黒魔術の才能がほとんどなかったので」

教える気マンマンじゃないか。

娘、息子がそんな技で伴侶を捕まえてきたら俺はなんて顔をしていいかわからんぞ！

「ちなみにカナデはどの黒魔術を持っているのですか？」

「愛した男の居場所を知る【追跡】と……泥棒ネコに呪いをかける【略奪成敗】。あとは夫の関わった女のにおいを感知する【女嗅覚】」

「なんで全部夫婦ネタですか⁉」

「にゃあ⁉」

そんな言葉もスイファンさんは笑って返すだけだった。

「あ、あたし……まだ何もされてないよね」

スティーナもどこか震えているがそこは自分で何とかしてもらおう。

「おぅ、若造。昨日はお楽しみだったようじゃのう！」

「シュ、シュウザさん……。大太刀を持たれて……あと何で俺の胸ぐらを摑むんです」

「おい、嫁の父親にはちゃんとお義父さんと呼べと教わらんかったか？」

「あ、じゃあお義父さん」

「ワシはまだ認めとらんわ！」

どうしろと言うのか。

「ワシが朝食前に婿として貴様を鍛えあげてやる！　来るがいい」

極太の腕に摑まれて俺は成す術もなく連れて行かれる。

朝から大変な日に遭いそうだなぁ……。

少し廊下を歩いているとシュウザさんの動きがピタリと止まる。

見上げると頭をポリポリとかいていた。

「カナディアのこと……頼んだぞ」

「分かっていますよ。絶対幸せにしますから」

もう絶対に手放しませんよ。死ぬまでカナデと添い遂げてみせる。


朝食を終えた俺達はスイファンさんに呼ばれ、客間に通された。

スイファンさんとシュウザさんが横に並び、俺とカナデ、スティーナが対面する。

「今日、帰られるのですね」

「はい、申し訳ないのですが……冒険者としての仕事を他のメンバーに押しつけていますので」

本当はもう少しこの村に滞在したかったのだが……休暇や仕事で来ているわけじゃないので長居は難しかった。

正直冒険者としての仕事だけじゃない。カナデとの婚約を国に届け出すのも少し後回しになりそうだ。結婚式なんていつになったらできるのやら。

「父上、母上、せっかく帰ってきたのにごめんなさい」

「いいのですよ。あなたの夢のためなのですから。頑張りなさい」

「うむ、スティーナさんも持てなせずすまんかったな」

「あはは……。これっきりじゃないですし、次の機会にお願いします。スイファンさんのご飯美味しかったです！」

通常の挨拶はこのあたりで本題に入るとしよう。

「シュウザさん、スイファンさん。黒髪の民のことを俺達に教えてくれませんか」

二人はお互いに顔を見合い、真面目な表情で俺達を見た。

SS級冒険者であるペルエストさんがこの村と王国とのやりとりをカナデと俺に引き継ぐと言っていた。

俺達は黒髪の人達のことについてもっとよく知らないといけない。

カナデもある程度は知っているだろうが、年配の人に比べればあまり知らないだろう。

スイファンさんは実際二十九歳だけど……。

「この村の村長はワシだが、黒の民を纏める巫女、黒の巫女はスイとなる。ならばスイから全てを話させよう」

黒の巫女。初耳の言葉に少し戸惑う。

「ではお話しましょう」

それからスイファンさんはゆっくりと過去を話し始めた。

黒髪の一族、通称【黒の民】。

そして白髪の一族である【白の民】。

古代では上位種として争っていたようだ。

白はよく分かってないが、黒はスイファンさんが使用する黒魔術などがその名残だという。

そして最終的に黒の民は白の民に敗北した。

敗北した黒の民は黒髪狩りという名目で大幅に数を減らしてしまったらしい。

その黒髪狩りを行う際に白の民が使用したと言われる【呪い】がある。

この呪いのせいで黒髪以外の人間全てが黒髪を潜在的に忌み嫌うようになったらしい。

その力が現代まで残るせいで未だ黒髪の人間は迫害されてしまうのだ。

ただ時代のうつりかわりで呪いの効果も薄まってきたようで……全員が全部黒髪を嫌うというわけではなくなった。

これは俺やスティーナ、ミルヴァなどが身を以て経験している。

黒の民は数少なくなるものの、王国にあるこの黒の村を除けば……外国にもごく少数の集落があるにはあるらしい。

「私が黒の民の象徴と言われた黒の王の血を引く者となります。女性の場合は巫女と呼ばれるのですね。なので次代の巫女はカナディアとなるのです」

「あの……こんなこと言ったらアレなんですが……俺がカナデをもらってよかったんでしょうか。結構昔から力を受け継いでいるんですよね？」

王族や貴族が身分の低い者の血を入れないようにしているのと同じで、黒の巫女のような何か希少な血を引くカナデと結婚していいものか心配になってしまった。

「私の瞳を見てください。翠(みどり)でしょう？　カナディアと同じです。本来黒の民の血が強いと黒髪、黒目となるのですよ。つまり……もう血はかなり薄まっているのです」

「黒髪狩りで相当数を減らしてしまったからな。純血に拘っている場合ではないのだ」

スイファンさんに続けてシュウザさんもそんなことをもらす。

異色種族。俺やスティーナのような黒や白とはまったく違う系統の色素の髪を持つ人を指す。もし結婚して黒髪が生まれる確率はそう高くない。ただ……黒の王の血を引く子供は必ず黒髪になると言われた。

つまり俺とカナデが子を作ったら皆子供が黒髪となるらしい。

「今、あなた達が王都で子供を作ったとしても……幸せに暮らすことはできないでしょう。それは分かりますね？」

カナデは渋い顔で俯く。

十五歳で交易の街へ一人で行ったからこそ分かるのだろう。

たとえ親がどれだけ子を愛し、守ったとしても黒髪の子供が王都で過ごすのは今の世では難しい。子はここへ住ませるしか方法はない。子育ても相当大変なことになるだろう。

そこはじっくり話し合って……進めていくしかないのだろうな。

黒の王の血を次世代に伝えるため絶対に子供は作らないといけなさそうだし……。

「白の民の方はどうなってるんでしょうね。あっちも多分一緒ですよね？」

「あれだけ数のいた白の民ですら純血を保てなくなっているようですよ。今の白の巫女が最後の純血と言われてます」

「そうだったんですか……。でも白の民のことも詳しいんですね」

「ふふ、私の母が冒険者で外国を飛び回っているんですよ。白の民の動向を時々連絡してくれるんです。海外に飛び散った黒の民の支援を兼ねていましてね」

「お祖母様は凄く強いんですよ！　ペルエストさんと同じくらい強いかもしれません」

マジか……。もしかしたら外国のＳＳ級冒険者の一人なのかもしれないな。

どこかでお会いしたいものだ。

「海外は迫害が強いんですよね？　大丈夫なんですか」

「母は黒髪ではないので大丈夫ですよ。黒の王の血を引く父と異色族の母が結婚し私を産みました。黒の民で異色族の血が入っていない人は多分もういないのでしょうね」

なるほど、そういうカラクリだったのか。

俺のような異色種族と黒の民が結婚することはかなり珍しいことだが零ではないらしい。

だいたい……異色族の人間が変態であるのが通説だと言う。なんでだよ。

そうなるとカナデの夢である黒の民の地位向上を行うには呪いというものを何とかする必要があるわけだ。

効果が薄まったとはいえ……俺達が生きている内に成し遂げるならやはりそれを何とかする必要がある。

二人にそれとなく解決方法を聞いてみたが……首を横に振られることになった。

まぁ……古代の呪いらしいし、分かるわけないよな。

「母上、これは何か分かりますか？」

カナデはポーチから黒のオーブを取り出した。

あれは確かS級昇格試験の時に結晶獣を倒して入手したものだ。

今思えばあれは……黒の民の研究施設とか何かだったのかもしれない。

「分かりません。ただ、黒魔術に似た力が込められていますね。うまく使いどころが分かれば大きな武器になるかもしれません」

「黒の民に詳しい人とかいないんですか？」

俺の言葉にスイファンさんは首を横に振る。

「多くの研究者は殺されてしまいましたからね。残ったのはこのような僻地(へきち)でも暮らしていける強い戦闘力を持つ者だけです。ここでは頭を鍛えることはできませんから」

エライ学者とかはみんな王都の貴族街にある学園に通っている。ここじゃどうにもならないか。

「だから黒の民ではなく……白の民の研究者の方が案外詳しいのかもしれませんね」

他にたくさんの話を聞かせてもらい、貴重な時間を過ごすことができた。

俺も学があるわけではないから頭が爆発しそうだけどたくさんのことを聞けてよかったと思う。

「ではカナディア」

「はい」

「十五歳のあなたではまだ早いと思っていましたが伴侶を得て、S級冒険者である今のあなたならば……良いでしょう。今日からあなたが黒の巫女を名乗りなさい」

「母上……承知しました」

スイファンさんがカナデの両手を掴む。

黒い光が生まれ、カナデの中へ入っていく。これが巫女の継承ってやつなのか。

「まだうまく扱えないでしょうけど少しずつ物にしていきなさい」

「私にできるでしょうか？」

「ふふ、あなたには愛する夫と親しい友人がいるのでしょう？　一人で抱え込まないようにね」

そうだ。俺達は一人じゃない。仲間なんだ。

「ヴィーノさん、この娘を宜しく頼みますね。あと……休暇が取れるならまた会いにきてください。ペルエストさんの仕事の引き継ぎをするなら村のことをもっと知る必要がありますからね」

「はい、カナデと一緒に必ずまた来ます！」

必要な会話も終え、俺達は帰路の準備をすることにする。

お土産にお弁当も頂き、本当に良い人達で温かい村だということが分かる。

シュウザさんは寂しそうな顔でカナデを見送る。

そんな夫を窘めつつ、娘を抱きしめるスイファンさんの姿も良い。

親子の触れ合いを眺めつつ俺とスティーナは村の入口の門で待つ。

「いいなぁ。家族が揃ってるって……」

スティーナはすでに両親と姉を亡くしており、天涯孤独の身だ。羨ましそうにカナデの様子を見ていた。

「ねぇ……ヴィーノの実家ってどこにあるの？」

「王国の東の農村だよ。王都から馬車を乗り継いで十日くらいかかるからなぁ」

「カナディアを連れて結婚報告にいくの？」

「そうしたいけど……休めないもんな。田舎に帰るならまずこの村に来て……仕事の引き継ぎとかもしたいし、後回しになりそう」

「結婚の話はしないの？」

「手紙で伝えておく。俺は六人兄弟の五男坊だから跡継ぎとかも関係ないしな」

「ふーん、でも生きている内に親孝行しておくものよ」

「分かっているよ」

「すみません、お待たせしました！」

カナデが戻ってきてようやく……三人いつものパーティを組むことができる。

本当に長かった。でも……そのおかげで何よりも大事な妻(カナデ)を手に入れたのだ。

これからは大事に……そして仲良く過ごしていこう。

まだまだやることは山ほど残っている。

「カナデ……よかったら手を繋いで帰らないか？」

「へっ!? んぅ、もう……ヴィーノったら積極的なんですから。スティーナにも悪いじゃないですかぁ、見せつけるみたいですし」

そんなこと言うがカナデはすでに手を掴んでいる。

スティーナに悪いってのがよく分からないが……。

「別にいいわよ」

　スティーナはあっけらかんと言う。

「あたしはどっちかというとじっくり行く派だから先とか気にしないし。王国は重婚ＯＫだから帰ってから横恋慕させてもらうし」

「はい？」

　カナデの口からとんでもなく重い声が出てくる。

　何だか火種を生みそうな発言に俺はちょっと後ずさる。

　この二人って仲良いよな？　本当だよな？

「ほんと……泥棒ネコです！」

「元怪盗だからねぇ」

　スティーナが笑い、カナデもつられて笑ってしまった。

　何だかよく分からないけど同性同士どこまでも仲良くしてほしいと思う。

「だからさぁイチャイチャとかしていいわよ。あたし、そういうの見るの好きだし……自分に置き換えて妄想するとものすごく充実するって言うか、濡れるって言うか、あっ！」

「……」「……」

　何だろう、そんなこと言われると自然とカナデと手を繋ぐのがダメなような気分になってくる。

　カナデも同じことを思ったのか顔を背ける。

　ただ一つ言えることは。

「スティーナってやっぱり変態ですよね」

「変態に加えてドスケベだろ」

「なんですって！　いいからイチャイチャしなさーーーい！」

そんなこんなで王都へ戻った俺達はまたクエストで忙しい日々に戻る。

そして幾多の日が過ぎる。

「やばい……セラフィム使いすぎた」

げっそりとした表情をしたシエラはヨタヨタとまるで初めて立つことを覚えた赤子のような動きで一歩、また一歩進んでいく。

得意の白魔術を使用し、白の国から抜け出して王都までやってきたが……肝心のどこへ向かって行くのかがまったく決まっていなかった。

さっきから腹の音が鳴り止まず、シエラの頭はもはや……何も考えられない状態であった。

この王都ではシエラのような白髪は珍しい。

色素が抜けた白ではなく、圧倒的な存在感を生む白の髪は白を超越した何かであると言える。

普段であればそんなシエラに手を差し伸べることもあっただろうが、今は夜九時を過ぎており、商業街も一部の歓楽区画を除けば人通りも少ない時間だ。

「お腹すいたぁ……」

いつものシエラであれば白魔術の自浄効果により夜であっても白く輝く容姿をしているはずが魔法の使いすぎと長時間の旅路で身も心も疲れ果ててしまっていた。

「うぅ……」

シエラは力尽き倒れ込んでしまう。

人通りの少ない、このタイミングで倒れ込んでしまうことは非常に危険であった。

こんな道を歩く人間なんて二通りしかない。

そんなシエラに近づく一人の影。

一つは売れそうな美しい少女を捕まえようとする人さらい。

もう一つは……。

「ねぇ？　君、大丈夫？」

そんな人さらいが現れないように人通りの少ない所をチェックしながら帰る冒険者くらいなものだ。

薄い金髪の青年がシエラに手を差し伸べる。

それが【ポーション狂（きょう）】ヴィーノとシエラの初めての出会いだった。

第四章 ポーション使いと白の巫女

仕事を終え、冒険者ギルドから出た俺は最短距離ではなく、人通りの少ない道を通って我が家へ帰る。

俺は新婚ホヤホヤである。

ちょうど一ヶ月前にカナデと入籍し俺は正式にカナデと夫婦の関係となった。

結婚したとしてもお互いS級冒険者ゆえに忙しく、……生活はあまり変わっていない。

結婚式をどこかでやりたいと思っているが……追々（おいおい）ということで以前と同じ生活を行っている。

今日はカナデが出張で地方に出ているので夜は俺一人である。

誰もいない我が家に帰った所で寂しいだけなので寄り道をしているというわけだ。

王都ティスタリアは正直な所、治安がいいとは言えない。交易の街ほど悪いものでもなく、工芸が盛んな街ほど良いものではない。

王都の巡回は冒険者の仕事ではないけど、数ヶ月に一回は見過ごせない何かが発生するのだからやめられない。

「はぁ……見つかるんだよな」

そんな一回が今日見つかってしまった。

貧民街（スラム）と商業街の境の通りで女の子が倒れていた。

こんな所で倒れるなんてさらってくださいと言っているようなものだ。

「ねぇ？　君、大丈夫？」

声をかけてみる。

「うぅ……う」

具合が悪いのか、反応が薄い。

腰まで長く伸ばした白髪に柔肌（やわはだ）が目立つ大きく白いドレス。

何だこの格好……貴族街の令嬢が婚約を嫌がって逃げ出したって所だろうか。

荷物もないし、身一つとは大胆なものだ。

「夜……だよな」

俺はもう一度空を見上げる。

雲一つない中で数々の星が見えるごく普通の夜空だった。

ここには電灯などもなく、月明かりしか差し込んでこない。

なぜ俺は直感で彼女が白髪だと分かったんだろう。

「具合が悪いのか？」

少女の唇が少しずつ動いた。

「……すいた……」

「なんだって……？」

「おなか……すいた」

ぐぅぅぅぅぅぅ。

少女の腹から鳴る音に俺の気が抜けた。

仕方なく背負って、家へ連れて帰ることにした。

カナデが出張でいない中、女の子を連れ帰るのは迷う所だがそうも言ってはいられない。

女の子に断って体を持ち上げる。

ふむ、背丈はアメリと同じくらいでかなり小さい。

背負ってみたが当然恐ろしく軽い。これだけ軽ければ楽に運べそうだ。

「むっ」

この背中に当たる感触……この女の子。体のわりにとても大きい。カナデと同じくらいありそうだ。

だが、すでに俺は既婚者。一昔前の俺であれば動揺しただろうがこの程度では……だが悪くない。

女の子に不審に思われぬ内に家へ連れ帰ることにしよう。

到着した我が家は新築の物件である。

前の家はカナデがぶっ壊してしまったため、ちょっと無理して新築の物件を購入した。

時間があれば自分で建てたかったのだが仕方ない。

前は二人までしか住めなかったが、今の家は家族用ということで部屋がたくさんある。

「さて……何を作るか」

帰宅してさっそく、女の子を椅子に座らせたはいいものの力なくテーブルにぐてっと上半身を倒してしまった。

一刻も早く、メシを作ってあげなきゃいけないようだ。

こういう時はさっと作れて美味しい得意料理のクリームスープを作ってやるとするか。

旅先ではないので干し肉を使う必要もない。冷蔵庫には買ったばかりのブロック肉があったはずだ。

サービスで使ってあげよう。

手早く調理してスープを作り、力が入るように肉や野菜をたんまりと入れる。

二人分と思いちょっと作りすぎたかもしれない……まぁいいか。

食器を用意してスープを注ぎ、テーブルにうつ伏せになる女の子の前に置いた。

「いいにおい……」

女の子の腕が動き、ゆっくりと体が持ち上がる。

「食欲をそそる香辛料も入れてるからな〜。うまいぞ」

「食べて……いいの？」

「ああ、ゆっくり食べな」

それからが凄まじかった。

女の子はスプーンを手にとりすごい勢いでクリームスープを食していく。

そしてむせる。

「ごほっ！　ごほっ！」

「ゆっくりって言ったろ。ほらっ」

こうなるのが分かっていたのでコップに水を入れて、少女に手渡した。

少女はコップの水をぐいっと一飲みしてまたスープを食べていく。

「おにく！……おにく、おいしい！」

「そうだろ、そうだろ」

料理上手なカナデや意外と手堅い料理をこなすスティーナも俺の作るクリームスープは大絶賛だ。

全体的に見ると女性陣の方が料理上手なんだけど、男は得意料理の一つや二つあった方がいい。

「おかわり！」

「はえーな！」

器の中にあった肉や野菜、ジャガイモなどが跡形もなかった。

スープもしっかり全部飲まれている。

多めに作っておいたから足りなくなることはないと思うが……。

一応さらに大きい器を用意してたっぷり入れてやった。

「ほら、おかわりだ」

「……」

女の子はじっと俺を見つめる。

「お腹いっぱい食べていい？」

その問いかけが少し気になったが俺は頷くことにした。

「ああ、腹いっぱい食べな」

「ん！」

見事な食べっぷりだった。

アメリと同じくらいの体型と思えないくらい、ガツガツと肉入りクリームスープを食べていく。

「おかわり」

「お、おお」

気付けば……二人分多めの量を彼女一人で食べ尽くしていた。

俺の晩ご飯まで食い尽くしやがった。

「ふぅ……落ち着いた」

「……随分食べたな。腹パンパンだろうに」

「まだ腹八分目」

ウソだろ⁉

空腹の俺だってそこまで食えないぞ。

おやつは別腹なら分かるけど……同じものをあれだけ食えるとは驚きだ。

「とても美味しかった……。ごちそうさま」

「ど、どういたしまして」

女の子は満足したように表情を綻(ほころ)ばせた。

これだけの食べっぷりなら思わず許せてしまいそうだな。

さてと……復活した所だし事情を聞くか。

いや、その前に。

「何で倒れてたか聞く前に風呂に入った方がいいな」

「……くさい？」

そこはあえて答えない。

だが女の子は地面に倒れていたこともあり全身が汚れており、白い服も真っ黒に汚れていた。

「魔力節約してたから……仕方ない」

「ん、何か言ったか？　すぐ湯を沸かすからちょっと待ってろ。あ、そうだ。君の名前を教えてくれ。俺はヴィーノ」

「……シエラ」

風呂の準備が出来たのでシエラを押し込んでやることにした。お風呂セットはちゃんと準備してやったし問題ないだろう。

シエラか……。不思議な子だったな。

あの子と話しているとすごく安らぐというか、構ってあげたくなるというか、不思議な魅力を感じてしまう。

本当は家に連れ帰るつもりもなかった。

王国警察に引き渡せばいいはずなのに俺が絶対に守らなきゃと庇護欲が湧いてしまった。

普通に考えれば年頃の女の子を家に連れ帰るか？　手を出す気は絶対無かったけど……普通に考えればかなりまずい。

そもそも手を出す気がない？　この俺が？　結婚してから毎晩のようにカナデに手を出している俺が？

「何か思考がおかしくなってきたな。メシ食ってないからかもしれん」

「ヴィーノ」

「お、風呂上がったか。うぇえええええ⁉」

シエラがすっぽんぽんのまま出てきやがった。

さすがに女性慣れした俺もこれにはびっくりだ。

すぐさまバスタオルを摑んでシエラの体にかけた。

「俺の服を置いてあっただろう⁉」

「ぶかぶかだった」

「当たり前だ！」

まさか裸で出てくるとは思わなかった。羞恥心とかないのか！

しかし……一瞬とはいえ……素晴らしいものを見てしまった気がする。

なんだっけとらんじすたーぐらまーというんだっけ。

「シエラの服は？」

「ああ、後で洗濯してやるよ。このまま干せば日が出た頃には」

「必要ない」

「え」

「出てきてセラフィム」

シエラの言葉と共にその頭上に光が収束し始める。

シエラの頭上に突然現れたそれは上半身だけの生物であった。

全身や顔面を白銀の鎧で纏った不思議な生物。シエラの頭上、上空をプカプカと浮いている。

背負う二対の剣が印象的だった。って。

「なんじゃこりゃあぁ!?」

こんな術は見たことない。

びっくりして腰を抜かしてしまった。

「セラフィム、【浄化】」

セラフィムと呼ばれた鎧の生物はシエラに向けて手を翳す。

するとシエラの体が光輝き始めたのだ。

さらに風呂場にあったはずのシエラの服が飛んできて、まとめて光に包まれる。

終わった時……シエラは出会った時のように純白のドレスを身に纏っていた。

スス汚れていたドレスは洗濯したように綺麗になっていたのだ。

シエラが俺の瞳をじっと見つめる。

「これは……」

何と美しい姿なんだ。白髪……。いや、本当に白髪なのか?

白のようには思えないし、銀のようにも見えない。何と形容していいか分からないほど白い。

色素が抜けた白髪やごくまれに町中で見かける白髪とも違う。

神がかった美しさを誇っている。

俺の口から……自然と言葉が出ていた。

「君は白の民なのか……」

「ん、シエラは白の巫女。王国はあんまり白の民がいないって聞いていたけど……知ってるの？」

今、白の巫女って言わなかったか。

いや、でも……こんなタイミングで現れるか？　冗談にしてはシエラは美しすぎる。

「そのセラフィムってやつはいったい……」

「セラフィムは白魔術の一つ。シエラの守り神。何でもやってくれてエラい」

セラフィムと呼ばれる魔法生物は力こぶを作るようにポージングをした。意外にお茶目なようだ。

もしかして対になっているのか？　カナデの受け継いだ黒の巫女と黒魔術。

シエラは白の巫女で白魔術。いや……大混乱だ。するとシエラは突如お腹を押さえ始めた。

「……お腹すいた」

「はえーだろ⁉」

「セラフィムを構築するとお腹が減るの……。結構無理させてたから……一気にお腹が」

随分と燃費が悪い魔術のようだ。

しかしもうクリームスープはカラッポだしなぁ。

そうだ。俺はポケットに入れていた携帯食をシエラに渡す。

「……？」

「俺が作ったビーフジャーキーだ。いい塩味で美味しいぞ」

時間が無い時に食べる携帯食は常に用意している。

メシはうまいものを食わないと力が入らないからな。

シエラは包装を解き、頬張った。

「っ⁉　すごっ、おいしい」

「そうだろ、そうだろ」

シエラはペロリとビーフジャーキーを食べてしまった。

作りがいのある女の子だ。これだけ食べるなら携帯用ポーション飯を考えてみるのもありかもしれないな。

【ポーション卿】としてやれることはやっておきたい。

そんなことを考えていると……ポタポタと床から音がする……。

見下ろして床に落ちた涙を見て、見上げるとシエラが涙を流しながらもぐもぐしていた。

「シエラ、どうした？」

「うぐぅ……久しぶりに……うぐ、おいしいお肉……食べたから」

「何があったか分からないけどまた食べたくなったら言いな。俺がシエラのために作ってやるよ」

「ホント？」

お腹いっぱい食べられるってのは言うのは簡単だが決して楽ではない。

俺も王国の小規模な農村出身で兄弟がいっぱいいた。

貧しい暮らしで腹いっぱい食えることなんて少なかった。

だから腹を空かせている子を見ると助けたくなるんだろうな……。

「……ヴィーノとつがいになったら毎日お肉食べられる？」

「ああ、そうだな。毎日……。は？」

突如シエラが飛びついてきた。

ちっちゃな体を伸ばして両手を首にまわしてくる。

「ちょっ、近いって！」

その体に似つかわしくない胸を押しつけられてちょっとイケナイ気分になってくる。

「ヴィーノ、もっとお肉お肉！」

「こ、こら……まったく」

でも不用意に振り解いたりはできない。

なぜだろうか……そんな気持ちにならない。何でこんなシエラに対して朗らかな気持ちになるんだ？

これ以上はダメだ。もしここでカナデが帰ってきて、この場を見られてしまったらとんでもないことに。

「ただいま帰りました！　結婚一ヶ月記念日なので急いで戻ってきましたよ～！　ヴィーノに会いたくて倒すのに三日かかるって言われたS級魔獣を一日でぶった切ってきましたよぉ！　さぁ……今日も夜はいっぱいいっぱいいっぱい私を愛してくださ」

扉を開けて入ってきたのは最愛の妻のカナデである。

狙ってるんだろうか……このタイミング。

シエラは俺に抱きついたままだし、カナデは手に持っていた荷物をドサリと落とすし。

ああ、これは修羅場ってやつなのかもしれない。

どうして……こうなるのだろうな。

「ヴィ……ヴィ……ヴィーノ。その女は……誰ですか」

「カナデ。言い訳はしない。だから……だから……大太刀に魔力をこめるのはやめようか」

「ヴィーノ、結婚しよ。お肉食べたい」

「あああああああ！　結婚記念日に浮気だなんてぇぇぇ！　実家に帰らせていただきますぅぅぅ！」

「うおおおい！　俺の話を聞こうな、なっ！」

◇

「で、そんなことであたしを呼び出さないでほしいんだけど」

「正直スマンと思っている」

逃げ出したカナデを追いかけて、たくさん言い訳して何とか連れ帰ることができた。

俺もカナデも冷静じゃなかったので貧民街まで逃げられたついでにスティーナを呼びつけて仲裁してもらうことにした。

家に戻ってきた俺達はこの騒ぎの元凶へ目を通す。シエラは横並びのソファーに寝転んで寝息を立てていた。

「何、天使みたいにかわいい子じゃない。ドコで誘拐してきたの？」

「人聞きの悪い言い方はやめて」

「妻がいる身で女の子を家に連れて帰るってどういうつもりですか」

「本当にごめんなさい」

「えっちなことしようとしてたんじゃないの～」

「したけりゃカナデとするし。早くカナデを抱きたくて仕方ないんだよ」

「きゃっ、もうヴィーノったら。仕方ないですねぇ」

「あたし帰っていい？」

こんな話をしている場合じゃない。

シエラをゆすって、起こした。

「ふにゃ？」

「眠い所悪いが話を聞かせてくれないか」

「ヴィーノ、シエラと結婚してくれるの？」

「そっちじゃねぇよ」

「ヴィーノは結婚しません！　私の夫です！　何なんですかあなたはいきなり！」

カナデが強い剣幕でシエラに詰め寄る。

「なにこのあばずれ」

「あなたが言いますかァ!?」

カナデはシエラに詰め寄る。

「あなたの意思がどうであれヴィーノは私の夫です。不愉快なので下品な女は去りなさい」

「え～、ヴィーノ。こんな黒狐と別れてシエラとつがいになろ」

「いやいやいや……」

「何ですか、この白狸！　ヴィーノは私のモノです！　いきなりしゃしゃり出ないでください」

「二人とも落ち着きなさい」

ステイーナが間に入ってくれた。

「シエラ……だっけ。ちょっと話を聞かせてくれないかしら」

「ん、分かった」

「何なんですか、この女。……腹が立つ！」

カナデはシエラを強く睨む。

「……っ」

シエラも負けじとカナデを強く睨んだ。

なんだ……これ。

シエラもカナデもお互いを敵対視しすぎじゃないか？

正直黒髪を悪く言われた時以上にカナデは怒っているような気がする。

「スティーナ、すまない。シエラを任せていいか？」

「分かったわよ」

俺はカナデの手を引っ張って、外へ連れて行く。

「カナデどうした？　何か今日変じゃないか？」

「……」

「カナデ？」

「私にも分からないんです。白狸を見ると何か胸がすごくムカムカしてくるんです。……あの白髪が……癪に障るというか」

もしかしてシエラが白の巫女だからか？

黒の民と白の民は敵対していた過去がある。

黒の巫女であるカナデと白の巫女であるシエラ。もしかしたら過去の因縁（いんねん）が遺伝子レベルで存在しているのかもしれない。

「ヴィーノ……。あの子と変なことしてないですよね」

「してないって。俺を信じてくれ」

「信じてます。信じてますけど……ヴィーノって胸の大きい子が好きですし……」

それはその通りだが……。

「私、怖いんです。言い知れない不安を感じます。ヴィーノをあの子に奪われてしまう……そんな気がしてなりません。そんなことになったら私耐えられない！」

「カナデ」

俺はカナデの両肩を摑んで、不安で体を震わせる彼女の名を呼ぶ。

そのまま想いをこめるように唇を奪った。

「……んぐっ」

「……俺は君とずっと共に生きるために黒の民の里まで行って連れ戻したんだ。もう手放すものかよ」

「ふぁい……」

黒の民は孤独だ。

黒の民の里から抜ければ黒髪の子は一人になってしまう。

カナデは常にその不安と闘っている。

だからこそ……夫である俺に依存してしまう気持ちが何となく見えてくる。

だからこうやって俺がいかにカナデを愛しているか。それを教えてあげる必要があるんだ。

妻を安心させてあげるのも夫の役目だ。

カナデの機嫌が戻り、甘えるように腕に引っ付いてくる。

これは実に良い雰囲気だ。このまま夜もベッドで二人……激しくいかなければ。

自宅のドアを開けると驚くべき光景が映っていた。

「スティーナぁ……しゅき～～」

「シエラかわいいわねぇ……ほらっ食べ物ならまだあるから」

見えないしっぽを振ってるようにシエラがものすごくスティーナに甘えていた。

スティーナは朗らかな笑顔で餌付け(えづけ)をしている。

「いやぁ！　スティーナまで懐柔(かいじゅう)されてるぅ！」

テーブルを四人で囲み、シエラの境遇についてようやく話を進めることができた。

「……」「……」

カナデとシエラは睨み合い、あまり良い雰囲気ではない。

カナデの横には俺がシエラの横にはスティーナをつかせた。

「なぁシエラ。君はどこから来たんだ？」

「ん、白の国。王国からはかなり遠いと思う」

白の国。

S級冒険者になってから各国のことは覚えるようになった。

王国から遙か北に存在する国である。世界で最も広い国土を持つと言われており、半分近くが雪で埋もれているとか。

王国から白の国へ陸路で行くのは並大抵の努力じゃ無理だぞ。

「どうやってここまで来たのよ」

「空飛ぶ船に忍び込んできた」

「飛行船か！」

隣国であるガルバリア帝国でここ数年運用が始まった貨物運搬用の空飛ぶ船である。

実物は見たことがない。帝国と白の国を結ぶ便が何ヶ月に一回あるようで、その内の一回が何と王国まで飛んでくるのだ。

目的は王国への技術誇示だと言われているが……。

まさかシエラのやつ帝国↓白の国↓帝国↓王国の順路の飛行船に忍び込んで来たってのか。

「どうして……逃げ出してきたんだ？　白の巫女って言ってたよな、白の国では重要人物じゃないのか？　追手が来たりなんかは……」

「わかんない」

「へ？」

「セラフィムが教えてくれた。このまま白の国にいたら不幸になる。逃げ出せって」

「セラフィムって何よ」

スティーナの言葉と同時にシエラは右手を挙げた。

先ほどの羽の生えた鎧姿の生物が出現する。

「な、な、何これぇ！」

スティーナもいい反応するな。俺と同じリアクションだ。

「……母上に聞いたことがあります。黒魔術にも昔、魂（スピリット）を糧として魔人を生み出す秘術があったとか。遙か昔に失われたようですが」

「白の国にはまだ残ってる。純血種が減って使える人間はわずかしかいないけど」

純血、そうかシエラは白髪で白の瞳をしている。

カナデのように異色の血が入っているわけではないんだな。

「セラフィムは何でも知っている。だからシエラを救うために力を貸してくれるの。白の国にずっといたらひどい扱いになるかもって」

「白の国で何が起こっているんだ……？」

　シエラは分からないと告げる。

　何となく状況は分かった。危険な状態から逃げ出したというよりは危険になるかもしれないから逃げたということか。

　うーん、どうしたものか。

　王国に報告した方がいいのか？　いや……でも。

「逆にシエラが聞きたい」

「うん？　何でもいいわよ」

「なんでヴィーノとスティーナはこんな黒狐と仲良くしてるの？」

「な、なんですか！　その言い方！」

「【白喜黒死（はっきこくし）のまじない】の効果はまだ消えてないはず。なのに二人には効いてる気配がない。どうして？」

「シエラ。もしかして君は黒髪の言い伝えのことを知っているのか!?」

　シエラは頷いた。

「遥か昔に発動した白魔術の一種。黒の民を滅ぼし、白の民が世界を治めるために世界中にかけた禁忌（きんき）魔法」

　さらにシエラは続ける。

【白喜黒死のまじない】

この禁忌の白魔術は世界中の人々……、言ってみれば俺やスティーナのような黒や白ではない異色の髪を持つ種の心に白の民を称え、黒の民は殺せという悪意を植え付けることができる魔術らしい。

そのまじないは代々受け継ぐ形となり、現代にまで残っている。

この力により黒の民はあらゆる人から憎悪の目で見られてしまうらしい。

カナデの人生において最も打破したいと思っている事項。それがここに来て判明するとはな。

そして逆に俺やスティーナがシエラに対して初対面なのに好意的になってしまうのもそのまじないのせいだという。

確かに突如現れた子にここまで親愛の情が湧くのは言われてみればおかしくも思う。

「そんなバカなまじないのせいで私達は迫害されたって言うんですか⁉　白の民は世界の支配者のつもりですか！」

「……」

「カナデ、別にシエラがやったわけじゃない。落ち着け」

カナデの気持ちも痛いほど分かる。

それほどまでに黒の民の一族はこのまじないで厳しい生活を送り続けてきたのだ。

「それで俺やスティーナに効いていないってのはどういうことだ？」

「……。まじないの力が弱まったとはいえ……黒の民の血を引くものに異色種が心を通わせるなんて聞いたことない」

ずっと白の国に住んでいたシエラからすればそうなのだろう。

王国にはカナデを差別しないものもいる。アメリやシィンさんなどS級冒険者。

ミルヴァもそう。あとは工芸が盛んな街の孤児院の子供達もそうだ。

そもそもカナデが異色種の血を引いている以上黒髪の人間と異色種が結ばれるのはゼロではないはずである。

「白狸には分からないでしょうけど、ヴィーノとは深い愛情で結ばれているんです！」

「まじないをはね除けるほどの強い精神力を持っている……」

S級冒険者は案外それかもしれないな。

アメリもシィンさんも相当強い心を持っている。

後は王族やギルドマスターも上に立つ立場として生まれつき強い耐性があってもおかしくはない。

ミルヴァや孤児院の先生はどうだろう。まぁ……理由をわざわざつける必要はないか。

「あとはよっぽど黒髪が好きな変人かもしれない」

「ぷぷ、ヴィーノは案外そっちじゃないの」

「失礼だな！　カナデ、俺はちゃんと君を心から想っているからな」

「でもたまに黒髪にくるまれて寝たいとか言いますよね」

「カナデさん⁉」

「S級冒険者でないあたしが黒髪を受け入れるのは強い心を持っているから。そういうわけね」

「同性も異性も黒髪の呪いの効果は同じ」

「じゃあ、スティーナも変人枠だろ」

「そこは納得できますね」

「あんたらねぇ！」

クスリとカナデは笑う。少しだけ笑顔が戻った気がする。

「すぅ……すぅ……」

あれだけ騒いでシエラは眠ってしまった。

まぁ……飛行船の旅も長かったようだし眠くて当然だろう。

「あんまり情報を聞けなかったな」

「シエラと二人きりの時も聞いてみたんだけどよく知らないみたい」

「この子の妄想か何かじゃないですか」

カナデの敵対心が異常に強い。

黒髪の件で敵対していた時はクールな感じですましていたが、今は嫌悪の気持ちを隠そうともしない。

いつもと違う姿に俺とスティーナは見合う。

「セラフィムだっけ。あれを出す以上本当と言ってもいいだろう」

「で、ヴィーノ。この子をどうするつもりですか」

そう……問題はそれだ。

普通であれば迷子という形で王国警察に引き渡してそれで終わりだ。

だけどそれは悪手（あくしゅ）ではないかと思う。

「こちらで引き取ろうと思う」

「何でですか！　私は反対です！　この女は白の民で……黒の民をどれだけ……！」

「カナディア、あなただってヴィーノが正しいって本当は分かっているんでしょ」

「……」

カナデは黙ってしまう。俺がそれを言うと違った方面で揉（も）めそうだったし、助かった。

ここにいる三人は皆、黒の民の里での話を聞いている。

シエラが言っていた【白喜黒死のまじない】。

これが一番黒の民が生きていく中で一番の障害となっている。これを解くことができればカナデの願う目標に到達できるかもしれない。

残念ながら黒の民には情報がろくに残っていない。もしかしたらシエラを通じて、このまじないを解くことだってできる可能性がある。

白の巫女であるシエラ、黒の巫女であるカナデ。

互いの民にとって重要な人物ゆえに俺の目が届く所にいてほしい。

「ヴィーノが一時的にシエラを引き取る？」

「そうだな。S級冒険者なら法的な手続きも押し通せる。この家で住まわせることになっちまうが……」

「む～～～」

「俺だって新婚だし、二人きりで過ごしたいよ！　この場合仕方ないじゃないか！」

「分かりました！　でも……例えば他の手段が見つかればそっちに送り出しますからね！」

怒りながらもカナデは何とか納得してくれた。

まさかこんなことになるなんて、いきなりすぎるぞ。

「明日ギルドに相談に行くよ。ペルエストさん経由で国やギルドマスターに情報を上げてもらう」

「ま、それが妥当ね」

「カナデ、君にとってはつらいかもしれないが」

「いいです。私だってS級冒険者、我慢なんて容易いことです。それにあなたの妻ですから、その意思をできるだけ尊重したい」

カナデは笑顔を見せてくれた。

我慢を強いるのはよくない。お互いにとって良い形にしないといけないな。

ひとまず。

「で、二人はこれからベッドで致すんだよね？　覗いていってもいい？」

俺とカナデの顔をキョロキョロと見るこの変態を家に帰すか。

そして翌朝。

「出ていけぇぇ！」

「黒狐に追い出された」

「そりゃ怒られるだろ……」

俺は勘違いしていた。カナデも大人だと……Ｓ級冒険者なら耐えられるとそう思っていた。

朝一からシエラからメシをよこせや視界に入るななど暴言が飛びまくったらそりゃカナデも限界だろうな。

大人びているがそもそもカナデはまだ十六歳であることを忘れていた。

売り言葉に買い言葉、出ていったシエラを追って外へ出る。昨日の夜に話したこともあるし放っておくわけにはいかない。

まさか昨日の今日でこんなことになっちまうとは……。

本来なら妻の味方をしなきゃいけないんだけど……冒険者としては一人にさせるわけにはいかない。

「板挟みはつらいぜ……」

外へ出てすぐにシエラに追いついた。

「シエラって何か得意なことはあるか？」

「ごはんを食べること」

「そりゃ誰でもできるな」

お姫様のような格好は特に人目につく。

街の中を歩く度に通る人々が皆シエラの容姿に見惚れる。

確かにシエラは美しい。着ている着衣もお姫様を超えた天使って感じだからな。

俺がシエラをほっとけないのは昨日言っていたまじないの効果もあるんだろう。

「ヴィーノ、ヴィーノ！」

「どうした？」

「外って楽しい」

「外に出たことなかったのか」

「白の巫女は……自由が許されないから」

白の国の象徴と言っていたっけ。そりゃ大事に育てられたんだろうなと思う。

「なぁシエラ。カナデともう少し仲良くできないか……」

「無理……。だけどまじないを消すには黒の巫女の力を借りないといけないのは分かっている」

「え……シエラ。君はまじないを消すことを考えているのか？　君は巫女じゃないのか？」

「シエラは自由が欲しい。まじないの力が無くなれば白の国は影響力を失う。……あの国は一度滅んだ方がいい」

とんでもないこと言うな。

シエラがここまで言うんだ。何かしら事情があるのかもしれない。

出張とか白の国に行けば……分かるのか？

「もしかしてこの王国に来たのは黒の巫女がいると知っていたからか」

「半年前に黒の力の高まりを王国方面で感じたから……。強い力を持つ、黒の民がいるんじゃないかって思った」

半年前と言ったらS級昇格の頃か。もしかしてあの結晶獣を倒した時のことがそうなんだろうか。

「でもあの黒狐は黒魔術が使えないほど力が弱い。あれじゃ何もできない」

「黒の民は大きく数を減らして子孫も大変だったらしいからな」

「昔の白の民はそれも見越していたのかも。多分あのまじないは白魔術と黒魔術のどちらも併せ持つから、黒の民がいなくなれば永久に解くことはできない」

「そうなのか。シエラは解き方を知らないよな」

シエラはすぐに首を縦に振ったためどうしようもないことを知る。

うーん、どうしたものか。

「それにしても白と黒が敵対しているのは分かってたけど……顔見ただけで腹が立つとは思ってもみなかった」

シエラは俺やスティーナには従順な方だ。

カナデだけに対して厳しい言葉をかける。カナデももちろんそうだ。

遙か昔からの因縁が頭の中に染みついているのかもしれない。

「そういえばシエラっていくつなんだ」

「十八歳」

「え、マジ⁉」

俺と一つしか変わらないの⁉

「あの黒狐はいくつなの？」

「十六歳だな。もうすぐ十七になんだけど」

「年上を敬わせるべきだと思う」

「間違っても言うなよ。またぶち切れられるぞ」

「ヴィーノ、お腹空いた」

家帰ったら朝飯はあるんだろうけど……あの剣幕のカナデを説得するのは難しい。

どっかの喫茶店でメシを食うことにするか。

「きゃあああ！」

突然の悲鳴。

振り向くと女性が男に押し倒されていた。

手には小さな子供。直感的に人さらいであることが分かる。

「早く、馬車をまわせ！」

「おろ」

「し、シエラ⁉」

「へっ、貴族の嬢ちゃんか？　こいつもさらっていくか」

もう一人別の男が現れて、シエラを抱えて持ち上げた。

通りの先から馬車……いや、馬型魔獣で引っ張った荷車がこちらに向かってやってくる。

そういえば最近、馬車を使った人さらいが増えているって聞いたことがあった。

「はっ、Ｓ級冒険者の前に現れるとは……不幸なやつら」

俺はポーションホルダーに手をつっこみ、ポーションを取り出す。

取り出……。

「あっ、ない⁉」

朝飯の前に出て行ったからまだポーションホルダーを家に置いたままだ。

ま、まずい！

「シエラッ！　逃げろ！」

ダメだ、もうこの距離じゃ追いつけない。

「セラフィム」

シエラの凛（りん）とした声が響いた。

「な、なんだこいつ！」

人さらいの男は現れたセラフィムに驚き、立ち尽くす。

今なら救える！

「セラフィム、【魂の剣（スピリットソード）】」

セラフィムは背負う二対の剣の内の一つを抜き、シエラに向かって投げた。

「汚い手で触らないで」

シエラは隙を衝き、男の手から逃れる。

そのままセラフィムから投げられた一振りの青く輝く剣を摑み、男の胸を切り裂いた。

「お、おい！」

予想と違い、血は吹き出ない。

なんなんだあの剣は……。普通の剣じゃないのか。

男は気を失ったように倒れる。

「シエラ！　馬車が来る！　避けろ」

「必要ないよ」

迫ってくる馬車、シエラは避けようともしない。

ただ見えるのは……天から降りてきたセラフィムが馬車の突進を食い止めたのだ。

「セラフィム、【剛の剣(マテリアルブレード)】」

馬車の突進を完全に食い止めている。あの衝撃を物ともしないというのか。

セラフィムはもう一つの剣をシエラに渡す。

それは熱を帯びているように赤く輝く剣であった。

シエラは空いている手で剣の持ち手を握り、大きく跳躍する。

そのまま馬車を真っ二つに切り裂いた。

「寝てて」

もう一本の青の剣で馬車を運転していた男を切り裂いてしまう。

男は力なく倒れ込んでしまった。

あの赤い剣は物理的な攻撃。青い剣は魔力的な攻撃なのかもしれない。

馬車の中からは縛られた子供が何人か見られた。あんな感じで何人も誘拐してきたというのか。

「ち、ちくしょう！」

まだ一人残っていた。

さきほどの母親から無理やり攫おうとした男が女の子を持ち上げて、ナイフをつきつけこちらを見ている。

「こっちは人質がいるんだ。どきやがれ！」

くそっ、ポーションさえあれば人質なんて関係なく倒せるのに……。

シエラも困った顔でこちらを見ている。

石でも投げてみるか……。いや……不要だな。

「さっさと道を空けろ！」

俺は全速力で人質を取る男に向かって走る。

「二の太刀【神速】」

もはや言葉など不要。

カナデの動きは目を瞑っていても分かる。

距離を一瞬で詰めて、鞘ありの大太刀で男の背中を強打。

思わず女の子を放してしまう所を俺が滑り込んで抱え込む。

ふぅ……間に合った。

「工芸が盛んな街の時を思い出しますね」

「あの時は逆だったよな」

孤児院の子供が人質に取られた時、俺がポーションで敵を倒し、カナデが救出したっけ。

……みんな無事でよかった。

王国警察に後処理は任せてカナデ、シエラと帰路につく。

「どうせ喫茶店か何かで朝をすまそうとしたんでしょ……」

「やっぱりバレるよね」

「まったく妻が朝食を用意してるというのに他の女に構うなんて」

「その通りだよ……ごめん」

「そんなあなたを好きになったのだからこの際いいです。で？」

「んっ……」

じろりとカナデはシエラをにらみつけた。

さすがにバツが悪そうに目を背ける。

「その白狸の分も用意しました……今回だけですからね」

カナデの譲歩だろう。

俺はゆっくりとシエラの背中を叩いた。

シエラはびくっと体を震わせて……躊躇したが口を開く。

「……ありがと」

「ふん、礼はいいです」

お互いそっぽを向いて言葉を交わし合う。

ちょっとだけ雰囲気がよくなったかな……。

礼が言える子で良かった。

「どっちにしろ。働かざる者食うべからずです。私のごはんが食べたきゃ、ちゃんとお金を払いなさい！」

金銭が絡むなら仕事として割り切ることができる。

この際……仕方ないか。

シエラに出来る仕事か。さっきの誘拐騒ぎの動きを見ると適性があるかもしれない。

「わかった」

シエラはゆったりと膝を地面につける。

袖の長いフリルがゆらゆらと揺れ、胸元が大きく開いたこの白のドレスは色っぽく目に毒だ。

シエラはうるうると瞳を光らせて、俺をじっと見つめる。

その美しさに思わず目がいってしまう。そして自分の両胸を持ち上げた。

「ヴィーノに体を売る……。シエラを買ってくれる？」

「ぶほっ！」

カナデは吹いた。

「い、いくら!?」

「ヴィーノォォォォ！」

やっべ、財布だしそうになったらめちゃくちゃ怒られた。

「白狸も何てこと言うんですか！　体を売らなくていい！　ただ自分で稼げるようになりなさい！」

　やれやれ……とんでもないことをしでかす子だ。……。もったいないとか思ってないからな！

　朝食を摂った後、さっそくシエラを外へ連れ出すことにした。

「冒険者？」

「ああ、あのセラフィムとの連携攻撃……ただものではないよな？　あれだけ戦えるなら冒険者を仕事にしてみたらいい。金になるぞ」

「うーん」

　今日、俺は内勤、待機の予定である。

　ちょうどよかったのでシエラを冒険者ギルドへ連れていくことにした。

　朝の攻撃を詳しく聞いてみるとセラフィムはシエラの魔力と魂で動いているらしい。

　そしてセラフィムの力はシエラの身体能力を向上させる効果もあるようだ。どうりで華奢(きゃしゃ)な女の子なのに……動けるわけだ。

　この魂ってのが曖昧(あいまい)だが消費すると腹が減るらしく、それがエネルギー源だという。

　セラフィムが持つ【魂の剣】と【剛の剣】。

　相手の魔力にダメージを与える【魂の剣】。肉体に傷をつけずにダメージを与えることができる。

　そして物理攻撃である【剛の剣】。馬車を真っ二つにできるほどの剛力を持つ。

正直な所S級レベルの力を持っているんじゃないかと思う。

「じーーー」

そんなシエラは立ち止まって屋台の串焼きを見ている。

まったく食い意地はすごいな……。

セラフィム稼働のために腹が減りやすいのだろうけど、稼働してないのに腹が減っているようにも見えるので単純に食いしん坊なのだろう。

そして俺の顔を見た。

「ほらっ、さっさといくぞ」

シエラの首根っこを掴んで……歩いて行く。

「ふえ？」

妙な声を出すがどうせ昼飯でがっつり食うんだし、今は我慢させておいた方がいい。

「……ヴィーノは不思議だね」

「ん？　どういうこと」

「白の国ではシエラの言うことに誰も逆らわなかった。シエラの望むもの全て手にはいったんだよ」

「そりゃうらやましいことで」

「でも全然楽しくなくて、みんなよそよそしく様付けでいつも一歩下がっていた」

「……」

「ヴィーノはまじないの効果があるはずなのにあの黒狐と結婚するし、シエラのことも普通に見てる。特別扱いしているようには見えない」

「たまたまだと思うぞ」

「へ？」

「特殊な環境下だったからそう思うのかもしれないけど……世の中み～んな不思議なやつばかりだ。従順なフリして大太刀振り回す奴、情事を隠れて見て興奮する奴、若い女と壮年の男しか興味のない奴、誰よりも女好きなのにまったく喋れないやつ。俺がたまたまカナデもシエラも特別な目線で見ることのできない不思議なやつなだけ」

「たまたま……」

「あぁ。その分、みんな自分のしたいことをしている。だからシエラも今は自由なんだ。好きにいろいろやってみたらいいんじゃないか。人に迷惑かけないレベルでな」

「そっか」

「じゃあ、冒険者ギルドの方へ行くぞ」

「うん！」

シエラは大きな笑顔を見せた。

もしかしたら今見せた笑顔が……本当のシエラの笑顔だったのかもしれない。

◆◇◆

「失礼しました」

冒険者ギルドの四階。

さて……ペルエストさんに報告をした俺はゆっくりと階段を降りていく。

シエラの件はさっそく相談した。

出た答えはこのまま面倒を見ろ……だそうだ。

ペルエストさんの話だと白の国の情勢は一年前から良いものではないらしく、ここ半年は完全に外部との取引を中止しているらしい。

逆にこの王国まで逃げることができたことが奇跡だと言うぐらいだ。

シエラを取り戻しに来る可能性は高い。それはすなわち白の国の情勢を公にすることと同じだ。

それを誘い出した方が得策かもしれないと言っていた。

国家間の争いになりそうな危険な考えだと思うがペルエストさんは神眼の二つ名を持つ。何か違う所が見えているのだろう。

あとは冒険者をさせることには賛成のようだ。

シエラの味方をたくさん作っておけ。そう言っていた。

このあたりの理由は分からないけど……まぁいいか。

シエラのやつはミルヴァに任せてみたが大丈夫かな。

さっそくまじないの効果でめちゃくちゃ囲まれてたもんな。大層可愛がられ、甘やかされているに違いない。

こういう所はカナデと真逆だと思う。白の巫女ってだけで……相当可愛がられるのだろう。

一階に降りてみたら……シエラが泣きそうな顔で近づいて、抱きついてきた。

甘やかされていると思ったら違うことになってた⁉

「ど、どうした⁉」

「ヴィ、ヴィーノ……助けて。あいつ……怖い！」

「へ？」

「シエラを……こちょこちょしてくる！」

見上げた先にはシエラと同じ背丈の青髪ツーサイドアップの女が手をワキワキさせて近づいてくる。

すっげー嬉しそうに眼を血走らせて……一歩、一歩近づいてきた。

「ヴィーノ……」

「無理だ。俺には止められない」

「やだぁ」

アメリのやつに捕まってしまったか。

シエラはアメリの好みにドンピシャなのだろうな……。

「セラフィム！　シエラを助けて！」

セラフィムを出現させてアメリの方へ向かわせる。

そのセラフィムの豪腕（ごうわん）がアメリに摑みかかる……が。

「邪魔」

アメリは生まれつき、筋力量が異常に高い特性を持っている。

いくらセラフィムが豪腕だったとしても……アメリには敵わず、ぽいっと投げ捨てられてしまった。

「シエラぁ……いい子いい子してやらぁ！」

「に、逃げる！」

だがまわりこまれてしまった。

【風車（ウインドミル）】は力と速さが備わっているんだ。

絶対に逃げられない。

あっと言う間にシエラはアメリに抱え込まれてしまう。

「シエラはかわいいなぁ！　あたしと同じ背丈なのに……なんで胸がこんなでけーんだ？　不公平だなぁ」

「にゃっ⁉　わ、ワキはやめて、ひゃははは！」

「おぅヴィーノ。シエラのやつ、カナディアと同じくらい弱いな！　こんな敏感な子久しぶりだぁ。ワキが弱いのかぁ」

「ヴィ、ヴィーノた、たしゅけてぇ！」

ここにカナデがいたらざまぁみたいなことを言ったのかもしれない。

まぁそのままカナデも同じように餌食（えじき）になるんだろうけど……。

天敵って奴が存在しておいた方が天狗（てんぐ）にならなくてすむ。

しばらくシエラがやらかしそうならアメリに頼んでお仕置きしてもらうとしよう。

「やだあああぁぁぁ！」

それから二週間が過ぎた。

D級冒険者となったシエラはスティーナと一緒に組んでクエストへ向かい始めた。

見立て通りでセラフィムとの連携攻撃は凄まじく、A級魔獣ですら容易に倒していくため……最速でA級冒険者まで上がるんじゃという噂も立ち上がっている。

白の巫女としての愛くるしい姿とまじないの効果で人を強く惹きつけ、あっと言う間に王都冒険者ギルドのアイドルのような扱いとなっていた。

本当に甘やかされて、食べ物を与えられていい気になって帰ってくる。

「シエラ帰るぞ」

「うん！」

あそこまで甘やかされたらわがまま放題になりそうなものだが、シエラは出会った時と変わらない。

直球でこのあたりのことを聞いてみたことがある。

「……甘やかされるのは当たり前だから」

「どういうことだ？」

「シエラをしっかり怒ってくれるヴィーノやスティーナは信用できる。黒狐は嫌いだけど」

甘やかされ、好かれる理由がまじない効果なのかシエラが本当に好きなのか判断がつかないのかもしれない。

俺やスティーナもシエラのまじないの影響を受けているんだが事情を知る以上思うままに行動するわけにはいかない。ちゃんと弁えることが大事だと思う。

もし俺がカナデと会わず、黒の民、白の民のことを知らなければ……何も考えずシエラをもてはやしていただろう。

「カナデのことは今でもだめか？」

「向こうが譲歩するなら考えてやらなくもない」

「上からだなぁ……」

「でも料理が美味いのだけは認める」

カナデも料理上手のプライドで手を抜かないからな。

俺とカナデ、シエラと三人で暮らしているわけだからもう少し……良い関係になってほしいんだよな。

二人のケンカは本当に毎日のようにやっている。

間に入る身にもなってほしいのだが……。この前はこんなこともあった。

「まったく白狸の感性を疑います」

「ふん、黒狐こそおかしい」

「本当にあなた何も分かっていませんね！」

「分かってないのはそっち。黒髪の奴はみんなそう、感覚がおかしい」

「黒髪は関係ないでしょう⁉　ふん、白髪だって似たようなものです」

「もう、うるさい」

「ヴィーノ！」「ヴィーノ」

二人の声は重なる。

「目玉焼きには醤油（しょうゆ）ですよね⁉」

「目玉焼きにはソース？」

「あ……はい」

塩、こしょう派の俺には何とも言えない問いかけである。

あとくだらなすぎてあくびがでそうだ。

この二人の口ゲンカに言葉を被せても解決しない。

そういう時、どうするかは決まっている。

伊達に二週間一緒に暮らしていない。

ぎゃいぎゃいケンカしている二人の脇腹をぐにっと揉んでみると。

「にゃっは⁉」

「ふぐっ！」

水と油の関係なのに同じ反応をするのが面白い。

喧噪（けんそう）が止まって、動きが止まるので、そのまま横から二人を抱えるため掴んで押し倒す。

押し倒した後で二人のお腹まわりを入念に五本の指でこねくり回す。

「あっ……ああっ！」

「や、やめぇ！」

「ケンカしない？」

「し、しましぇん……ひゃん！」

「し、しえらが悪かったです……んぐっ！」

すぐにやめるとつまらないので飽きると感じるまではやり続ける。

指をリズミカルに動かすたびにかわいい二人がバタバタと暴れ出すのが見ていてとても楽しい。

苦手なポイントが同じで二人とも同じように悶(もだ)えて笑い、苦しむ。

ケンカする体力を失わせ、落ち着かせたら成功だ。

「はぁはぁ……」

「ふぐ……」

黒髪、白髪、乱れた姿でカナデもシエラも床で涙ぐむ。

もうちょっと楽しみたかったがそろそろクエストへ行く時間だ。

「……もう終わりです？」

「……今日は短い」

でも何か物欲しそうに見られると情がこみ上げてくるのだ。

今日も俺は二人の女の子に手をかける。

えっちなことしてるわけじゃないぞ⁉

そしてカナデとシエラの喧噪に困っているのは俺だけではなかった。

仕事が終わり、家に帰って見たものは……。

「痛い痛い痛い！　二人とも放してぇぇぇぇ！」

「ちょっと白狸！　スティーナが痛がってるじゃないですか！」

「黒狐が放すべき。絶対放さない」

「あなた達バカヂカラなんだから！　抑えてよ～！」

カナデもシエラも一番心を許している同性がスティーナゆえに取り合いが発生する。

いつも通り、二人の脇腹を揉んでやると飛び離れてスティーナが解放されたので助けてあげる。

「何があったんだよ」

「明日休みにしようと思ったんだけど」

両手を押さえてスティーナが語る。

「スティーナは私と一緒に服を買いにいくんです！」

「スティーナはシエラとご飯食べに行く」

「おー、スティーナもてもてだなぁ」

「あなたってあたしの不幸を喜ぶフシがあるわよね」

人のこと言えないと思う。黒の民の里で俺の不幸を喜んでいた事実を絶対忘れない。

この言い合いをどうにかするには……。

「三人で服買いに行ってメシ食えばいいんじゃないか」

「白狸と一緒なんていやです！」「黒狐と一緒はやだ！」

このわがまま女子達め……。

ま、これはスティーナが決めることだ。俺は関係ない。

「ごめんなさい二人とも。明日はヴィーノとデートするの」

ギリっとカナデとシエラに睨まれる。

この女（スティーナ）、俺を巻き込みやがった……絶対に許さねぇ……。

騒動と言えば他にもこんなことがある。

あれは……とてもやばかった。

それは夜、カナデが枕を持って薄着で俺の部屋に来た時だった。

「あの……ヴィーノ、いいですか？」

カナデが夜、俺の寝室にやってきた。

シエラが来てからは情操的（じょうそうてき）に俺もカナデも別々の部屋で休んでいたのだが、枕を持ってやってきたのだ。

「ど、どうしたんだ？」

「白狸が今日は静かじゃないですか。私、昨日出張でいなかったですし。今日ぐらいはヴィーノと一緒に寝たいなぁって」

「あ、ああ。嬉しい……う、嬉しいよ。で、でも」

「何でそんなに汗を流しているんですか？」

「ヴィーノ、何してるの」

後ろから聞こえたシエラの声にカナデの瞳のハイライトが消え失せる。

「へぇ……汗を流していたんですねぇ」

「違う、何もしてないんだ！　カナデが気付くから早く戻ってくれって焦っていただけで」

「白狸は……そんな格好で何をしてるんですか」

「ヴィーノに春を買ってもらおうとした」

シエラの寝間着は白のネグリジェである。

冒険者稼業の報酬で手に入れたようだが……なかなか肌の露出の多い服である。

ボタンを外して胸元を見せて、男が見たら激しく心を乱すポーズを取る。

「さっきまでそんな格好じゃなかったよな⁉」

「へぇ……妻との営みは避けて浮気とはいい度胸ですね」

「カナデさん、鞘を抜いた大太刀を向けるのをやめてくれ」

こうなるって分かってたからいやだったんだ！

「シエラは誰かと一緒の方がよく眠れるって分かった。昨日ヴィーノが横にいてくれたからすごく眠れた」

「私が出張中にそういうことしてたんですね」

「本当に手を出していない！　心に誓って！」

カナデはゆっくり息を吐いた。

「まぁいいです。どうせ白狸のあてつけでしょうし……ただし！」

カナデが俺の胸元に飛び込んでくる。

「白狸に優しくしたら……私に三倍優しくしてくれること。私の頭を撫でてかわいいって言ってくれること。もっともっと私に構ってくれること！　いっぱいいっぱいちゅーしてくれること」

「カナデ、結婚しよう」

「もうしてます！」

俺の妻は誰よりもかわいい。

あまりの可愛さにカナデを持ち上げてベッドに押し倒す。

カナデにもたくさん構ってあげないとな。めっちゃくちゃ愛してやる。

肩を寄せ合い、ほっぺにキスをする。

このまま……夜を、っと思ったら肩を叩かれた。

首をそちらに向けると……。

「ねぇ」

シエラがネグリジェを上にたぐり寄せ、かわいいおへそがちらりと見える。

「ヴィーノ。シエラとぉ～」

そのまま色っぽく前屈みとなる。

必然的に緩い胸元は開いており、視線はそちらへ向いてしまう。

「イケナイことしよ」

「イ、イケナイこと!?」

なんだイケナイことって。とても知りたいです！

「……誰からそんなこと教わったんだ」

「スティーナから」

あの女……何を教えているんだ。

あっちを立てれば、こっちも立てなきゃいけなくなる。

いや、妻を優先するのは分かっているんだけど……まじない効果かシエラを無下にすることもできない。

今度はカナデが俺の腕を引っ張った。不満足そうに顔を歪める。

ど、ど、どうすれば……。だったら……。

「あ、分かった。三人一緒に寝よう！　今日はそれでお休み！」

右手にカナデが絡みつく、左手にシエラが絡みつく。

ああ……幸せなんだろうけど……これは何だかいかん気がする。

でもこれだけ誘ってくるんだ。少しぐらい手を出していいのではと思ってしまう。こんなかわいい二人と夜の生活を。

「すぅ……」

「ぐぅ……」

「君ら……本当は仲良いだろ」

二人とも二分で寝息を立てるのはお約束なのだ。

寝息をたてられたら何もできない。寝ちゃダメだろう……。おさわりは……うーむ。

シエラと寝た昨日もこのパターンだったからな。一人でも普通に眠れるだろって思う。

まぁ……寂しかったのは間違いないのかもしれない。

「ふぅ……」

俺も美少女との触れ合いになれてしまったのでスリープ・ポーションに頼る必要もない。

黒髪、白髪の美少女と共に眠りにつくのだ。

……翌朝。

「すぅ……すぅ……」

「ぐぅ……ぐぅ……」

「ふにゅ……」

右にカナデ、左にシエラ。

そして俺の胸に抱きつきながら寝ている、金髪の女がそこにはいた。

「……。は？　三人に増えとる⁉」

「ふわぁ……あ、起きた？」

「スティーナ、君は何をやってるんだ？」

「もう、あたしだけ……違う所に住んでるから寂しくて……」

「いつからいた？」

「シエラのネグリジェからはみ出そうな胸を凝視し始めた時から」

「最初だねぇ！」

この女、カナデが来る前から幻影魔法で忍び込んでいやがったのか……。

俺はスティーナの両手を捕まえて万歳させる。

逃げられないように足でスティーナの足を固定する。

「な、なに？」

「俺、前言ったよな。侵入してきたらお仕置きするって」

「え……と」

「カナデ、シエラ起きろ。この泥棒女にお仕置きしてやれ」

「ふわぁ……分かった」

「んぅ……スティーナったら……いけない人ですね」

「ちょ、こら、やはっ⁉　寝ぼけながらくすぐってくるのやめて！……ちょっと脇腹はやめてってば⁉」

俺は……朝から何をやってんだろうか。

「な、何かあたしの扱い悪くない⁉　きゃははは！　ちょっと、ヴィーノ、聞いてる⁉　ひゃははあ！」

「女三人……三者三様すぎて……疲れる」

「というようなことがあったんです」

「ハーレム男は死ぬがいい」

シィンさんにめっちゃなじられた。

王都、商業街のバー「アステリズム」で先輩冒険者である【幻魔人(ファントムリッチ)】ことシィンさんとお酒を楽しむ。このバーは上級王国民、御用達(ごようたし)のお店であった。

名高い貴族がやってきたり、稼ぎの良い実業家がやってきたり、そしてS級冒険者がよく使うお店でもある。

雰囲気良く、美味しいお酒が飲めるという。

値段を見ると俺にはちょっと厳しいものがあるのだが先輩冒険者と一緒ならば問題ない。

シィンさんゴチになります。

「新冒険者の中で圧倒的な人気を誇るシエラちゃんも、貴様がお持ち帰りしてしまうとは……」

「お持ち帰りって……。たまたまなんですけどね」

年下美少女達とふれ合っていると反動で年上の男性陣と一杯やりたくなるものだ。

年下には頼りになる大人の姿を見せ、年上の先輩相手には精一杯ねだる後輩キャラを装う。

まぁ……演じているわけではないけど大物ぶって偉(えら)そうだと結果として損をする。

S級はカナデを除けば俺が一番下なのだ。

「シィンさんの所で魔法使いの教えを請(こ)いたい人がよく来るんでしょ？　女性は来ないんですか？」

「一度として来たことがない。えり好みなどしていないのに……なぜだ」

その気色の悪い顔とリッチオーラが問題なんだろうなと思う。

シエラがシィンさんを指さしてばけもの？　って言い出した時は肝を冷やしたがそれを聞いたシィンさんがご褒美だって言い出した時はもうダメだなこの人ってマジで思った。

シィンさんは何枚かの書類を俺に渡してきた。

「貴様が要望していた魔力の高い魔法使いのリストだ」

「ありがとうございます！」

「分かっていると思うが……」

「ええ、取り扱いには気をつけます」

王都中の冒険者の中から一定の条件で選び出した魔法使いが載った書類である。

本来であればこれは極秘資料となるのだがS級であれば手にいれるのはたやすい。

「えっと候補は四人か、どれどれ」

「……貴様も運が良い。どれも本来であれば私が取り込みたいほどの人材だ」

「……四人とも……だめですね」

「好みではないのか？」

「好みというか……全員、そこそこ可愛くて性格に難ありの女子ってなんですか!?　すでに俺のまわりに三人も似たような子がいるんです。女子はいいんです！」

「ハーレムは男の願望ではないのか？」

「俺、わりと一途な方なんですよね。カナデを大事にしたいんです」

「ではスティーナちゃんやシエラちゃんをぞんざいに扱うのか？」

「それもできないじゃないですか！　スティーナは経緯が経緯だし、カナデとも仲良いし。シエラも白の巫女ってだけで重要です！」

「こうして三人の女子にいい顔をするクズな男の完成というわけか」

「くっ……否定はできません。もう女子はいいんです。男子はいないんですか！　男の魔法使いでいいんです」

「いない」

「おかしいなぁシィンさんのとこに男が集まるのに、俺の所には女しか来ないんだ」

「本当だ。神の所業を疑いたくなる……」

「やぁ……二人ともここにいたのか」

「くっ、またハーレム野郎が来てしまったか」

そこに現れたのは茶髪で端正な顔立ちをした優男。

その整った顔立ちから放たれる笑みは幾多の女性を落としてきた。

この人の名はバリスさん。

王都冒険者の中で唯一のＳ＋クラスの冒険者。ペルエストさんの次に偉い人でもある。

そして昔アメリやシィンさんとパーティを組んでいた人だ。

さらに言えば当時のパーティ二人と他の人も含めて五人の嫁さんを持っているスゴイ人でもある。

王国は重婚が可能だが、実際重婚をしている人はそう多くない。

「バリスさん、お疲れ様です」

「ヴィーノとシィンは仲がいいらしいね。僕も一緒に飲ませてもらってもいいかな」

「フン、嫁達の所へ帰らなくてよいのか？」

「今日は僕のハニー達は僕を置いて食事会をしているようだ。女子会には入れないさ。ヴィーノもこの気持ちがわかるんじゃないかな」

「そうですね。カナデとシエラは仲悪いですけどスティーナをはさめば何とか上手くやっていけているので女子三人……円満といえるかもです」

「くっ、リア充共め……滅べばいい」

シィンさんが呪詛（じゅそ）のような言葉を吐く。

俺の妻はカナデだけなんだけど……他の二人を妻にする予定はない。

「でも珍しいですね。バリスさんが一人なんて」

「いやぁ、アメリを食事に誘ったんだが断わられてね。彼女も妻にしたいのだが……やはり難しいようだ」

まだ妻を増やす気なのかこの人……。

まぁアメリはペルエストさんに夢中だし、無理を承知で口説（くど）いているのかもしれない。

「バリスさん、その……複数の女性と接する上で気をつけていることってありますか？」

「浮気と言われないようにしないといけないね」

「浮気ですか……」

「……フン、浮気？　知らない言葉だな。一人目すらできないのにどうやって浮気しろというのだ」

シィンさんがやけになって強い酒を飲み始めたぞ……。

こうなると止められないから放っておこう。

「簡単なことさ。平等にしっかり愛してあげることだね」

「は、はぁ……そういうものですか」

「ただ一つ。気をつけなきゃいけないことがある。二人目、三人目以降はそういう目でお付き合いをすることになる。だから女の子も覚悟してるんだけど、最初の妻はやっぱり特別な気持ちを持っている。彼女からすれば自分がいるのに夫が他の女を作ってるからね」

「確かに……」

「だから一人目の妻にはできるだけケアしてあげること。ヴィーノ、君がスティーナやシエラに構う以上にカナディアに構ってあげなきゃいけないよ」

「……分かりました」

「黒の巫女や白の巫女の件はペルエストさんから聞いている。難しい問題だとは思うが頑張ってくれ。僕もフォローはさせてもらう」


さすがイケメン冒険者。女だったら絶対ホレてるわ。おまけにこの人は【聖騎士(ホーリーナイト)】という【ポーション使い】と同等レベルにレアの職を持っている。

しかし、有能さはポーション使いの比ではない。反則に近いスキルを持っており、前衛(ぜんえい)であれば彼以上に強い人間はそうはいない。

バリスさんは上になるべくしてなった人なのである。アメリ達のパーティのリーダーだったみたいだし。

同じパーティで同性のシィンさんがやさぐれるのも分かる気がする。

でもシィンさんも王国、最高の魔法使いだから決して劣っているわけではないのだが……嫁五人には敵わないよな。

「ところでヴィーノ、君はまだ外国出張は行ったことがなかったよね？」

「はい、まだ国内のクエストしか行ったことがないです」

「そうか。今、何件か外国から応援依頼があってね。どれか一つを王国で受けようと思っているんだ」

Ｓ級となるとこのように外国出張がたまに出てくる。

王国のＳ級冒険者も十人中三人は常に外国の難しいクエストに出ているくらいだ。

国内にいつもいるのはシィンさん、アメリくらいなものだ。

世界の裏側にもいけるので……それだけでもＳ級の価値はある。

「カナディアも恐らく同じだね。カナディア一人で行かせるのは黒髪の件で良くないから二人で外国の出張へ行ってみないか？」

これは願ったり叶ったりの話だ。

外国出張なんて今の俺とカナディアの立場ではそういけるものではない。
二、三年国内で経験を積んで初めてメインで行かせてくれるものだ。
是非とも行きたい。

ただ……気になることがある。

「その間、シエラをどうするか。スティーナに任せておいていってもいいんですが……」

「だったらスティーナとシエラも連れていけばいい」

「二人はＢ級じゃないですよ。外国出張ってＢ級以上じゃなきゃダメじゃないんですか？」

この場合Ａ級、Ｂ級の外国出張はＳ級の補佐が役目となる。

Ａ級、Ｂ級だけで出張に行くシステムはない。

スティーナはＣ級、シエラは冒険者になったばかりだ。

「特例を出せばいい。僕の権限で二人の参加を許可しよう」

「え、いいんですか？　それはありがたいです」

「君は頑張ってくれているからね。ちゃんとアメを得なければこの仕事はやってられないよ」

バリスさんは優しげな目でじっと俺の瞳を見ている。

この王国ではＳ級冒険者が絶対的な権力を持つ。

黒髪のカナデですらＡ級まではぞんざいな扱いだったのにＳ級になってからは嫌われながらも

……存在を認識されている。

Ｓ級冒険者がすごいというよりは長年、冒険者ギルドが積み上げてきたシステムの問題なのだろうと思う。

ゆえに本来では不可能なこと、罪になることもＳ級冒険者なら特例として許される。そういうことだ。

「アメばかりじゃ反感を買うからそこだけは注意してね」

「分かっています」

その分しっかり働かされているから十分ムチは受けているだろう。

俺は偉くなることには興味は薄いけど……偉くなることで仲間達の尊厳が守られるならもっと上を目指そうとは思う。

「外国出張はここなんてどうかな」

バリスさんは店員に世界地図を持ってこさせて、その場所を指し示す。

ガルバリア帝国領、北東の位置……おいおいこの場所は……。

「ちょっと調査してもらいたいことがあるんだ」

「これ……S級がやるような仕事じゃないでしょ」

「じゃあ断るかい？」

「いいえ、行かせていただきます。S級ヴィーノとカナディア。特例としてC級のスティーナとD級のシエラ」

地図から視線をバリスさんへと向ける。

「帝国領、朝霧（あさぎり）の温泉郷【ユース】にバカンス……違う、調査に参ります！」

第五章
ポーション使いと失意の少年

朝霧の温泉郷【ユース】。

隣国であるガルバリア帝国の中でも人気の観光地である。

名前にもあるとおり、朝には街を覆うほど深い霧に包まれていることでその名がついた。

当然ながら温泉で有名であり、王国での外国旅行と言えばこの場所が選ばれることも多い。

「やっぱりここまで北に来ると冷えるなぁ」

「ええ、【ユース】は冷涼な気候ですからね」

季節は冬にさしかかり、このあたりは積雪量もかなり多い。

ただ極寒の地というほどではないため比較的過ごしやすい気候ではないかと思う。

帝都よりも王都に近い距離関係があり、冒険者を呼ぶ際も帝都より王都から呼んだ方が早い。

ついでに王国冒険者が帝国の観光地へ行って帰って評判を広めさせることの経済効果も狙っているらしい。

帝国は魔法を動力資源とした魔導機械が発達している国である。

魔法を電気エネルギーに変換して様々な機械を動かす。

王国も注目しているが……かなり遅れている。

「魔導バスってすごいわねぇ」

「ええ、びっくりしました。馬車ではないのですね」

温泉郷の入口に到着した俺達はぐっと背伸びをして体のコリをほぐす。

王国と帝国の国境からは魔導バスという乗り物でここまでやってきたのだ。

馬車の数倍速く、おまけに快適、一度に十人以上も運べるんだもんな。凄かった。

「でも帝都には行かないのね。ちょっと残念だわ」

「帝都はここからだと二日かかるからな。仕方ないさ」

世界を旅することを求めているスティーナは残念がる。

この魔導バスを乗り継げば今まで数日かかっていた帝都へも二日ほどで行けてしまうらしい。

話では聞いたことがあったが……帝国は本当に技術が進んでいる。

怪盗事件で戦った機械獣も帝国製だったっけ。

「外国でもちゃんと言葉は一緒なんですね」

「一部の地域を除けば……だけど今思えば不思議だよな〜。国が違えば文化も違うし、言葉も違うもんだろうけど」

「んーそれは」

シエラが輝く白髪をなびかせる。

「白の国が世界を支配した時に言葉を統一言語にしたって聞いた。だからどこも同じ言葉だと思う」

相変わらず目立つ容姿だ。国境でも魔導バスでもみなシエラの美しさに心を奪われている感じだった。

純血ということもあり、まじないの威力は絶大。普段なら暴言を吐かれるカナデもシエラに視線がいくことで黒髪に対する誹謗中傷（ひぼうちゅうしょう）が少なくなっていた。

この二人が仲良くなれば案外いいコンビになれる？

「黒狐、カバン持って」

「は？　何で私が。そもそも下級冒険者なんだから私を敬いなさい」

「無理」

この仲の悪さはやっぱり無理だよな。

温泉郷の中へ入り、ゆっくりと見て回る。

「でも、まさか温泉郷に来られるなんてね～。冒険者になって本当良かった」

「ああ、俺もそう思うよ。私用で行くには金がかかりやすいけど仕事で行くおかげで旅費は出るから最小限ですむしな」

「温泉はいいですよねぇ。黒の民の里では当たり前でしたけど……王国の方には無い文化なので……楽しみです」

スティーナは観光好きなだけあって、進むたびに歩みを止めて見てまわっている。

街の入口にある案内所でもらったパンフレットを片手にへー、ほーって唸(うな)っている。

そんな様子を何だか微笑ましく感じる。本当に観光が好きなんだ。

「さっきから白狸の姿が見えないんですが」

「……どこ行ったんだ？」

「放っておいていいんじゃないですか。置いていきましょう」

「それはいかんて。捜しに行ってくるよ」

どこに行ったかだが。だいたい分かっている。

居場所の特定も簡単だ。

シエラを見てそうな人に声をかけた。

「すみません、白髪のすごく綺麗な女の子がどこに行ったか知りませんか」

話を聞きながら捜してみると進行先が人混みとなっている。

人混みからかわいいだの、美しいだの賞賛の声が上がっているのが聞こえたので覗いてみたら案の定シエラが満面の笑みで焼き鳥を頬張っていた。

「んぐっ！　うまっ！　むぅ……！」

美人が台無しだな……。

あ～あ、ソースで服を汚しやがって……。

セラフィムの浄化の力で綺麗にしちゃうんだろうけど。

「シエラ美味いか」

「最高」

シエラは冒険者で手に入れた金をほぼ食費に使用している。

着ている服は出会った頃から変わらない。白の巫女の衣装らしく、特別な魔法衣らしい。

セラフィムの浄化で常に綺麗になるから洗う必要もないとか。

室内着は例のネグリジェを着ているが、外に行く時はいつもこの服である。下着もつけてないって聞いたら何かイケナイ気持ちになってしまう。

あの服、胸とか肩とか太ももとか肌を露出させているけど、寒さや暑さも感じないらしい。

「お肉いっぱいあって、この街好き！」

「晩メシもあるし、あんまり食い過ぎるなよ」

「だいじょうぶ。その時はセラフィムを頼る」

どんな腹の空かせ方だよ。

「本日最終のパンが焼けました！　焼きたてですよ」

「ほわぁ！」

押さえる間もなくシエラはパン屋の方へ行ってしまった。

……シエラが来てそろそろ一ヶ月。S級権限で白の国の動向を王国に確認しているが一切の情報はない。

白の巫女。特別な存在だと思うけど取り戻しに来る気配もない。

純粋に居場所が分かっていないのかもしれない。白の国から王国へは相当遠いし。

シエラを引っ張りつつ、写真を撮っていたスティーナやカナデと合流し宿の方へと向かうことにした。


「いい感じの宿じゃないか」

さすが観光地。レンガ造りの立派な建物だ。

しっかり雪かきもされているし、古くはあるが汚くはない。

費用は一般的な宿の数倍かかるがどこの宿も独自の温泉を持っている。

ギルドが予約する宿は評判の良い所を選定しているので期待してもよい。

俺達は扉を開けて中に入った。

「いらっしゃいませ！」

元気よく歓迎してくれたのは茶色の髪をしたミディアムヘアの女の子だった。

カナデよりさらに若い。十四歳、十五歳くらい。おそらく未成年だろう。

質素な色合いのワンピースにエプロンをつけて可愛らしい外見をしている。歓迎の笑みが眩(まぶ)しい。

「四名でお越しのヴィーノ様ですね！　ティスタリア王国冒険者ギルド様から予約を承(うけたまわ)っております！」

「ああ、そうだよ。君は……宿屋の主人ではないよね？」

「あ、はい！　母が主人となります。今ちょっと所用で外に出ていますので私が応対させていただきますね！」

「宜しく頼むよ。えっと」

「私はメロディと言います。まだ十四歳なので……働いちゃダメなんですけど……見逃してください！　へへへ」

「見逃そう」

「ヴィーノの守備範囲ってどうなってるんですか？」

「シエラだって小さい」

「未成年に手を出したら逮捕(たいほ)よ、逮捕」

後ろのおばさん達は放っておいていいからと喉まで出かかったけど、どう考えても血を見る言葉なので吐くのはやめておこう。

「こちらの部屋になります！」

ほぅ。これはなかなか。

用意してくれた部屋はかなり広かった。

ふとんがあるのは当然で人数分の椅子やテーブルだけじゃない、書棚に作業台まであるじゃないか。台所まで用意してあり、正直冒険者として馴染みのある部屋の作りであった。

泊まる部屋というよりは……長期滞在を目的とした感じか。

「もしかしてここは冒険者用の宿なのか？」

「ウチは本館と別館があって、一般のお客様には本館を使っていただき、冒険者さんには別館を使っていただく形にしているんです」

「へぇ、観光地でもそういうことをしているのね」

「冒険者には荒くれ者も多いしな。一般客と会わせたくない宿も多いんだよ」

ステイーナにそのあたりの事情を説明する。

一般人からすれば魔物も冒険者も等しく強く恐ろしいからな。こちらとしても不愉快に思われたくないしちょうどいい。

「区別みたいなことしてごめんなさい……。も、もちろん料理や温泉は本館と同等のものを提供させていただきますので！」

「ああ、気にし……」

「料理！　今日の晩ご飯何⁉」

「あ、【ユース】は海が近いので新鮮な北海の魚料理を準備させていただきます」

シエラが話をぶった切ってしまう。

メロディに対して気を使わせてしまったしちょうど良かった。

今回、この宿には冒険者は俺達しかいないらしく、温泉は独占できるらしい。

「悪い、ちょっとトイレ行ってくる」

「部屋を出た先にありますので！」

部屋を出てトイレへ向かって進む。

「ふふふ……」

この後は当然、温泉である。

事前情報でこの宿は男湯、女湯が分かれていないと聞いている。

というよりそういう宿を取らせた。

今回の目的はただ一つ、女の子三人とこの雪景色の中で温泉を一緒に入ることだ。

そういう楽しみがあってこそ明日からの調査に身が入ると言えるのだ。

スティーナ、シエラは駄目でもいい。カナデはさすがに一緒に入ってくれるはず。

それだけでも大きな価値がある。

鼻歌交じりで歩いてるとトイレの扉を開けた時に突然人が現れる。

「っ！」

出合い頭だった。

人とぶつかり吹き飛ばしてしまったらしい。鍛えあげた俺の体とぶつかったら大抵の人は撥ね飛ばされてしまう。

「大丈夫か？」

「いてて……」

俺は床に座り込んだその子に手を差し伸べる。

その子は顔を上げた。

「あっ……」

メロディと同じ茶色の髪をした男の子が唖然とした顔で俺を見ていた。

メロディの兄……弟……うん、どっちだろう。

「ご、ごめんなさい！」

男の子は俺の手を掴まず、立ち上がり走り去って行く。

「ミュージ！　お客様がいるときはこっち使うなってあれほど」

メロディとすれ違ったか、さきほどの男の子はミュージという名前のようだ。

ご立腹（りっぷく）のメロディに声をかける。

「彼は兄弟か？」

「あ、冒険者さん、ミュージが失礼なことを……」

「それはいいよ。君達もこの別館に住んでいるんだったな。仕方ないさ」

「すみません。ミュージはその……一緒に住んでいるただの幼馴染（おさななじみ）です」

その言葉にただならぬ関係であることが予想された。

メロディは一礼して立ち去ってしまう。何かあるようだがこれ以上……聞くのは野暮（やぼ）というものだろう。

トイレ済ませたら温泉だ！


「は？　何おかしなことを言ってんのよ」

「何もおかしなことはない。ここの温泉は混浴（こんよく）なのだから、親睦（しんぼく）を深めるために一緒に入ろうと言っただけだ」

トイレから戻った俺はさっそく、女性陣を説得することにした。

「ふーん、最初からそれが目的だったわけか」

「なぁ、シエラ。みんなで一緒に入るのがいいよな？」

「ん？　よく分からないけどいいと思う」

「さすがシエラだ。じゃあみんなで一緒に入ろうぜ！」

「ヴィーノ、私は妻だから……いいですけど、他の二人は未婚ですし」

俺はカナデの肩に手をポンと置く。

「みんなで一緒に入ろう」

「え、っとだから」

「みんなで一緒に入ろう」

「……は、はい。分かりました」

悪いがこちらも本気だ。

ごり押しさせてもらう。

「スティーナ、一緒に入ろう」

「その意気込みをもっと他で出せなかったの？」

はぁっと息を吐き、スティーナは了承してくれた。

シエラは問題なし、カナデは押し切る。スティーナは前二人がＯＫを出すならなし崩しで了承する。

伊達にこの三人と共に過ごしていないのだ。

よし……気が変わらない内に温泉へ行くぞ！

今回のバカンス、ごほん……仕事の準備は全て俺が行った。

宿の予約自体はギルドが行ったのだが宿の選定は俺の意見が大いに反映されている。

その中の一つが大きな温泉宿での混浴風呂である。

実際、ここは混浴という概念はなく冒険者専用の別館なので自分達で勝手に時間を決めて入れというものだ。

別で入るか混浴かは各々の判断で決めることができる。

当然、俺はみんなで一緒に入るのが正解だと思う。

更衣室だけは男女別で用意されており、速やかに服を脱ぐ。

ポーションは……さすがに置いていくか。

「おおっ、でかい！」

扉を開いて外へ出た俺は大きな露天風呂が視界に入る。

本来は大浴場というものを経て、外の露天風呂へ行くらしいがここはそのようなものはない。

体の洗い場も別で用意されており、どうするかちょっと迷う。

湯船に入るとしよう。

更衣室の壁にどかっと書いてあったルールを思い出してかけ湯をしてから温泉浴槽に入る。

乳白色のにごり湯のようで底は見えない。

王国には温泉文化はない。

俺は浴槽でのんびりするという習慣がなかったため新居を選ぶ際もこだわりがなかったんだけど、そこはカナデが強く声を上げた。

何より……大きい浴槽の方がゆっくりできますし、一緒に入れますよ……とはにかみながら言ったことで自宅の浴槽はそれなりに大きい。

ただ未だ、一緒にお風呂は成し遂げられていない。シエラが来るまでに果たしておけばよかった。

「いい熱さだ」

町中であるためまわりは高い仕切りで区切られている。

もう少しお金を払って高級温泉宿へ行けば景観の良い温泉へ入れたことだろう。

景色というのは大事であるが俺にとって一番見たいものはそこじゃない。

「へぇ……結構広いじゃない」

「おふろ、おふろ」

「ヴィーノ、もう入っていたんですね」

来たっ！

俺はばっと振り向いた。

その素晴らしい光景をずっと目に焼き付けようと、脳内に記憶しようとした。

変態とかクズとかなじられようともこの時だけは自分の欲に忠実にいようと思ったのだ。

「……あ……え？」

その姿は想像していたものと違っていた。

三人とも……艶(なま)めかしい肌は見せているものの……しっかり湯着(ゆぎ)で隠してらしたのであった。

「なんじゃそれぇ!?」

「うるさいわねぇ、美女三人が一緒に入ってあげるんだから喜びなさいよ」

「温泉たまごとかないの？」

「大きな声出しちゃダメですよ」

「そうじゃない。いや、温泉に湯着ってダメ……だろ」

「ダメじゃないわよ。湯着ってそういうものだし……」

「混浴っていうこともあるから。女子更衣室には置かれているんですよ。昔良くないことがあったようで……」

ああ……マジか。

俺は恥ずかしがりながらも手で隠しながら近づいてくる所を想像していたというのに……何ということだろうか。

湯着って……えぇ。

「カナデぇ……君は着なくてもいいだろう」

「いやですよ！　私だけ裸なんて！」

「シエラは……」

「いいけどスティーナがダメって」

「どうせそんなことだろうと思っていたわよ。シエラ、かけ湯して入りましょ」

これだったら……暑い気候の所で海のバカンスでもよかったな。

呆然としていると三人がずっと俺の方を見ていた。

いや、視線が何か……俺の体じゃなくてさらに下を見ているような気がしなくもない。

そこで気付いた。

「これがヴィーノのアレかぁ。カナデは見慣れてるんでしょ」

「そ、そういうわけではない……ですよ」

「ヴィーノのポーション、かわいい」

「君らドコ見てんの⁉」

タオルは湯に漬けてはいけないと聞いていたため、隠さなかったことからばっちり女性陣に見られてしまっていた。

俺の大事なところをポーションで例えるんじゃない！　大きいのか小さいのか分からないだろうが！


「あったまるー」

「うーん、きもちいい～。シエラ、ちゃんと肩までつからないとダメよ。冬だし冷えるわ」

さきほどのやりとりは愕然としたものだがこうやって熱い温泉につかっていると邪な気持ちも消えていく。

純粋に気持ちいいなぁ。仕事の疲れが消えていくようだ。

「私、引退したら温泉旅館を営むのもいい気がしてきました」

「悪くないな……。熱ポーションで一杯を売りにするか？」

「何でもかんでもポーションに絡めるのはどうかと……」

半分くらい冗談なんだけど……。

でも、酒を混ぜて売り出すと面白い商売になるのかもしれない。

「ねぇ、ヴィーノ！」

シエラが泳ぐように近づいてくる。

長く伸びた白髪が目映く輝いている。

シエラは容姿に無頓着だ。長い髪を長いまま垂らしているためこうやって髪が水を吸っているところを見るといつもと違って妙な色気を感じる。

湯着も適当に着ているために所々に着衣の緩みがあり油断が見てとれる。

いっそ剥ぎ取ってやりたい気にもさせられる。

無防備とは恐ろしい。

「みんなで温泉楽しい！」

「シエラはあまり風呂に入らないよな」

「ん、浄化があるから」

セラフィムの力を使った清浄の力があるためシエラはあまり風呂に入りたがらない。

これだけ長い髪を洗ったりするのは大変だから分からなくもない。

「みんなと一緒だと楽しいね」

「ああ、もっといろんなとこ行こうな」

しかしまぁ、無邪気というか。見た目は子供っぽいのに体はしっかり育っているこのアンバランスさ。

悪くない。

惜しむことはこのままカナデくらい成長すれば別の面でスゴイ女性になるのになぁと思う所である。

「ねぇねぇ」

「あの……すまんが胸の谷間に腕を挟むのはやめなくてもいいけど……控えてくれないか？」

「ん？　ヴィーノはそうするのが好きって教えてくれた」

「スティーナ！　また君か！　ドスケベ女！　ありがとう！」

「私じゃないわよ！　ん、褒めてる？」

「アメリが教えてくれた。あたしにはできないからやってみろーって」

「ああ……」

悲しき胸囲の格差。分からなくもない。

「ちょっと！　さっきから見ていれば勝手なことを！　私にだってできるんですから！」

「カナデまで⁉」

「ヴィーノ、こんな黒狐と離婚してシエラとイイコトしよ」

「今度はイイコトか！　詳細が気になる」

「ヴィーノの妻は私です！　白狸こそどっか行きなさい！　ヴィーノ、絶対こんな女ダメですからね！」

「モテるわねー」

「ふっ、スティーナ。君も俺の胸に飛び込んで来ていいんだぜ」

「何かそんな気分にならないからいいわ」

「……君の考えが時々分からない。なら何でこの前ベッドに忍び込んで抱きついてきた」

「起きた後に修羅場になると思ったのに失敗したわ」

「君って俺が困ってるとこ見るのほんと好きだよな⁉」

「ああいいお湯ね〜。お肌スベスベになるわ」

ったく……。

スティーナは手でお湯をすくい頬にすりつけるようにする。

スティーナはカナデやシエラに比べたら物足りない所があるが手足の長さ、特に曲線美は目を見張るものがある。

不意に見せるかわいらしさ。カナデやシエラのように巫女という遺伝子レベルで美しさを表現した身ではなくごく自然体なところが好印象である。

スティーナはカナデのように全て肯定してくれたり、シエラのように何も考えていないような女の子と違う。

肯定も否定もしてくれるベストな距離感が意外にありがたい。

「なによ、人の顔をじっと見て」

「いや……スティーナも一緒に来てくれてよかったと思っただけだな」

「ふん、ばーか、何言ってんのよ」

その時左手がカナデの方に引き寄せられる。

「スティーナにも色目使ってます！　王国法では重婚は可能だしヴィーノが望むなら……渋々スティーナの結婚だって認めてあげなくはないです。白狸とは違います」

「カナデ？」

「でもやっぱりけじめとして指五本はつめてもらわないといけませんね。あと詫びもしっかりしてもらわないと」

「あたしそんなことしないといけないの⁉」

「重婚なんてしないから……」

でもやはり俺の妻が一番強者なんだと思う。

熱くなってきたのと向こうに小さめな桶風呂があったためスティーナとシエラはそちらの方へ行ってしまう。

残されたのは俺とカナデ二人のみ。

「むーー」

カナデの機嫌はあんまり良くない。

シエラとスティーナにちょっと構い過ぎたかもしれない。

この旅行の前にバリスさんからも最初の妻は大事にしろと言われている。

最初も何も俺の妻は後にも先にもカナデだけのつもりだ。

シエラやスティーナには出来ないことをカナデにはしてあげられる。

カナデの肩を優しく摑んで引き寄せた。

「本当は二人きりで来たかったんだ」

「へ？」

「新婚旅行も満足に出来てないもんな……。最近、構ってやれてなくてごめん」

「……もう、仕方ないですねぇ」

カナデは欲しがり屋だ。

今風な言葉でいうとチョロいって所だが……俺だってもっと絡み合いたいんだぞ。

「すぐにシエラやスティーナが戻ってくるから……いちゃつけないけど、タイミング見計らって二人で入ろうぜ」

「はい……あなたの望むままに……」

「カナデ、顔真っ赤だぞ」

「のぼせたんですっ」

やれやれかわいいやつめ。

他の二人の視界がこっちに向いてないのを見計らい、カナデをばっと抱き寄せてちゅっと唇に軽いキスをした。

カナデはお湯に髪が入らないように綺麗にまとめていた。

普段は触れないうなじの方に手を寄せて強く引き寄せる。

顔を近づけて、真っ赤な頬に情がそそり、もっともっと顔を近づけたくなる。

吸い付きたくなる唇から吐息が漏れる。

「今度は湯着なしで入ろうな」

「……はい」

ちょっと強引だったかもしれない。

でもカナデは多少強引の方が好きだと本人が言っている。

だったら望むことをしてあげよう。

「きゅう……」

「んご？」

途端にカナデがぐでっと力なく後ろに倒れてしまう。

顔を紅くして目を回してしまったようだ……。

「おーいいいとこだったのに……仕方ない黒の巫女様だ」

スティーナとシエラを呼びつけて介抱させる。

初日のお風呂はこんな感じで終わりを迎えた。

若干消化不良だけど……俺も含めてみんなリラックスができたかなと思う。

「風呂上がりに一本、ポーションでも飲むかぁ」


風呂から上がって部屋へ戻ったらすぐにメロディが夕食の準備をしてくれていた。

本館で作った料理を今いる別館の宿に運び入れているようだ。

北の海で獲れた海の幸が存分に使われた焼き料理だった。

多めに作ってくれていたがシエラの奴が食い尽くしてしまいメロディもさすがに驚いていた。

セラフィムの件があるとはいえ、あれだけの食料、あの小さい体のどこに消えていくのやら。

「ん？」

食後の散歩としゃれ込もうと外に出ようとしていたら……何やら若い男女の話し声が聞こえる。

しかし、その声色は悲しさが混じっていた。

「ミュージ、たまには一緒にごはん食べようよ……ねぇったら」

別館の角部屋だろうか。客室とは逆側で俺達が足を踏み入れる所ではない。

だけど声のトーンが大きくなると気になる。

「お願い……話を聞いて！」

「うるさいな！　僕のことは放っておいてくれ」

メロディとあとは……風呂前にトイレでぶつかった男の子かな。

部屋の前で何やら言い争いをしている。

「お節介なんだよ、メロディは！」

「わ、わたしはミュージのために」

「そんなこと頼んでない！」

ミュージと呼ばれた少年は手に持っていた本をメロディへ向かって投げつける。

投げた途端、ミュージの顔つきが変わった。

メロディに当てるつもりはなかったのだろう。

しかし射線は間違いなく、メロディの顔に当たってしまう所だ。

ポーションを投げている俺だからよく分かる。そしてそれを防ぐこともわけない。

急いで前へ出て、メロディに向かって投げられた本を弾き飛ばした。

「あっ……」

「女の子にモノを投げるのは褒められたものじゃないな」

「冒険者さん……」

悲痛な表情を浮かべるメロディとばつが悪そうに顔を背けるミュージ。

「その胸章、Ｓ級冒険者のものかよ」

「よく知っているな。興味がある……って」

そこで初めてミュージがいた部屋を見渡した。

部屋の中全部が本に埋もれていた。

魔導書か？　シィンさんが持つ魔法書庫に似ている。

「出ていってよ！」

「いや、さすがにな」

「出ていけ！」

ミュージが本を俺に投げてきた。

メロディの時は弱かったのに、俺に対しては本気じゃねーか。

このガキ、ぶん殴ってやろうか。

「冒険者さん……出ましょう」

「お、おお！」

メロディに連れられ、ミュージの部屋を飛び出すことになった。

別館の廊下を少し走って、軒下の所で立ち止まる。

メロディは振り返る。

「冒険者さん！　申し訳ございません。お客様に失礼なことをしてしまいました」

メロディの誠心誠意の謝罪に俺も言葉が詰まる。

客商売として当然のことではあるが……俺もここで横暴な態度を取るつもりはない。

さきほどのメロディとミュージのやりとり、根が深そうにも見えた。

「もし良かったら聞かせてくれないか。君とミュージだっけ。彼との関係」

「えっ、でも……」

「若者と少し話をしたくなったんだ。食後の腹ごなしにはちょうどいいだろう」

「ふふ、冒険者さん。ちょっと年寄りくさいですよ」

「うぅ……そういうこと言わないでくれよぅ」

メロディに笑顔が戻る。

尊厳が台無しにされてしまったが、女の子を笑顔にさせることができるならトータル悪くないのかもしれない。

俺とメロディは夜空を見ながらベンチに腰かけた。

「ミュージは十歳になるまで……神童と呼ばれるほどの魔法の使い手だったんです」

「その年で魔法を使えるなんてすごいな」

魔法というものは生まれつきでどれだけ行使できるか決まっている。

人には魔法を使うのに使用する魔力を溜める臓器、魔臓（まぞう）があることは有名な話だ。

この臓器が発達しているかどうかで魔法が使えるかどうかが決まる。

俺はこの臓器がからっきしダメだ。ポーション使いの合成を魔法と勘違いされやすいんだが……あれはまたちょっと違うんだよな。

生まれつき魔臓が発達している人間が魔法使いになっていき、腕を磨いていくのだ。

「あの時のミュージは輝いていました。将来、世界一の魔法使いになるんだって言って、帝都の魔法研究所から招待状が届いたくらいなんですよ」

「そりゃすげぇ」

「わたし、子供の頃はいじめられっ子だったんです。でもミュージがいつも守ってくれて……幼馴染としてすごく誇らしかったです」

二人の関係が見えてきたな。だけど魔法の使い手だったか。

「その一年後に魔導バスの大きな事故があったんです。それでミュージの両親がミュージを庇って亡くなって、ミュージも大けがをしてその代償として魔臓の放出機能が駄目になったんです」

「魔法が撃てなくなったのか」

「はい……。ずっとリハビリをしているんですけど……医者からはさじを投げられて。体はすっかり復調したのにミュージの心は荒(すさ)んでしまいました」

魔法の放出機能。簡単に例えるなら水のタンクだな。

水はいっぱい溜められるけど、水を出す蛇口(じゃぐち)が死んでしまって出せなくなってしまったということだ。

魔力を魔法として変換することができない。放出機能の損傷は魔法使いとしては致命的な傷となる。

「私の家族とミュージの家族は家族ぐるみの付き合いがあったので……ミュージと一緒に別館で暮らすことになりました」

「なるほど、そういう関係だったのか」

だけどミュージが宿のことを手伝っているようには見えない。つまりこういうことだろう。

「魔法使いは諦められないってわけか」

「分かりますか？」

「あの部屋見たらな」

魔法使いを諦めて別の職につく人も多い。

アメリのように魔法も前衛もやれる人は潰しが効くものだ。

しかしミュージは魔法に拘ってしまったんだろう。たくさんの魔導書を読み込み、いつか魔法が撃てるようになると信じて研鑽をし続ける。

「わたしもミュージももうすぐ十五歳になるんです。十五歳になったら成人として働かないといけません」

「メロディは宿に残るとして……ミュージはどうする気なんだ？」

「外の世界へ出ると言っています。でも……魔法の使えない今のミュージは外の世界に出るなんて無理なんです！　日曜学校もずっと休んでたし……このまま一緒にこの街にいた方がミュージのためにもなるはずなんです！」

実際の所、魔法の知識があったとしても魔法が撃てないのであれば需要はないし、冒険者や研究者としての道はほぼない。大国である帝国なら特に……だろう。

小国であれば何とかなるかもしれないが……あの心の荒んだ少年がその扱いに耐えられるかどうか。

メロディはミュージのことが心配でたまらないんだろう。だからこそこの街に残ってほしいと思っている。

「わたしは子供の頃、ミュージにたくさん助けてもらいました。今度はわたしが助ける番なんです」

話は分かった。とりあえず思うことはただ一つ。

「君はミュージのことが好きなのか？」

「ふぁい⁉」

メロディは顔を真っ赤にさせてしまった。

幼少から一緒に育った幼馴染。

恋心と共に大人に育ち、かつて自分を守ってくれた人を助けてあげたい。

王道じゃないか！

俺は田舎で男兄弟にまみれて育ち、女の幼馴染なんて皆無だった。

メロディなんて真面目で健気で可愛くて優しい子じゃないか！

ウチの頭のネジが何本か外れた女性陣もこの健気さを参考にしてほしいくらいだ。

間違っても口に出して言えないけどな……。

「俺が一肌脱いでやる！」

「えっ、でも！」

「意固地になっている所はあると思う。同じ男だから俺はよく分かるよ」

「そういうもの……ですか」

「一度ミュージと話してみるよ。年上の俺なら……心を少し開いてくれるかもしれない」

メロディの表情がぱぁっと明るくなる。

「冒険者さん、お願いします！　ミュージを、わたしには祈ることしかできないけど……お願いします！」

自分が絡まない恋路っていいな！　初々しくて良い。

さてと……ミュージと話してみることにするか。


風呂上がりの散歩も終えて、部屋へ戻ってくることにした。

ミュージへの話は明日の仕事後にするとしよう。

「ヴィーノ、お帰りなさい」

「ああ」

カナデがしっとりした黒髪を櫛でといている。

温泉効果で自慢の黒髪がまた美しく変わったようだ。くるまれて寝たい。

「ヴィーノから邪な視線を感じます。さすがにみんなのいる前では……」

「えっちなことするの!?」

「うるせぇぞド変態。四人部屋でできるか！」

「まんじゅううまうま……」

つっこみの最中、シエラは温泉まんじゅうを食していた。

四人分全部食いやがって……。もともとお土産で買うつもりだったからいいんだけど。

「そんなに美味いのか？」

「中の餡(あん)がしっとりしていておいしい。甘すぎずな所が完璧」

シエラは嬉しそうに頬を綻ばせる。

何か食べている時のシエラは本当に幸せそうだ。

風呂上がりってことで寝間着に浴衣(ゆかた)というものを支給されたが……不思議な着衣だな。

黒の民の里ではよく着られるものだそうで、カナデは手馴れていて、綺麗に着こなしている。

スティーナや俺は不器用ながらもぱっと見悪くないように着たが、シエラがもう無茶苦茶だ。

帯はでろんとしているし、浴衣ははだけている。

おかげで……豊満(ほうまん)な胸元が……。

もうちょっとよく見えないだろうか。

その時何かを感じた。

「ぐっ！　どこからか鋭い殺気が」

「ヴィーノ」

カナデが真顔でこちらを見ていた。シエラに目線がいったことがバレてしまったか。

落ち着け、ごまかす！

「明日から調査を開始するし……今日はもう寝ようか！　あ、でも風呂中に布団が敷かれていると思ったけど一つしかないな。四人で一緒に布団で寝るか！」

「は？　あなた何言ってるの」

「ねぇヴィーノ。本気で言ってますか？　ねぇ」

「カナデ、笑顔で怒気を含めるのはやめてください」

話題ずらしのつもりだったのに結局そっちに戻ってしまった。

さてと……何か違う話題をしないと。

「そもそもあたし達、ここで寝ないし」

「そう。それでいいんじゃないかな！　へ？」

虚(きょ)をつくスティーナの言葉に思わず変な声が出る。

「メロディがさ。ウーミンマッシュルームを嗅(か)がせてくれるって言うから」

「は？　え？　ウーミンマッシュルーム？」

「はい。ヴィーノも知ってますよね？」

知らないわけがない。

王国で違法に指定されている薬物である。

非常に良い香りがするらしく、夢心地になり気持ち良く眠れるものだとか。

実は帝国では禁止されていない。実際薬物としてはかなり弱いものと言われている。

禁止されている要因としては男が嗅ぐとちょっと過激になりやすいと言われているからである。

女が使う分にはほとんど影響がない。

つまり。

「三人で行っちゃうってこと？　俺は？」

「未成年のメロディの前に男のあなたを行かせるわけないでしょ」

「俺だけお留守番⁉　それはちょっと」

「一日くらいいいでしょ。せっかく帝国に来たんだからいい気持ちにさせなさいよ」

くっ、ごもっともな話だ。

実際俺も明日か明後日、夜に抜け出して温泉郷の歓楽街に乗り出すつもりだった。

ここで禁止すれば俺も遊べなくなる。

だが……一人は寂しい。

「シエラ……一緒にまんじゅう食べないか？」

「食べる」

「メロディがいっぱいお菓子を用意してるって言ってたわよ」

「ヴィーノ、バイバイ。あっ、まんじゅうはもらってく」

「冷てぇな、オイ！」

スティーナ、シエラは問答無用でいってしまう。

だったら、だったら。

「カナデ、夫である俺を置いていくのか！」

「そ、そういう言い方はずるいですよ」

「戻ってきてくれ！　俺にはカナデが必要なんだぁ！」

「黒の里の時の言葉を汎用（はんよう）っぽく言わないでください」

カナデの両腕を摑み、駄々をこねて阻止をする。

一人の夜なんて寂しいんだもん！

「カナデぇ……」

「ヴィーノ」

カナデが優しく俺の手に触れた。

「私に隠れてシィンさんやバリスさんと夜のお店に行ってるくせに私が行くのは阻止するんですか？　私が知らないとでも」

「申し訳ございませんでした。どうぞ、ゆっくりとお楽しみください」


「寂しい……」

布団の中に入って一人の寂しさに悲しくなってくる。

一人で出張している時はそうでもないんだけど……いるはずなのにいないってのが何ともつらいものなんだな。

まわりを女で固めるとこのような弊害（へいがい）が出るんだな。

やはり同性の仲間を入れておくべきなのかもしれない。

明日はさっさと起きて、この街の冒険者ギルドへ顔を出そう。

この街に起きている異変について情報を集めないと。

温泉のおかげで体は温まっているし……さっさと寝よう。

ガチャリ。

ドアが開く音がする。

なんだ？　もう女性陣が帰ってきたのだろうか。

足音は一人分。忘れ物、もしくは寂しくしている俺のために誰かが戻ってきてくれたか。

足音がどんどん近づいてくる。

よし、寂しいし抱きしめて布団に連れ込んでやろう。

カナデならそのまま夜の情事に発展させる。

シエラだったら普通に抱いて和(なご)やかに話す。

スティーナは嫌がられるけど、根本ドスケベだし、ごり押ししてやる。

足を止めた瞬間、掛け布団を囮にぶん投げて、隙間から手を伸ばして相手の腕を掴んで引っ張る。

腕を掴んだだけじゃ相手は分からない。

誰だっていいのだ。俺の相手をしてくれるんならな！

力尽くで引っ張り抱きしめて、ゆっくりと顔を見る。

その相手は……可愛らしく怯(おび)えた表情を見せた。

なるほどな。

「でも男には興味ないんだよな」

「僕もだよ！」

布団の中に連れ込んだ相手はミュージであった。

男同士、密室、何も起きないはずがなく……という言葉があるらしいが、何も起こす気はない。

怯えた顔を見せるミュージに何の感情も抱かないまま、俺は起き上がりとりあえず腕を組んであぐらをかく。

ミュージは眉目秀麗（びもくしゅうれい）で幼さを残しつつも見惚れてしまうような顔立ちだ。

俺に抱かれて、小動物のように怯える姿は加虐心（かぎゃくしん）を生み出してしまいたくなるものだろう。

その表情は世の中のお姉さんが喜ぶだろうし、メロディが想いを寄せてしまうのも分からなくはない。

外に出て、風がなびく場所でオカリナでも吹こうものならあっと言う間に人を惹きつけてしまうのだろうと思う。

だけど。

「悪いな、男を抱く趣味はないんだ」

「人を思いっきり抱きしめておいて何を！」

「だって女の子だと思ったんだもん。クソッ、このトキメキ返してくれよ、ケッ」

「何で僕が……詰られているんだ？」

飛び起きて立ち上がり、部屋の明かりをつけて椅子に座ることにする。

勘違いとはいえ未成年男子を布団に引き込んでしまうとは……。

何てむなしいんだ。

「で、何のようだよ。暇だし、付き合ってやる」

「あ……うん」

ミュージは立ち上がり、恐る恐る対面の椅子に座った。

怯えやがって、何という不覚。

「……」

「……」

会話が始まらない。

俺は床に置いてあったホルダーからポーションを取り出し、ミュージに渡してやった。

「あ、ありがとう」

「何だちゃんと礼が言えるんじゃないか。メロディにはあんなにきつい言い方なのに」

「それは……」

ポーションの蓋(ふた)を開けてぐびっと飲んだ。

つられてミュージも口をつける。

「おいしい……。ポーションってこんなに甘いんだ」

「俺が作ったやつだよ。市販のポーションはまずくて飲めん」

「冒険者ってそんなこともできるんだ……」

「出来るヤツはそう多くはないけどな」

帝国に【ポーション使い】はいるんだろうか。

いや、その能力の価値に気付かず冒険者を辞める人も多いからいないかもしれないな。

ポーション使いはともかく、ポーションの投擲はあくまで俺独自の技能によるところである。ポーションをぶん投げる発想になる人間はそうはいないだろう。

「あ、あの！」

ミュージはテーブルに手をついて、身を乗り出した。

「僕を冒険者として雇ってほしい！」

そのためにここへ来たのか。

明日にしようと思っていたがちょうどいい。話を聞いておくことにしよう。

「メリットは？」

「え？」

「君を雇うことで俺……いや冒険者に何のメリットがある。普通は冒険者ギルドに申請をして認められれば冒険者になることができる。それをせず、直接冒険者に売り込むってことは君には何か素養があるのか？」

「それは……ま、魔法に関する知識なら誰にだって負けない！　僕は十四年間魔法のことばかり勉強してきたから……その知識を！」

「魔法を撃てない魔法使いに居場所はないぞ」

「っ！」

ミュージの表情が大きく歪む。

「君のことはメロディから聞いている。事故に遭ったこと。魔臓が傷ついて、魔法が撃てなくなったこと」

「メロディ……。余計なことを」

「彼女は本当に君を心配しているぞ。あんなに健気な子に乱暴な物言いをするなんて同性として褒められたもんじゃないな」

「……あんたには僕の気持ちは分からない」

「そうだな。魔法を使おうと思ったことのない俺には分からんよ。でも、人は必ず成人する。その時に自分の将来を考えられない人間は大人にはなれない」

この世はシビアな世界なんだと思う。

わずか十五歳で外の世界に放り出されて、大人に立ち向かっていかなきゃいけないのだ。

だけどこの世は自立できない子供にとても厳しい世の中だ。

この世には魔法が使えない人間なんて山ほどいる。

だからこそ十二歳くらいから将来について考えるものなんだ。

俺だって田舎で働きたくないと分かっていたから体を鍛えて、冒険者になった。

「それでミュージ。君は外の世界に行くと言っていたらしいが他にアテはあるのか？」

ミュージは首を横に振る。

「その体じゃ前衛タイプの冒険者になるのは無理だろう」

ミュージは線の細い少年だ。

俺の十四歳の頃よりも小さい。体を鍛えるということをしていなさそうだ。

スティーナのような特殊技能に秀でた冒険者への道もあるが……その特殊技能が何か分からぬ内はうかつなことは言えない。

「魔法が使えなくても戦えなくても仕事は山のようにある。……メロディと一緒にこの宿で働くってのは出来ないのか？」

「……僕はメロディの……メロディの家族に甘えっぱなしなんだ。僕は立派になって恩返しがしたい」

「ここで働くことも恩返しと言えるが。君の気持ちはよく分かる」

田舎の両親、兄弟達に立派で働いていることを証明したかったから。

でっかくなって、立派になったと思われたい。安心させたい。ミュージも似たようなことを思っているのだろう。

お世話になったからこそ立派な姿を見せて何倍返しで恩返しをしたい。

「帝国には魔法を研究している機関もあるんだろう？　昔、ガルバリア帝国国立魔法研究所からも話があったと聞いていたが」

「僕が魔法を使えなくなったと聞くと……手の平を返したように帰っていったよ」

「魔法に関する職は冒険者だろうが研究者だろうが魔法が使えてこそだろうし」

「……今でも魔力自体は自在に込められるんだ。多種の属性を表現することができる。でも出すことだけはできないんだ」

「ん？……それって。ちょっとやってみてくれるか？」

ミュージは目を瞑り、力を込め始めた。

ミュージの周囲には魔力が満ち始めて、淡い色の魔力波が出現し始める。

これはすげぇ……。十四歳でこれだけの魔力を生み出すことが出来るのか。

「火、水、風、地、光、闇……僕は全てを扱うことができた」

順番に魔力波の色をその属性に応じたものに変えていく。

「おお！　六属性なんてＳ級冒険者でもなかなかいないぞ」

単純に使える属性の数が増えるごとに魔力や魔法攻撃力が増大する。

属性の数こそ魔法使いの才能の大きさを示していると言っていい。

かつての仲間、Ａ級のルネですら三属性までが限度だった。得意の火しか使ってなかったけどな……。

「これだけ操れても結局魔法を撃ち出せなきゃ意味がないんだ……」

「完全に魔力が死んでたら諦めもついたかもしれないが惜しいな」

「研究者にも言われたよ。あと二十年待てば何とかなるかもしれないって」

「二十年はなげぇな……」

その頃には別の手段で魔力を放出させる術が出来ているかもしれないってことか。

だけどそれは今じゃない。

「分かった。知り合いに高名な魔法使いがいる。君の力が何かに役立てるか聞いてみてやるよ」

「ほんと！　アンタいい人だな」

「あと、君は口の利き方に気を付けた方がいい。無礼は損だぞ」

「あ、ごめんなさい。えっと……ヴィーノ……さん？」

「ヴィーノでいい。君は敬語とか下手そうだし、気安くて構わん。だけど期待はするなよ。……世の中そんなに甘くないからな」

「うん、分かった」

安請(やすう)け合(あ)いしちまったな。

本来は受けるべきではないんだけど、手助けしたくなっちまった。

俺自身もポーション使いとして冒険者になって四年間ずっと苦しい思いをしてきた。

武器もまともに使えない。魔法だって使えない。

ただポーションを配給するだけに特化したこの力で無能の烙印(らくいん)を押されて、後ろ指さされて生きてきた。

そして今、成功したからこそ未来ある若者に、はみ出し者になりそうな子供に手を差し伸べてあげたくなるんだ。

そんな若者はこの世にいっぱいいるんだろうけど……俺の目に留まる所ではできる限り助けてあげたいと思う。

「なぁミュージ。っ！」

その時だった。

【ドドドドドドッッッッ】

「なななんだ⁉」

地面が揺れ、びっくりして思わず地面にぺたんと座り込んでしまう。

こういったことに経験の無い俺は困惑してしまった。

対するミュージは静かに待っている。

地震は三分ほど続いて……ゆっくりと止まっていった。

「何だったんだ……いったい」

「最近増えてるよね。数日に一回来るから……僕はもう慣れたけど」

「……これは予想以上だな」

「ヴィーノはこれを調査しに来たんじゃないの？」

ミュージは淡々と告げる。

そう……今回、俺達の外国応援依頼の内容は朝霧の温泉郷で度々発生する地震調査であった。

◆　◇　◆

温泉郷【ユース】ではここ一ヶ月、昨晩のような地震が連日発生しているらしい。

この街に所属する冒険者や地質学者なども調査したようだが原因が分からず途方に暮れていたよ

うだ。

音は大きいものの地震の揺れも大きくないため、けが人は発生していない。

そのため大規模な事件とは言い難く、帝国もお金をかけた調査に乗り気ではないらしい。

まぁ観光地に不安を呼んで客が少なくなる方がリスクだと思ったのだろう。

そんな事前情報を得た上で俺は翌朝、早速温泉郷【ユース】の冒険者ギルドへ向かった。

「ようこそおいでくださいました！　ヴィーノ様！」

「お、おお……」

冒険者ギルドで出迎えてくれたのだが何とギルドマスターにギルド員、冒険者が一堂に集まっており、狭いギルド内が完全な密の状態になっていた。

「これはいったい……」

「S級冒険者であるヴィーノ様が来てくださると聞いて集まったのですよ！」

壮年の男性、彼がギルドマスターなのだろう。しかし、これはちょっと大袈裟すぎじゃないか。

二十人近くに注目されて……何だか気恥ずかしい。

王国であればある程度威張ってもいいが帝国は他国。ある程度謙虚でないと王国民としての品格を疑われてしまう。

確かここの規模は工芸が盛んな街と同レベルだったな。

つまりC級以下の冒険者しかいない。小さなギルドである。

「今回の調査は予算も少なくてほとほと困っていたのです！　まさか王国からS級冒険者が来てく

ださるなんて……。王国冒険者ギルドは何かあると踏んでいるのでしょう。我が帝国は愚かです。地方都市なんてどうでもいいと思っているのですよ。王国を見習ってほしいですね！」

「は、はぁ」

い、言えない。

実際はバカンス九割の気持ちで来ているなんて……。

こういう仕事って別のS級レベルの仕事のついでに立ち寄ったり、同行のA級以下に行かせて解決させたりすることが多い。S級二人が行くって普通じゃありえないんだよな。

もう少し謙遜しておこう。

「俺はS級になりたての若造ですよ。そんなに変わりませんって」

「謙遜を……。帝国でもS級は三人しかおらず、厳しい試験を潜り抜けた者しかなれぬのです。ヴィーノ様はその若さでS級なのですから尊敬なのですよ」

おいおい。王国のS級の試験なんて試験官のさじ加減だぞ。

俺の時はアメリだったけど、そんなすっげー考えているようには見えなかったぞ!?

カナデはともかく俺はわりとついでみたいな感じだったからなぁ。

王国は十人S級がいるけど、帝国と比較して増やしすぎなんじゃないだろうか。

「今回は一週間だけの出張ですし、やれるだけやってみます。帝国は不馴れですのでいろいろ教えてもらえると助かります」

「おお！」

大したこと言ってないのに盛り上がる。

「同じようなことをＳＳ級のペルエスト様が仰って事件を見事解決されていましたからな。これは期待ですぞ！」

ペルエストさん、何やってんの⁉

あの人は超人だからやりかねないけど、俺は常人レベルだから期待されても困るっつーの！

やれやれ……。

「この街で一番の位の高い冒険者はどなたですか？」

「あ、私になります」

俺より五歳ほど年上の男性冒険者でカリスというらしい。

この街出身で唯一のＢ級冒険者だとか。

Ｂ級以上は大きなギルドで働くのがほとんどだが彼のように地元に残って働く人もそこそこいる。

同ランクの冒険者に比べたら経験が浅いが、下位のクラスとは比較にならないほど強いので信頼度は違う。

「カリスさん、今の状況を教えてくれないだろうか」

「ええ、もちろん」

カリスから聞いた情報は事前情報と変わらないものであった。

カナデ達、別動隊が手に入れた情報と加えてまとめないといけないいなと思う。

「あと最近わかったコトなのですが、どうやら地震の範囲が局所的であることが分かったのです」

つまり温泉郷全体を揺らしているのではなく、日によって揺れる場所、大きさが違うらしい。

この地区で大きく揺れるのに他の地区では全く揺れないと言うことがよくあるとか。

「これで何かわかりましたか！」

「教えてください！」

「どうですか！」

名探偵じゃないのでこれだけで解決できるわけねーだろ。

初対面から強気でいけるはずもなく、ギルドの冒険者達と会話をかわす。

帝国内での力事情や魔導バスなどの魔導機械のこと。

帰った時の話のタネにいろんな話を聞くことができた。

そんな矢先にこんなことも言われる。

「ヴィーノさんってもしかして三人の外国の冒険者さんと一緒に来たんですよね」

ほんの先ほど街の巡回から帰ってきた冒険者から質問をされる。

俺は頷いた。

「あの三人の中の特にあの子」

俺は少し身構える。嫌な予感がしたからだ。だけどその冒険者の表情は明るい。

「あの白髪の女の子。すっごく綺麗な子でしたね！　あんな綺麗な白髪を見たことないです！　是非とも一緒にお話ししたいです」

「あ、僕も見た！　すごいよね！　思わず何度も見返しちゃったよ」

話題はシエラのことで一色となる。

昨日も町中の話題をさらっていたのだから当然だ。

俺は気になり、その冒険者に声をかける。

「その中に黒髪の女の子はいなかったか？」

「黒髪ですか？　あー、金髪の子と一緒にいたような……でもあんまり覚えてないです」

そう、これだ。

最近わかったことだが、カナデの黒髪の呪いはシエラが一緒にいることで緩和されるのだ。

おそらくシエラの方が白の巫女として純血であることが要因だろう。白の影響力が黒を上回っている。

王国ではカナデの黒髪は呪いの効果で絶対的に嫌われていた。

しかし、S級という権力を得たことで嫌々でも従わせる力を得ることができた。

ただ、王国で通用しても外国では通用しない可能性がある。

だから今回の仕事はカナデが外国出張を出来るかどうかの判断も兼ねていた。

結果、シエラを側に置くことで外国でも揉めることなく仕事を進めることができると分かったのだ。

しかしカナデとシエラは絶望的に相性が悪い。

二人で組ませるということができないゆえに間にスティーナを挟ませるしかないのだ。

カナデを頭にして女三人での外国出張なら行かせられるかもしれないけどまだまだ前途多難だ。

ギルドでの会話は早々に打ち切ることにし、カナデたちと合流することにした。

待ち合わせ場所は街で一番人気と言われる甘味の味処である。

甘いもの好きの女性三人とパーティを組んでいたら拒否権などない。

入店して即、幸せそうにデザートを食べる姿が見えた。

「美味そうなの食べるな」

「お先に食べちゃってます」

「有名店だけあってすごく並んでたわよ」

「君達調査したんだろうな……」

タワー系パフェをうまうまと食べているシエラに視線を向けつつ俺もパンケーキを注文することにした。

各々甘味を楽しみつつ、情報を整理する。

まず俺がギルドで聞いた話を展開し、二人に伝えた。

「こちらで聞いた話とそう変わらないですね」

カナデ達には街の人達に状況を聞いてもらったが差異はあれど大筋は変わらない。

「シエラ人気がやっぱりすごいわ。白の巫女効果って絶大なのね」

「俺達は見慣れてしまったからな。シィンさんも言ってたけど人の表層心理に訴えかけてくる力がある……だったか」

元々美しい容姿をしていたがその力は一層とも言える。

カナデは少し面白くない顔をした。

「シエラのおかげで黒髪のことで何か言われることはなかったんだろう？」

「むぅ～。それはそうですが白狸のおかげと言われると釈然(しゃくぜん)としません」

「あたしがケンカばかりの二人の間を取りもったんだからね。もっと褒めてほしいわ」

「あ、ああ。デザートもう一品頼んでいいよ。奢(おご)るし」

「やった～」

「ヴィーノ、私も頑張りましたよ！」

「もちろんカナデも食べていいから」

「シエラ、もう一個タワーパフェ食べたい」

「それをか⁉　ってポーション二十個分は高くないか⁉」

結局押し切られ女性陣のおやつ代を払うことになってしまう。

「あ、そうそう」

スティーナが追加で注文したショートケーキにフォークを刺しながら呟(つぶや)く。

「地震の話題の方が多かったんだけど……他にも人さらいが最近増えてるらしいよ」

「観光客狙いの人さらいか」

「でも気になることが一つあって」

カナデが横から言葉を挟む。

「地震があった翌朝……それも男女大人子供問わず行方不明になっているそうです」

「うーん、それは妙だな」

誘拐騒ぎなんてものはどこにでも存在する。

王国や帝国という大きな国は貧富の差が大きい分、人身売買目的の誘拐が跡を絶たない。

特に観光地は世界中の金持ち達がやってくるからいいカモになるのだろう。

ただ狙われるのはやっぱり子供だと思う。

この前王国でも人さらいの事件があったが狙われたのは見た目の綺麗な子供だ。

シエラも捕らわれてしまったが……狙われるのはそういう子供ばかりなのだ。

大人の男が攫われてしまうのはそう多いことじゃない。

「地震のあった翌朝か……」

「聞いている感じだとね」

「ヴィーノ、ヴィーノ！」

今度はシエラが手を挙げてきた。

「あのね、タワーパフェ。もう一個食べたい」

「君はぶれないねぇ……」

スイーツタイムは終了し、俺達は喫茶店を出ることにした。

地震騒ぎの裏で誘拐騒ぎか。普通じゃ関連性はまずないだろうけど……頭の片隅に入れておくことにしよう。

帰り道、横を歩くカナデと話しながら情報をまとめていく。

帝国の冒険者達が調べ尽くした後に……新たな視点ということで外国冒険者が呼ばれただけゆえになかなか思うような成果は難しい。

期限は今週いっぱい。レポートにまとめて我々の調査でも異常は見受けられませんでしたって形で提出すればいいか。

よし、今日もお風呂に入ってすっきりとしよう。

「ちょっといいかしら！」

後ろからの女性の大声に俺達の歩みは止まってしまう。

振り向くと手帳を持った女性と大きなカメラを両手で掴み俺達に向けている男性の姿があった。

「帝国時報だけど、インタビューしてもいいかしら！」

声がデカい。

帝国時報。この国で最も大きな新聞社だっけ。

王国のキングダムタイムズよりも国際的な記事を取り扱っていると聞いたことがある。

「えっと……あなたは」

「ああ、ごめんなさいね！　私は記者のレリー。こっちはカメラマンのマイケスよ！　で、インタビューさせてもらうわね！」

「いいって言ってないんだけど」

「堅いこと言わないでよ。イケメンが台無しだゾ」

「え、そう？」

そんな風なこと言われると悪い気はしない。

「ヴィーノ」

後ろからカナデが釘を刺すように俺の名を呼ぶ。

いや、いかん……。危うく絆されるところだった。

「遠慮させてほしい」

「悪いことなんて書かないから！　いい記事になると思うの。帝国時報は偏向しない主義だし」

「でもなぁ」

「王国から来た若手のＳ級冒険者。【ポーション狂】に【堕天使】でしょ。Ｓ級はなかなか会えないし、話を聞きたいの」

「な、なんで……俺達のことを」

「冒険者ギルドとは懇意にしてるからすぐ分かっちゃうわよ」

昨日来たばかりなのにもう情報がまわっているのか。

ギルドの連中も嬉々として話していたもんなぁ。

「噂の豪速で投げるポーション使いも気になるんだけど……一番はやっぱりねぇ」

記者レリーの目線が俺ではなく後ろの方へと行く。やっぱり狙いはカナデか。

俺は守るようにカナデの前に手を翳す。

「悪いが俺の妻に興味本位で近づかないでくれるか」

「へぇ……本当に黒髪の子と結婚してるんだね。ポーション狂ってやっぱり変わった趣味してるんだ」

カナデを悪く言われてカチンとくる。

キングダムタイムズの方は冒険者ギルドから圧力をかけてるから変な記事が出ることはないが、帝国時報まではさすがに圧力をかけられない。

「ああ、ごめんなさい。さすがに失礼だったわ。ただ……純粋に黒髪の冒険者の話を聞きたいと思ったの。それは黒髪を侮辱するわけではなく、知るため」

「それは本当ですか？」

「お、おいカナデ」

「ええ、さっきも言ったでしょ。帝国時報は偏向の記事は出さない。正式に取材させてもらえないかしら」

カナデの耳元で小声で話す。

「いいのかよ。信用はできないぞ。キングダムタイムズだって取材なんてしてこなかったことだぞ」

「だからこそですよ。黒髪冒険者へ取材したいなんて奇特な方、今までいなかったじゃないですか。帝国中に私の活動を知らしめるチャンスとも言えます」

言いたいことは分かる。

すでに好感度最低な状態から始まっているので悪く書かれた所でこれ以上下がりようもない。

王国新聞のキングダムタイムズは黒髪のカナデのことは完全に無視している。

本来であれば十六歳でS級という至上最年少での栄誉に取材が殺到するように思えたが今の今まで一つもない。

ちなみに俺ですらいくつかあった。まぁペルエストさんとかアメリに比べたらごくわずかだが。

「私は帝国以外の国、もちろん王国にも何回か出張したんだけど黒髪の冒険者は一人として見たことはなかったわ。だからすごく興味があるのよ。呪われた逸話を持ち、人々から忌み嫌われる黒髪の少女がS級冒険者に成り上がり……何をしたいのか」

「……」

「そんな黒髪の子を嫁にもらおうとした【ポーション狂】の性癖にも興味あるケド」

「性癖って言うなよ……」

「分かりました。歪めて人々に伝えないのであれば取材をお受けしましょう」

「やったー！」

まぁ、仕方ないか。

明日のお昼間に抜け出してカナデはレリー記者から取材を受けることになった。

俺も付きそった方がいいかと聞くとS級が二人サボるのは良くないって説き伏せられてしまう。

仕方ないがカナデも確たる意志でこの仕事をやっているんだ。信じてみるしかないか。

「個人的に……そこの白髪の子も興味あるんだけどね」

今度はシエラの方に目を付け始める。

「シエラはちょっと勘弁してくれ」

何も考えず白の巫女とか言い出す可能性もあるし、変に騒がれてしまう可能性がある。

メシで即行釣られそうなのも問題だ。

「その髪と瞳。……彼女は白の国出身なんでしょ」

「白の国を知っているのか？」

「行ったことはないけどね。ただあの国が絡むと帝国政府から怒られちゃうからやめとくわ。見た目の良さから芸能系としてでっち上げてもいいけど……私の得意ジャンルじゃないしねぇ」

やはり白の国は影響力が強いのだと思う。

帝国の帝都は白の国から近い所にあるし、国家間の問題があるのかもしれないな。

「それにしても黒髪、白髪の子とはよりどりみどりよね。【ポーション狂】ヴィーノは女をはべらせる好色冒険者でいいのかしら。記事にしようかな」

「おい、偏向記事はやめろ」

「間違ってないわよね」

「そうですね。妻をよく泣かせてますもんね」

「胸ばっか見てる」

「ちょっと君達、黙ってくれない？」

「それじゃ【堕天使】カナディアさん。明日宜しくね～。行くわよ、マイケス」

「ウッス」

「喋った!?」

まったく動いていなかったから石像かと思ったぞ。

記者レリーとカメラマンは早々に立ち去っていく。

「あたしには何もなかった……」

記者達が去り、一人話題にされなかったスティーナが呟く。

「いや、それが普通だと思うぞ」

「怪盗ティーナであることを伝えれば取材される？」

「おい、胃痛になるからやめろって」

三者三様でネタにされたらもうわけわかんなくなるっつーの。

どっと疲れが出てしまったので宿へと戻ることにした。

「今日の晩ご飯楽しみ」

「昨日は海魚と野菜のソテーだっけ。今日は肉が入るって朝、メロディが言ってたな」

「ほんと⁉　お肉大好き」

「シエラ、本当食べること命だな」

「食事はシエラの人生だよ……」

空を見上げ、長い白髪を揺らしてシエラはゆったりとした笑みを浮かべる。

「それは……素晴らしいな」

ちょっとバカみたいな発言だったが軽くスルーすることにした。

とっても絵になるんだろうけど……シエラの美しさに慣れてきているのでまったく心が揺さぶられなくなってしまった。

「ねぇ……あれ」

カナデとスティーナが横で喋っていたのだがその喋りを中断して歩く先を指さす。

その先には宿の入口の段差に座る、メロディとミュージの姿があった。

声が聞こえてくる。

「……ミュージ、話って何？」

「昨日はその悪かったよ」

「へぇ……ミュージが素直に謝るなんて珍しい。雨でも降るんじゃないかしら」

「なんだよ！……いや、ごめん。最近、メロディに当たってばかりだったよな」

「もしかして冒険者のおにーさんに何か言われた？」

「うん。いろいろ話を聞いてもらったよ」

「じゃあ……もしかして」

「僕は外の世界に出ようと思う」

「やっぱりこの街から出て行くんだ」

「両親が残してくれたお金で数年は暮らしていけるし、僕を受け入れてくれる国で……」

ミュージとメロディは腹を割って話をしている。

昨日俺と話したことを踏まえてもう一度考えたのだろう。

「やだよ！　そうなったら……ミュージ、もう帰ってこなくなるんでしょ！　そんなの寂しいよ」

「違うよ、ちゃんと帰ってくるって！」

「……グス」

「本当にほんと！　メロディやおじさん、おばさんには本当に世話になったし孝行もしたいと思っている。僕はこの街が好きだから……」

「本当に？　信じていいの？」

「うん。何とかして魔法に関する仕事について……軌道に乗ったらこの街に戻ってくるつもりだよ」

「……分かった。昔っからミュージは自分で考えちゃうんだから。そんなミュージを手助けしたかったのになぁ」

「え？」

「なんでもない。でもできれば近場がいいなぁ……。ミュージったら全然家事できないんだし、お世話してあげる」

「ちょ、勘弁してよ！」

うーむ、何だか初々しい雰囲気が漂っている件。

ミュージのやつも街を出ることを決めたっぽいな。

もし王国で働くことができるならここからそう遠くないからメロディを招待することも可能だろう。

「ヴィーノ、スティーナ。幼馴染愛ですよ！」

「メロディ、何とか食い止めなさい！　二人で宿を継ごうって言うのよ」

「ん？　君達はあの二人の関係知ってるのか？」

直接メロディとミュージと話した俺は分かっていたがこの二人まで知っているとは思わなかった。

「昨日の夜、コイバナしたんですよ。メロディさんの恋路をいっぱい聞いたんです」

ああ、そういえば女四人で話をしたって言ってたっけ。

その時間にミュージと話していたことを思い出す。

「楽しかったわね。幼馴染の長年のコイバナはいいものよ」

「自分が絡まない恋話は聞いていて楽しい時あるもんな」

「ヴィーノとの結婚生活もたくさん聞かれちゃいました。恋愛の先輩として力になれたならいいのですが」

「あなた靴下は履いたままがいいんだってね」

「おい！　俺の性癖バラすな！　何の話してたんだよ⁉」

「今思うと……話しすぎたなって思うのですが……ヴィーノ、お願い。許してください……。ね、きゅい？」

「くそっ、可愛いな。家に帰ったらお仕置きだからな」

「縄で縛って目隠しされるわよ。ところで、そういうのって風俗で覚えるの？」

「カナデ……喋りすぎだ」

「きゅい？」

だから朝なんかメロディが余所余所しいと思ったらそういうことか！

冒険者のおにーさんって意外にやり手なんですねって言われた時は何かちょっとドキリとしたわ。

ってうん？　シエラがとぼとぼと宿の方に向かって行く。

そしてミュージとメロディの前に立った。

「おにく！」

花より団子、コイバナよりメシって所はシエラらしいな。

この後、俺達にさっきのやりとりを全部聞かれ、恥ずかしそうに顔を赤らめていた若人（わこうど）をからかいつつ、今日のおつとめは終了した。

それから時はゆっくりと過ぎていく。

帝国時報の取材も無難に終わったようで記事が出る際は一報くれるように話はつけた。

記者レリーはまじないの影響をそう受けてはいないらしく好意的な取材で終わったとカナデは言っていた。

どうやらカナデと記者レリーの間で繋がりが出来たようだ。俺はあんまり良い印象はなかったが……カナデの夢に一歩前進できるなら良かったと言えるだろう。

本題の地震調査はやっぱりよく分からないので地震の後の朝に起こるという人さらい問題に注力していた。

しかし、この問題百パーセント発生するものではなく、地震の発生源に行っても何も起こらないこともあると言う。

そもそも朝霧の温泉郷という名前の通り、朝は霧が凄い。ほとんど前が見えず、下手すると夜よりも視界が悪いかもしれない。

正直な所捜査は難航していた。この街に来て五日が過ぎた夜。

メロディやミュージと親しくなった俺達は二人を誘い、一緒に食事を摂るようになる。

若い二人をまじえての会話に花が咲く。

食事の後、ミュージを誘って温泉に入ることにした。

「今日はあの三人と一緒に入らないんだね」

「一緒に入れたのは初日だけだっつーの」

俺の邪な気持ちを察してから完全に二日目以降は時間帯を区切られてしまっている。

ちくしょうめ……。

「帝国は王国と違って重婚OKではないんだよね。ヴィーノはあの三人、みんな嫁にするの」

「しねーよ。カナデは妻だが、スティーナ、シエラは普通の仲間。パーティという意味合いでは特別な人ではあるけどな」

「仲良いよねヴィーノのパーティ。カナディアとシエラは仲悪いけど……あれはあれでって感じだし」

「案外似たもの同士だからな……あの二人。戦闘では息が合ってたりもするんだよ」

「そうなんだ……」

ここ数日、ミュージは俺に話を聞きに来ることが多い。

「冒険者は五人パーティが基本だっけ。あと一人はどの女の子を入れるの？」

「女限定にするな。うーん、本当は魔法使いが欲しかったんだよな」

「へ？」

ミュージは驚いたような声を出す。

「君がもし魔法を使えるならスカウトしただろうな。同性の仲間も欲しかったし」

「そう……なんだ。残念……だね」

「実際、ミュージが魔法を使えたら研究所とかにも行くだろうし。こうやって仲良く風呂は入らなかったと思うけどな」

仲間にしてほしそうな感情が少しあるのかもしれない。

だけど俺はあえてばっさり、その感情を切り裂いた。

「そうだね。僕は魔法が使えない」

ただのパーティならまだしも俺のパーティはS級冒険者がいるパーティである。

カナデは当然、S級に匹敵する戦闘力を持つシエラ。支援として使用者の少ない幻影魔法を扱えるスティーナと違い、ミュージは何も持っていない。

感情だけでS級冒険者のパーティに入れてしまうことは良くないのだ。

「昔はメロディと一緒に魔法の練習で凰火山に行くことがあったんだ」

「凰火山……。ああ、この街から一番近い山か。でもあそこって魔獣出るから今入れないって聞いたぞ」

「その頃は魔法が使えたから追っ払えたんだよ」

「無茶苦茶しやがる。メロディにいいとこ見せたかったのか?」

「なっ!……それもある」

この二人、どうやらお互いを思い合っているらしい。

だけど長い時のせいで進まない。幼馴染でよく聞く話だな。

少し顔が赤いのは湯のせいか……それとも。

「昔は僕がメロディを守ってあげたのに気付けば……守られる立場になってしまった」

「だから、素直になれないってか。この前も言ったが女に当たるのはかっこ悪いからな」

「うん……」

そこで少し話題が止まってしまう。ふぅ……仕方ないな。

「俺もさ……昔、無能なポーション係と言われていてな」

「え？」

自分の恥ずかしい過去なんてあまり話したくなかったけど……せっかくの機会だったこともあり秘匿情報以外の昔話をミュージにすることにした。

心の底、どこかでこの子を仲間にして育てたいと思っているのかもしれないな。

せめて……体を鍛えていたら良かったんだけど……そこは仕方ないか。

俺の昔話で何か掴めるかは分からないけど俺だって初めからS級になれるほど才能があったわけじゃない。

【ポーション使い】はレア職。それだけ聞くと随一とも言えるだろう。

だけどこの職は不遇職と言われている。

今でもそれは変わらない。

俺が必死の努力でマスターしたポーション投擲とうまく噛み合い、さらにカナデと出会えたことで大きく前進したことが要因だ。

どれか一つでも欠けていれば俺はS級冒険者になれなかったと思う。

「どこの国へ行くかはまだ決めかねているんだろうけど、王国に来るなら応援してやるから」

「うん、ありがとう……ヴィーノ」

もしかしたらこの仕事は和やかに終わるかもしれない。そう思っていた次の日の朝。

事件が起こってしまったのだ。

俺達四人は地震が最も強かったこの宿周辺を警戒していた。

朝、人さらいがあればすぐに分かるように四人バラけて……配置した。

もちろんお互いが被害者になったら意味がないので十分に気をつけるように指示をしていた。

今回もきっと何もない……そう思っていた。

その矢先、事件の始まりの信号弾が上空へあがったのだった。長い一日が始まる。

◇◆

「っ!?」
信号弾が空へと上がる。
正確には信号弾の要素を持たせたシグナルポーションである。
地面にぶん投げて割ったら、大きな音と光が空へと上がる仕組みの俺の特製のポーションだ。

あの場所は確かスティーナの担当だったか。

急いでスティーナがいる場所へ行く。

するとスティーナは双銃剣を構えて何かを見据えていた。

朝霧でよく見えないが……巨大な蟻(あり)の魔獣がのそのそと地面を這(は)っている。

「急に地面から現れたの……」

空や地面から魔獣が現れるのは少なくはない。

王国でもたまに見られる現象だ。

「これが人さらいの原因……には見えないな」

カナデとセラフィムに乗ったシエラが近づいてきた。

「スティーナ、大丈夫ですか」

とりあえず魔獣は倒さないとな……。

「カナデ、頼めるか?」

「ええ」

あの巨大蟻の魔獣は王国では見たことがない。

だけど……今まで問題になっていないのであればそう手強いことはないだろう。

カナデは一気に近づき、大太刀で両断する。

「くっ⁉︎」

硬い。カナデの一撃を弾きやがった。

だけどダメージは入っているようで苦悶の叫び声を上げる。

カナデに向けて反撃で刃のような腕を振るが当たるはずもない。

俺は急いでポーションを抜いて速射でぶん投げた。

巨大蟻の頭に命中し、これで終わり……。

「ぐぅぅぅぅ」

まだ動いてやがる！

「五の太刀【大牙】！」

カナデの技で最も威力のある五の太刀が炸裂する。

さすがにこの一撃は耐えられず、巨大蟻は両断され絶命した。

俺はカナデの側に寄る。

「随分、硬い魔獣だったな」

「ええ、物理耐性があるようですね。大して強くないことが救いでしょうか」

「これが人さらいの原因？」

スティーナの問いに俺は首を横に振った。

「この魔獣が原因だったらすぐに分かったはずだ。恐らくは原因ではないだろう」

「そうですね。たまたま……スティーナの前に現れただけでしょうか」

たまたま……か。

でも何だろうこの違和感。

何か、何かあるような気がする。

なんだ？

「うわあああ！」

宿の中から叫び声が上がった。

あの声はミュージか⁉

人さらいの可能性があったから宿から出るなと言っておいたんだが。

俺達は急いで宿の中へと入った。

そこで見たものは尻餅(しりもち)をついたミュージと霧の中で浮かぶメロディィの姿であった。

「ミュージ……たすけ」

メロディィはふわりと浮かび始めてしまった。

そこで直感的に理解する。これが人さらいの原因だったと。

まず、メロディィを助けないと……！

俺はホルダーからポーションを取り出して五本、霧に向かってぶん投げた。

実体があるのか分からない、これは試しだ。

「ガアアアアァ！」

その内の一本が当たった！

こいつは霊的な魔獣ではない、恐らく霧で姿を隠すことができる魔獣だ。

もう一本投げようとした矢先、霧で隠れた所から火炎のブレスが飛び出してくる。

「やばっ！」

予備動作なしだったため反応が遅れた。

ダメージを覚悟する。

「セラフィム、ガード」

俺の目の前にセラフィムが出現し、淡い光の障壁を展開する。

シエラが防御の白魔術を撃ってくれたのか。

「シエラ助かる！」

「ぶい！」

さすがに何もない所からの攻撃は反則だろう。

あれは避けられないぞ！

「メロディを放しなさい！」

「はぁぁぁ！」

左右、カナデとスティーナが飛び上がり霧の中の魔物に斬りかかる。

あの位置であれば確実にダメージを与えられる。いける。

その時、霧が若干晴れ……魔獣の顔が姿を現す。

ぱっと口が開いたと思ったら。

「キキキキキキキキキキイイイイイイイイィィィィエエエエエエ！」

「がぁっ」「ぐっ！」「んっ！」

五感に刺激を与える音波攻撃が周囲に響き渡った。

カナデとスティーナは崩れ落ち、少し離れた俺とシエラも頭を揺さぶられ、耳がまったく聞こえなくなる。

脳が揺さぶられ激痛が走り、何も考えられなくなった。

やられた……。こんな技を使ってくるとは……。

メロディの体が霧の中に入り始めた。

このままじゃ見失ってしまう。魔獣に取り込まれたらもう助ける術がない。

その時、肩を叩かれる。

「っ！」

シエラ？

彼女も音波の攻撃に苦しんでるが必死に指をさして呼びかけている。

その先にあるのはセラフィムだった。

そうかセラフィムは音波の影響を受けないのか。

だが……今のままじゃ助けることはできない。

だったら。

俺はポーションを取り出し、セラフィムに投げつける。

受けとったセラフィムはすぐさま霧で隠れる魔獣の下へ向かった。

「投げろ！」

セラフィムの投げたポーションは霧の魔獣の体に炸裂する。

霧の魔獣はメロディを取り込んで高く飛び上がって消え去ってしまった。

「くそっ……まだ頭がクラクラしやがる」

頭がクラクラする中、悔しさだけが残った。

「気持ちわるぃ……」

そこそこ離れていた俺とシエラでこれだ。スティーナとカナデは完全に気を失っている。

油断したわけではないが……あの魔獣恐らくS級クラスだな。

俺とカナデを手玉に取る魔獣がこんな観光地にいるとは予想外すぎた。

とんだバカンスだ。B級に行かせるような案件じゃなかったな。

「くっ……」

カナデが飛び起きた。

音波攻撃の直撃を受けて、この復帰のスピードはさすがだ。

ようやく俺も頭と耳が落ち着いてきた。

「ここまで見事な敗北は久しぶりですね」

「ああ、対策していれば何てことはないが」

「頭イタイ……」

「っ……」

スティーナとミュージも目を覚ましたようだ。

ミュージにケガが無いことを確認する。さて……即行対処しなければならない。

メロディに危機が迫っている。

「セラフィムに渡したあの……ポーション、何だったの」

「ああ、あれはな」

俺は右手の指にはめたルビーの指輪をかざす。

ルビーから光が浮かび上がり、方角が指し示された。

「これ、カナディアの浮気対策の黒魔術じゃない」

言い方！

まぁいい。原理はそれと同じだ。ポーションにカナデの黒魔術を入れてもらい、マーキングポーションを作り出すことができた。

これを敵にぶつけることによって方角や距離がある程度分かることになっている。

街に現れているってことはそう遠い所へ行ってはいないはずだ。さっそく向かおう。

俺はメモにサインと今あった出来事を簡単に書いて、ミュージに手渡す。

「冒険者ギルドへ渡してくれ。あんな魔獣二体以上はいないと思うが十分警戒して、対策の準備を進めてくれと伝えてほしい」

「……」

「ミュージ？」

「ぼ、僕も……僕も連れていってほしい！」

泣きそうな表情になりながらもミュージは訴えてくる。

「その方角……凰火山だよ！　多分、そこにあの魔獣はいると思う！」

魔獣が住処にするなら当然か。距離もここからそうかからない場所に登山道の入口がある。

だけど俺は首を横に振る。

「それはできない。遊びじゃないんだ」

「だけど……ここで待っているなんてそんなこと」

「はっきり言おう。魔法を使えない君は足手まといにしかならない。俺達はこれからS級の魔獣と戦う。メロディを助けつつ……君まで守るのは大変だ」

「……っ」

ミュージは黙り込んでしまう。

悔しいだろう。その気持ちよく分かる。一番大切な人を自分の手で救い出したい。心配で心配でたまらない。

だけど……今のミュージは何もできない。

いや、何もできないわけじゃない。足りないのはもう一つだ。

俺はホルダーからポーションを二本取り出して、連結させた。

二本のポーションが混ざり合い、光を放つ。

「もしもし、ヴィーノだが緊急事態発生だ。バリスさんに代わってもらえるか」

「え、ヴィーノ何してんの」

スティーナが怪訝(けげん)な声を放つ。

あ、彼女にはまだ見せたことなかったっけ。

カナデが側に寄った。

「最近合成して作ったポーションデンワってのらしいです。短時間ですけど通信機の代わりになるみたいですよ。ポーションがエネルギー源になって声を飛ばせるそうです」

「いや、意味わかんなすぎでしょ」

たまたま遊びで作ったら出来たヤツだしな……。ポーションデンワ同士の送着信は可能。一個難点は通信機器からの発信をポーションデンワで受信できないのが問題だ。

そこはこれからの改善項目だな。

『どうしたのかな』

お、繋がった。

俺はバリスさんに今回の件の報告をした。

そのまま魔獣の詳細データが冒険者ギルドのデータベースには残っていたため、今回の相手が霞(か)隠龍(おんりゅう)フォグレイズ・ドラゴンであることも判明した。

霞隠龍、霧に擬態して姿を隠して行動をするＳ級魔獣の一体である。

個体数は多くないようで討伐(とうばつ)例も数十年で数体ほどしかいない。

そうなると二体以上生息している可能性はほぼないな……。

恐ろしく強力な音波攻撃に火炎のブレスと鋭利なくちばしが印象的らしい。

種が分かればそう難しい相手じゃない。

ポーションデンワの時間切れもあって通話は終了した。

「よし、メロディが危険だ。早速向かうぞ」

「はい」「ええ」「おっけ」

「待って！」

ミュージは再度声を上げる。

「悪いが時間がない。分かるだろ？」

「分かるよ！　分かる……けど」

「ミュージ……。ただ待つだけじゃ何も得られやしない。自分に出来る最大限のことを提示できなければ連れて行く意味はない。一番大切なのは覚悟だ」

「覚悟……」

ミュージは反復する。そのまま頭を下げて……思考の後、ぐっと顔を突き出した。

「凰火山だったら昔、飽きるほど行ったことがある。あの龍は多分あそこにいる、僕を連れていけば最速でメロディを助けられる。だから僕を連れていってほしい！」

懇願（こんがん）するように力強い言葉に俺は嬉しく感じた。

その言葉が欲しかった。

「いいだろう。それなら君を連れて行くメリットもある。ただ……命の保証に絶対はないぞ」

「メロディを失う恐怖よりマシだ！」

カナデと目を合わせ、ミュージを連れていくことを了承した。

だが……温泉郷の冒険者ギルドにも報告はしておきたい。

「じゃああたしが冒険者ギルドに行くわ。多分それが一番良いでしょ」

「スティーナ……。助かる」

スティーナにもしものためのポーションデンワを何本か持たせて、ギルドの方へ行ってもらった。

急いで行かないとな。

「よし、カナデ、シエラ、ミュージ。すぐに向かうぞ」

「はい！」「ん！」「分かった」

「バリス、カナディアは出張中だったか」

王国、王都の冒険者ギルド。

それはヴィーノが帝国での事件を報告したすぐ後のことだった。

王国SS級冒険者、ペルエストがバリスの下を訪ねてきた。

冒険者の中で最も上位のペルエストだが外国出張がほとんどのため実際に王国の指揮、冒険者の行程管理はバリスに任せている。

「ええ、帝国の方へ行っています」

「そうか、入れ違いになったか。ヴィーノと一緒に行かせているのか？」

「さすがに黒髪のこともありますからね。結果的には良かったのかもしれません」

「何かあったのか？」

「ええ、王国でも発見例の少ない霞隠龍が現れたそうなんです。バカンスのつもりで行かせたんですが、結果的にＳ級を送りこんで正解だったようですね。温泉郷は地方都市ですから軍もいないですし、冒険者もＢ級以下しかいません」

「あいつらにとっては良い経験になるな」

バリスとペルエストはふふっと笑う。

冒険者として活動している以上そのような突発的な事件は決して少なくない。

そういった事件を処理できるかどうかも評価項目の一つと言えよう。

ヴィーノ、カナディアというまだ若い冒険者がどのように事件を解決するか……報告を楽しみとしている。

「ん……待て、今霞隠龍と言わなかったか」

ペルエストは急に表情を変えた。

「ええ、それが何か。ヴィーノが報告していましたが」

「もしかして街に巨大蟻が存在してなかったか？」

「それはああ、そんなことを報告していましたね」

「っ！」

バリスの言葉にペルエストの表情は険しいものになる。

「即刻温泉郷のギルドに連絡を取れ！　霞隠龍を倒してはいけない！」

「え、……それはいったい」

「下手をすると……温泉郷は壊滅するかもしれん！」


（ミュージ side）


メロディとは本当に赤ちゃんの頃からの付き合いだった。

気付けば常に隣にいたし、同い年だけど何となく妹みたいな気持ちで接していた。

五歳にして魔法の素質が開花した僕は明らかに天狗になっていたんだ。

日曜学校の同い年のやつらの低俗さを思うと鼻で笑ってしまうレベルだと感じていた。

そんな僕だから友達なんてできるはずもなく、まぁ、僕もどうせ大人相手にやりとりするものと思っていたからどうでもよかったんだけど……。

それでもずっと側にいてくれたのはメロディだった。

メロディは子供の頃は気弱でよくいじめられていた。

妹扱いしていたし、僕の魔法の成果をいつも喜んでくれたから、僕がメロディを守らなきゃって思いが強かったんだと思う。

だからどんなことがあってもメロディを守るって決めていたんだ。

数年前に事故にあって、魔法が使えなくなって生活は一変。

あれだけ威張っていた僕の凋落（ちょうらく）に同世代の人間は笑いが止まらなかったと思う。

だけどそれが悔しくてたまらないから必死に魔法の勉強もした。全属性、レアな魔法も支援魔法も撃てないと分かっていながらも必死になって頑張った。

でも……結果は一緒だ。

僕には何もない。

守る対象だったメロディは旅館を営むおじさん、おばさんを手伝い、大人相手にやりとりをするようになってからぐっと強くなった。

たまに大人から嫌がらせを受けることがあってもけろっとするようになってしまった。

今思えばメロディのお母さん(おばさん)も強い人だったから当然だったのかもしれない。

守る対象が強くなり、僕はやっぱり何もない。

それが悔しくてメロディに辛く当たってしまう。

幸い、ヴィーノにこのあたりのことを相談したおかげで少しだけ心が落ち着いたように思える。

僕は一人で閉じこもり過ぎたんだと思う。まったく何もできないくせに……プライドだけが先行している。

カッコイイこと言って外の世界へ行くなんて言うけど、不安でいっぱいだ。僕を受け入れてくれる国がなければどうしようという思いでいっぱいなんだ。

ヴィーノは気にかけてくれるけど……一線は引いている。

きっとこれは僕の問題だから助言はしてくれるが安易に手は差し伸べない、そういうことだろう。

それでも王国のツテを繋いでくれたのはありがたかった。

もっといろいろ考えたかった矢先にこの事件だ。

まさかメロディが狙われるなんて思ってもみなかった。

両親も失って、メロディもいなくなるなんて絶対嫌だ。

僕のちっぽけなプライドなんかどうでもいい。

メロディを絶対助けるんだ。

「くそ……」

急いでメロディを助けなきゃいけないのに……。

ヴィーノに無理言ってついていったのに完全に足手まといになっている現状が歯がゆい。

魔法が使えたらと思ったけど前を走る三人の運動量を考えると魔法を使えていても足手まといになっていたんじゃと思う。

カナディアは何となく天性のものを持っているってのは分かる。

僕と二つしか違わないのに僕より身長も高いし、カッコイイのが男としてふがいない。

ヴィーノは昨日、自分は無能なポーション係とよく言われていたってぼやいていたけど風呂の中で見た彼の体は本当に引き締まっていたし、今もまわりを警戒しながら走っている。

極限まで鍛錬して今の地位にいるんだろう。ふにゃふにゃの筋肉しかない僕は正直恥ずかしい。

シエラは僕より小さいのに冒険者のクラスも最低のDだって聞く。

なのにカナディア、ヴィーノとまったく引けを取らない運動量を誇っている。

そして何よりこのセラフィム……白魔術といっていたけど僕が知っている魔法とはまったく違う

体系のようだ。

そういえばさっき黒魔術がどうって言っていた気がする。黒と白……聞いたことがない。

僕は今、セラフィムに抱かれて移動している。

僕の足が遅すぎてメロディを救う時間のロスを防ぐために助けてくれている。

「ミュージ！　このまま真っ直ぐでいいんだな！」

「う、うん！　大型の魔獣が住みやすい住処があって、多分そこにいる可能性が一番高い」

子供の時から凰火山には魔法の練習で何度も行っている。

魔獣が出るからって大人から禁止されていたけど、正直街の冒険者達よりも強い意識はあったし、ちゃんと逃げ道も確保していたから大きな問題に発展することはなかった。

魔法が使えなくなってから一度も行ってないけど道はそうそう変わるものじゃない。

それにしてもS級冒険者はすごい。

前を塞(ふさ)ぐ魔物はカナディアが一刀両断だし、空を飛んでいる魔物や遠距離で魔法を放とうとする魔物はヴィーノがポーションで一瞬で倒していく。

ナイフを投げて敵を倒す冒険者を見たことがあるけど、あそこまで速くて射程の長い投擲武器を走りながら確実に当てるなんて無茶苦茶だと思う。

でもこれならメロディは助かるかもしれない。

ヴィーノが霞隠龍はメロディを住処に持ち帰って非常食とする可能性が高いと言っていた。

すぐには殺されないがゆっくりもできない。

本当に無事でいてくれ……メロディ。

「この先が住処だよ」

「当たりですね」

「カナデが分かるなら確実だな」

魔獣の住処に到達した僕達だが……その絶望的な光景にぞっとする。

「なんだこれ……蟻だらけじゃないか」

「きもちわる……」

「先ほど街で見つけた蟻型の魔獣ですね。捕まえて食べていたんでしょうか」

住処には蟻の死体が山のように存在していた。

いずれも持ち帰ってここで食べたんだろうか。

「この蟻があの霞隠龍の主食のようだな」

「ええ、蟻が捕まらない時は人間を代わりに捕まえたのかもしれませんね」

「今日、俺達が先に倒してしまったからメロディが捕まえられたのか」

「メロディはどこに⁉」

急いでメロディの行方を探す。頼む……無事でいてくれ。

「セラフィム、メロディを探したいから最弱威力での【魂の剣】」

「&〳)(＄#＄&〳」

この世に存在するとは思えない言葉を発して、セラフィムは僕を地面へと下ろす。

そのまま半身の体を宙へ浮かばせ、背中に装備する二本の内の一本を掴み抜き取った。

青く光る剣を振り下ろす。

「えっ！」

僕の声をそのままにセラフィムが放った剣波は魔獣の住処を通過する。

なおもセラフィムは何度も剣を振り、その度に発生する剣の刃が住処に突き刺さった。

「何をやって！」

「それでいい、問題ない」

よく分からないけどヴィーノがそう言うんなら大丈夫だと思うけど……心配だ。

「ん、見つけた」

「【魂の剣】は確か魔力にダメージを与えるんだよな？」

「そう、あの技で死ぬことはない。それに手応えがあるってことは生きているのは間違いない」

シエラの言葉にドキドキしていた心がすっと冷えるような感覚に陥った。

生きている……メロディは無事なんだ。

良かった。

安心したら思わず力が抜けそうになった。

でも……ヴィーノもシエラも表情を緩めない。

「それは一人か？」

ヴィーノの問いかけにシエラは首を横に振る。

「ううん、二体……手応えがあった」

カナディアは大太刀を、ヴィーノはポーションを抜き取る。

「シエラ、セラフィムにメロディの回収を命じてくれ」

「ん」

「ガアアアアアアアアアァァッッッッッ！」

巨大な咆哮。霞隠龍が住処から飛び出してきた。

シエラのさっきの技に反応したようだ。

赤い鱗に巨大な尾、背中に大きな羽を伸ばしている……ドラゴン。

こんな魔獣初めて見た。

……魔法の練習中に出会っていたら僕は腰を抜かしていたかもしれない。

こんな敵に勝てるんだろうか……。

「ミュージ」

「は、はい！」

「メロディを助けるために特攻をかける。その間、君への防御が疎かになる。絶対に敵に近づくなよ」

「う、うん！」

「これを渡しておく」

ヴィーノはホルダーから数本のポーションを取り出して僕に渡してくれた。

「行くぞカナデ、シエラ！」

その声と共にカナディアとシエラは霞隠龍めがけて突っ込む。

凰火山はお昼頃まで霧が濃い気候になっている。

今の時間は霞隠龍にとって姿を隠しやすい状況だ。

カナディアは大太刀を両手に持ち、シエラはセラフィムが背負っていた赤い光を纏う剣を受け取って摑んでいる。

霞隠龍から向かって左と右に同じ速度で走って向かい、魔獣の逃げ場を失わせるように走っている。

上以外に逃げ場がないため、高く飛び上がる霞隠龍は霧で体を隠そうと表面が薄くなり始めた。

構わず飛び上がった二人の斬撃が霞隠龍の肌に傷をつける。

「くっ！」

「むー」

鈍い音がする。二人は気持ち良くなさそうな表情を浮かべた。

素人目でも霞隠龍の鱗が硬化し刃が通っていないように見える。

「霧と同化する時、物理に耐性を持つのかもしれないな」

「あいつの弱点はないの」

ヴィーノがちらっと僕を見る。

「あの状態だと魔法が効果的らしい。氷属性の魔法をぶつければ霧化を防ぐことが出来るようだ」

「っ！」

僕が魔法を撃てれば効果的なんだ。

ヴィーノのパーティは物理に偏（かたよ）っていて魔法使いを欲していることを聞いている。

悔しい……何もできない無力なことが悔しい。

「セラフィム！」

カナディアとシエラが気を引いたおかげで隠密（おんみつ）行動していたセラフィムが住処の奥から姿を現した。

両腕にはメロディを抱いている。

「メロディ！」

「グゥウウウウウウ！」

かすかだけど霞隠龍の姿が見える。

メロディが取られたことに気付いて、セラフィムを見据えていた。

このまま攻撃されたりしたら！

「カナデ、シエラ！　注意を引きつけろ！」

「分かってます！」

再び飛び上がった二人は得物を持って霞隠龍に斬りかかる。

攻撃が当たるその時、霞隠龍は突如こちらに顔を向けて大きく口を開けた。

あれは……！

「音波が来る！」

あの音波でみんな気を失ってしまったんだ。

ダメだ……あの速度で撃たれたらあれは防げない！

カナディアとシエラが急いで斬りかかるも……。

「間に合わない！」

「間に合う！」

「えっ」

ヴィーノが片手をポーションホルダーに入れたかと思えば瞬きする間もなく手が出ており、ポーションが霞隠龍の口の目前に存在していた。すごい……早投げだ。

「得意の音波攻撃を撃ってみやがれ！」

「――――！」

なにも……聞こえない。

確かに霞隠龍は口を開いて音波攻撃を行ったんだと思う。

なのに朝の時とは違ってあの頭が揺さぶられるような感覚はまったくなかった。

「吹っ飛んでなさい！」

「邪魔！」

カナディアとシエラの斬撃が霞隠龍を斬りつける。

硬化した状態のため効き目は薄いけど、吹き飛ばすことには成功した。

その隙にセラフィムがメロディをこちらへ送ってくる。

僕はセラフィムからメロディを受け取った。

「メロディ！　無事か！　ねぇ……！」

「うっ……」

「メロディ……」

「……ミュ……ミュージ」

「ケガはない⁉　良かった……本当に良かった」

「……また助けられちゃったね、子供の時を思い出すなぁ」

「昔から言ってるだろ……僕がメロディを守るって」

「ふふっ……嬉しい」

少しだけ衰弱しているようだけど、目立った外傷もなさそうだ。

本当に良かった。

「ミュージ、念のために持たせたポーションをメロディに飲ませてやれ。……魔法が無くても問題ねぇ、後は俺達に任せろ！」

セラフィムはシエラの後ろへ、ヴィーノも走り出して霞隠龍の方へと向かい出す。

僕は言われた通りにポーションをゆっくりとメロディに飲ませてあげた。

「もう一本くらい飲ませた方がいいのかな……」

もらったポーションは三本だ。

ポーションは使い切りで飲ませないとダメだと聞いたことがある。

飲むのは大変かもしれないけど体力を回復させるためにゆっくりとメロディに飲ませた。

「ヴィーノ達は時間がかかりそうだ」

なぜかは分からないけど音波攻撃は無効化できたようだ。あとは火炎のブレスさえ気をつけてしまえば……ヴィーノ達ならきっと倒せると思う。

メロディに害が及ばないように僕が守らないと……。

二本目を飲ませようとポーションに手を触れると……渡された三本の内の一本の種類が違っていた。

なんだこれ……。回復ポーションって感じじゃないぞ。

僕はゆったりとその一本。白色の液体で中に何か石が入ったポーション瓶をじっと掴んでいた。

その時。

「——っ！　なんだこれ魔力が吸われる！」

ポーション瓶が淡い光を放ったと思ったら急激に僕の潜在魔力を吸収し始めた。

なんだよ、このポーション！

でも……魔導書を読んで魔法の勉強をしている時に魔力が込められた石、魔晶石というものがこの世には存在していることを知った。

マジックポーションの原料にもなるって書いていたけど最近では魔導機械のエネルギーにも使われている。

もしこのポーションが似た原理を使った特別製であったなら。

僕の知っている氷魔法を吸収することができたら……。

「ハァァァァァア！」

ダメだったらダメでもいい。

いや……頼む。一度だけでいい。

ヴィーノ達を助けられる力を取り戻したい。

メロディを助けてくれたあの人達に報いるため……頼む、魔力よ……応えてくれ！

「……あっ」

薄々と目を開いたらそれは氷の力が込められたポーションとなっていた。

出来上がった。上手くいったんだ。

だったら……。

「ヴィーノ！」

「っ！　なんだ⁉」

「受け取って！」

僕は思いっきりポーションをぶん投げる。

僕が投げたって当てられもしない。だけど……【ポーション狂】なら……。

世界一のポーション使いなら僕の力を最大に引き出してくれる！

「こいつは……！」

「氷属性の魔力を込めてみた、使ってみて！」

「最高じゃねぇーか！　任せろ！」

ヴィーノはポーションを持って空へと両手を突き出す。

片足を軸足にもう一方の膝を上げて強く、強く、地面を踏み込んだ。

「バッテリーポーション！　氷バージョンをくらえぇぇぇぇ！」

ヴィーノが投げたポーションはまっすぐ凄まじい威力で飛んでいき、あっと言う間に霞隠龍の体に直撃した。

そしてポーションに込められた氷魔法【ディープ・フリーズ】が具現化し、霞隠龍の体を凍らせる。

「イイイイィィィィィ！」

弱点の氷魔法を受けて、霧の擬態が解かれて、赤い肌が露出する。

今なら……いける！

「カナデ、シエラ！　トドメを刺せ！」

「黒狐遅れないで」

「そっちこそ！　白狸、……一撃で決めますよ！」

二人は飛び上がり、羽が凍って地面に落下する霞隠龍よりも高い位置へと上昇する。

そのまま同じように大太刀、剣を縦に構えて落下した。

「一の太刀【落葉】！」

「【剛の剣】」

息ぴったりの同時攻撃で霞隠龍の体を強く切り裂いた。

血を大量に噴き出した霞隠龍は後ろに倒れ込み、それっきり動かなくなった。

二人とも同じような動きで……同じタイミングで切り裂くなんてすごいな。

実は凄く仲がいいのかな。

「私のマネしないでください！」

「そっちだし」

【落葉】は何年も練習して習得した秘技なんです。あなたのような適当な斬撃とは違います」

「ただの斬撃に一の太刀とかバカっぽい。痛くない？」

「なんですって!?」

「ふ、二人とも落ち着こうな！」

いや、そうでもないのかな。仲裁するヴィーノも大変だ。

霞隠龍を倒せて本当に良かった。

メロディも救えたし……事件は解決したのかな。

「あ、ヴィーノ。霞隠龍の音波攻撃をどうやって防いだの？」

「そうですね。あの一瞬また気を失うんじゃないかとぞっとしました」

「直前に投げたポーションがアヤシイ」

「その通りだ」

ヴィーノは地面にころんと落ちているポーションを手に取った。

「アブソーブポーション。音波で攻撃してくる魔獣はあいつだけじゃないから。敵の音波を吸収するポーションを作り出したんだ」

「もう何でもありですね……」

「これ割ったら吸収した霞隠龍の音波攻撃が炸裂するぞ。やってみるか？」

「それよりミュージ。やるじゃないか。まさか……うっかり間違えて渡したバッテリーポーション に魔力を込めるとは大したもんだ」

ヴィーノは近づいて、僕の肩にポンと手を置く。

「いやでも、これヴィーノのポーションでしょ。僕は何も」

「違うぞ。紛れもなくミュージの魔法が霞隠龍を倒す鍵となった。おかげで楽に倒せたよ」

ヴィーノはにこりと微笑んだ。

「ミュージの魔法はすごいな」

「ああ……」

気付けば涙が出ていた。

魔法が使えなくて……もう言われることなんてないんだろうって思ってた。

でも……大事な人を助けることが出来て、優しい人達を手助けすることができて……僕は本当に嬉しかったんだ。

一度ポーションに力を溜めないと使えない。回りくどい手段なのかもしれないけど僕にとっては本当に久しぶりの魔法の行使だった。

今でも少し……手のひらが痺れている。久しぶりに魔力を放出……いや吸収されたからだろうか。

それをヴィーノに褒めてもらったことがとても嬉しく……誇らしくなった。

もうすぐ十五歳になるのに、成人するのに涙が止まらない。

「男の子まで泣かせるなんて、ヴィーノ罪作り」

「いやいや……」

「女の子を泣かせるのは得意ですもんね」

「カナデさん、何だか含みがある言い方だな！」

ヴィーノはゆっくりと慰めるように僕の頭をポンポンと叩いてくれた。

「よかったね、ミュージ」

「ああ……」

メロディの言葉に僕は心の底から良かったと胸を張って言えたと思う。

「ヴィーノ、ホルダーが光ってるよ」

「ん、ポーションデンワに着信か？」

ヴィーノはホルダーからポーションを二本取り出して連結する。

「ん？　おー、スティーナか。メロディは無事救出して魔獣も倒したぞー安心して」

「安心している場合じゃないの！」

焦りに焦ったスティーナの声は僕達にも聞こえた。

「な、何があったんだ」

「わかんない！　でもいきなり……温泉郷全域に巨大蟻が何百匹も現れて襲い始めたの！」

「なんだと!?」

温泉郷で何があったんだ……。

もしかして……これはまだ前哨戦にしか過ぎなかったということなのだろうか。

「これは……！」

温泉郷に戻ってきた僕達はぞっとした。

街の中の至る所に蟻の魔獣が出現し、人々を襲っていたからだ。

観光客から悲鳴が上がり、皆が一目散に逃げている。

建物の中に退避した人達が数十匹の巨大蟻に囲まれて逃げ場のない状態となっていた。

「あぶない！」

カナディアは飛び出して、倒れた人に襲いかかろうとする巨大蟻に大太刀を振るう。

一人に対して四、五匹で襲おうとするなんて……襲われた側からすれば絶望的だ。

カナディアが蟻を蹴散らして、敵を引きつけて、集めようとしていた。

「無茶苦茶じゃねぇか……」

ヴィーノはポーションを取り出し、見える範囲全ての蟻に早投げでぶつけていく。

目にもとまらぬ速さでポーションが飛んでいき、住民達を襲おうとしている蟻を撥ね飛ばしていく。

いろんな所から人々の悲鳴が聞こえ、街全体が魔獣に襲われていることが分かった。

「これ……結構やばい？」

表情が乏しいシエラですら少し顔を引きつらせているように見えた。

スティーナからの連絡の後、とんでも手段（ポーション飛行）で温泉郷に戻ってきた僕達。

タイムラグ的には十五分ほどしか経っていない。なのにここまで被害が広がっているのか。

僕とメロディはセラフィムに抱えられて、この悲惨な状況を何もできず……見たままだ。

「お父さんやお母さんが……」

そうだ。街にはメロディの家族、僕にとっても大事な人がいる。

無事を確認しないと……。

「硬い！」

「ああ、厳しいな」

カナディアが大太刀を強く振って一体一体倒していく。

巨大蟻一体自体はそこまで強くはないようだ。カナディア、ヴィーノに飛びかかってくる個体を難なく防ぎ、撃破していく。

しかし……巨大蟻の甲殻（こうかく）が思った以上に硬いようで撃破に時間がかかっている。

家族の無事を確認したいのに蟻たちがその行く手を遮ってしまう。

このまま無駄に時間が過ぎれば……取り返しのつかないことになる可能性が高い。

どうすれば……。いやそもそも何で巨大蟻はこのタイミングで現れたんだ。

今までこの街で起こっていた兆候がこの蟻達に関係している可能性が高い。

だとしても……このタイミングの理由が合わない。

ありえるとしたら霞隠龍。もしかしたら。

「ヴィーノ！」

「なんだ！　新手か！」

「霞隠龍の音波攻撃を吸収したポーションがあったよね！　あれを今すぐ投げるんだ！」

「は？　何を言って」

「蟻の侵攻を防げるかもしれない！」

「本当か！　何だか知らねーけど！」

ヴィーノはホルダーからポーションを取り出す。

「全員耳を押さえろぉぉぉぉぅぅぅ！」

ヴィーノは天高く、ポーションを投げ上げた。

ヴィーノの大声を聞いた人達は皆、両耳を押さえる。

ポーションが地面に落ちたと同時に……霞隠龍の音波が町中を襲った。

「キイイイイイイイィィィエエエエエエ！」

ううぅ！

耳を押さえているのにぞっとするような音だった。

思わず目を瞑り、脳を揺さぶられるような声に一瞬気を失いそうになるけど……一度経験していたおかげで何とか意識は保てた。

目を開いた時、巨大蟻がいっせいに地面を掘り進み退却していくのが見えた。

それと同時に人々から悲鳴の声が鳴り止んだ。

「本当に撤退した……」

「そういうことか。よく気付いたなミュージ」

カナディアは大太刀を鞘に戻し、ヴィーノは周囲を確認しながらこちらに戻ってきた。

正直、上手くいく保証は無かった。

でも……一時的でも凌げたのはありがたい。

「どうやって撤退させたのですか？」

「ああ、簡単なことだ。だけど……ひとまず冒険者ギルドでスティーナと合流しよう。次に敵が来るまでに対策を立てないといけない」

そう、これはあくまで一時凌ぎなのだ。

次も同じ事態が発生した時、防げない可能性がある。

でも何だろう。

ヴィーノ達が一緒なら何とかなるんじゃ……そう思える気がするよ。

冒険者ギルドへ向かうヴィーノ達と別れて僕とメロディは家に戻る。
家へ戻ってすぐにメロディの両親。おじさんやおばさんから涙いっぱいで抱きしめられた。
霞隠龍にさらわれた件は突然の話だったのでおじさんやおばさん達も把握していなかったけど、あの巨大蟻が現れた時にメロディと僕の姿が見えなかったので相当なパニックになっていたようだ。

メロディを心配するのは分かるけど、僕に対しても涙ぐむ姿を見ると本当に胸が熱くなった。

両親を失い、魔法が使えなくなった事故から……迷惑をかけてばかりだったけど、その分はやっぱり恩返しをしなきゃなと思う。

僕はおじさん達にメロディを預けて冒険者ギルドへ向かうことにした。

「ミュージ……行っちゃうの？」

メロディは不安そうに僕の腕を引っ張る。

さっきまで霞隠龍に襲われていたメロディは体力が完全に戻っていない。

口調も弱々しい。腕を引っ張る手の力も弱々しかった。

僕も避難するようにと大人達から言われたが……首を振って断った。

一時的かもしれないけど魔法の力が戻ったんだ。少しでもヴィーノ達の力になれるなら今は動くべきだと思う。

守れる力があるなら……それでみんなを守りたいと思う。

「冒険者さんがいるのにミュージが頑張る必要……ないんだよ」

僕をなかなか離してくれないメロディのためにもう片方の手で髪に触れる。

「そうだね。だけど、あの惨状を見ただろ？　これからより悲惨な目に遭うかもしれない。そんなの絶対嫌だ。メロディやおじさん、おばさん達を失いたくない」

「私はミュージが心配だよ」

「絶対帰ってくるから。子供の頃に約束しただろ？　僕がメロディを守るって言って……守らなかったことなんて一度もなかったはずだ」

「……うん」

「応援してほしい。この戦いでも……成人して他の国へ行ったとしても最後には絶対メロディのところへ戻ってくるから！」

「うん……分かった。信じてる」

メロディは今日一番の笑みで僕を見送ってくれた。

絶対に生きて戻ろう。そのために……この騒動を解決しなくちゃ。

僕は急ぎ、冒険者ギルドへと向かう。


朝霧の温泉郷【ユース】の冒険者ギルドは重々しい雰囲気となっていた。

この街には最低限の軍事施設しかなく、帝国警察署も大きくない。

周囲一帯強い魔物もおらず、他国からの侵略とも無縁のため最低限の防衛組織しかないのだ。

冒険者も当然この街の出身のＢ級が一人で、あとはＣ級以下なのは街の誰もが知っている。

今回のような巨大蟻に襲われるのもだけど、霞隠龍が現れただけでも大パニックだ。

たまたまヴィーノ達がこの街に来てくれたから倒すことができたけど、いなかったらメロディは助けられないし、もっと被害が大きくなっていたに違いない。

「ミュージ」

「あ、シエラ」

シエラは隅っこの方でパンをもぐもぐと食べていた。

この子っていつ見ても何か食べているような気がする。

メロディよりも体つきは小さいのに……どこにそれだけ入るのやら。

……一部分だけ発育が良すぎるけど。

「ん？」

「な、何でもないよ。ヴィーノは？」

「あっち」

シエラが指をさした方にヴィーノがギルドの通信機を使い、じっくりと話し込んでいた。

冒険者達はみな不安そうな顔をしている。この街であのような魔獣による事件は一度としてない。

人さらいなどによる事件はあっても街の中まで入ってくるような魔獣の被害はほとんどないのだ。

だから高位冒険者も帝国の首都である帝都の方に多く在籍している。

「ふー」

ヴィーノが通話を終わらせてため息をついた。

「何か分かりましたか！」

「な、何とかなるんですよね！」

「え、Ｓ級冒険者がいるんですから！」

矢継ぎ早に言葉が投げかけられる。

皆、安心が欲しいんだろう。だけど、ヴィーノの表情は浮かない。

「王都のギルドに問い合わせてみて魔獣の詳細や生体についてはよく分かった。冒険者や軍関係者しかいないから率直に言うがかなり状況は厳しい」

その言葉に皆、青ざめてしまう。

僕も霞隠龍との戦いに一緒に行っていなければ命の危機に震え上がってしまうだろう。

魔獣の名は鋼殻アリ、アリアドル。

一体だけだと精々C級魔獣レベルらしいが、その恐ろしい所は集団で敵を襲う所だ。

相手に対して数匹から数十匹で群がって獲物を狙うのだ。

幸い攻撃力はそう高くはなく、多少の抵抗で対抗することができる。

もし、危険度が高かったら最初の襲撃でこの温泉郷は全滅だっただろう。

問題は鋼殻と言われる由縁の鋼のように硬い甲殻。

並の攻撃を通すことができない。

S級冒険者のカナディアですら一体倒すのに時間がかかっていたことを見ると生半可な攻撃力では倒せないということだ。

鋼殻アリには女王アリが存在し、産卵だけではなく攻撃指揮も行うと言われている。

ヴィーノの話では鋼殻アリの襲撃で三つの村が滅んだことがあるらしい。

「鋼殻アリは獲物を狩るのに十分に調査をしてから襲うらしい。大量に地中を移動することから地震のような現象が起こるようだ」

ここ最近起こっていた地震は全て鋼殻アリが原因だったと分かる。

そして、この鋼殻アリには天敵が存在した。それが霞隠龍だ。

鋼殻アリが大好物の霞隠龍は鋼殻アリの大移動を察知してやってくるらしい。

そしてふいに地面から出てきた鋼殻アリを狙って巣に持ち帰るのだ。

巣に持ち帰れなかった時はヒトや動物を狙う時があると言う。

「今までこの街が襲われなかったのは霞隠龍がつまみ食いしてたからだな。あの龍を俺が倒したことで鋼殻アリが一斉に姿を現したということだ」

「じゃ、じゃああんたが龍を倒さなければこんなことにならなかったのか！」

「どうしてくれるんだ！」

「責任を取ってくれるんだろうな！」

霞隠龍を倒したことに対してヴィーノが糾弾されることになる。

同じ現場にカナディアやシエラもいたのにわざわざ俺と言ったってことは彼女達に矛先が向かないようにしたってことか。

知らなかったとはいえ龍を倒さなければ鋼殻アリの襲来は防げただろう。

だけどヴィーノ達はメロディを助けるために危険を顧みずに最速で助けにきてくれたんだ。

ヴィーノ達がいなきゃメロディは助からなかった。それは間違いない。

僕は一歩前に出る。

「じゃああんた達なら霞隠龍を倒せたって言うの？　Ｓ級魔獣の霞隠龍の危機に怯える生活とどっちがいいかって話だよ」

「ミュージ……」

「なんだおまえは……。子供が余計なことを！」

「余計じゃない。僕はヴィーノのおかげで霞隠龍から大事な人を救われたんだ。ヴィーノ達は絶対間違っていない。どうせ……鋼殻アリだってヴィーノ達がメインで戦うんだから責任もクソもないでしょ」

ヴィーノは僕に近づき、ポンと肩に手を置いてくる。

「霞隠龍を早期に倒してしまったのは俺のミスと言える。だから鋼殻アリとの戦いで最も危険な役を俺が引き受けよう。時間もない、さっそく作戦会議をしよう」

「ええ、その通りです」

このギルドでの唯一のB級冒険者、カリスさんが口を出した。

「鋼殻アリで滅ぼされた村は民間人しかいない集落ばかりと聞きます。今、ここにはS級冒険者が二人もいますし、二日待てば帝都から冒険者が来るのです。我々に今できることをしましょう！」

カリスさんの言葉でしぶしぶ有力者達が引き下がった。

鋼殻アリの襲撃はすぐ側まで迫っている。時間はあまりない。

「カリス、助かったよ」

「いえ、ヴィーノさんの判断は間違っていないと思います。おそらく霞隠龍によって人知れずさらわれた人や家畜はそれなりにいますし、ここで倒しておかなければ別で大きな被害になっていたと思います」

「鋼殻アリの存在に気付いていれば……やりようがあったんだ。それよりミュージ、君はメロディと一緒に避難しなかったのか」

ヴィーノが若干不思議そうに声をかけてくる。

「僕も手伝うよ。魔法の力、必要なんでしょ」

「いや……今回は冒険者や警察など人手もいる。安全な所に……」

「安全なトコなんてないでしょ。地中から現れるんだ。どこに逃げたって追っかけてくる」

「それはそうだが……。そ、それよりカリス。女王アリを倒すのに炎系が使える魔法使いを俺につけてくれ。二人……最低、一人は欲しい」

話題をそらされてしまった。

僕はまだ十四歳で成人しているわけじゃない。巻き込みたくないんだろう。僕が同じ立場でメロディが同じことを言ったら拒否したと思う。

ヴィーノの言葉にカリスさんは首を横に振った。

「すみません。実は温泉郷の冒険者ギルドには魔法使いがいないのです。去年まではいたのですが……帝都の方へ」

「え⁉」

鋼殻アリの弱点は霞隠龍が得意とする炎属性の攻撃だ。

物理に強耐性を持つ代わりに魔法に対する耐性はそこまで高くない。

堂々としていたヴィーノの姿に焦りが見え始めた。

「そ、そうか。うーん、うーん……どうするか」

僕はヴィーノの背中をポンと叩いた。

「魔法なら僕が使えるよ」

「いや……しかしなぁ」

「覚悟ならある」

悩むヴィーノの目をまっすぐ見る。

「待つだけじゃ何も得られないよ。僕に出来る最大限のこと……、僕の力を使えばヴィーノの力を最大限に引き上げることができる」

「死ぬかもしれないぞ」

「死なないよ。メロディに絶対戻ってくるって言ったから」

「ふふ、あの時ミュージを連れていったことで一本とられてしまったようですね」

「どこにいたって危険なんだから……戦力になるなら連れて行くしかないんじゃない？」

ふいに割り込んできた女性の声に僕とヴィーノの視線はそちらへ行く。

カナディアとスティーナがやってきた。

二人は巡回し、鋼殻アリの進路など防衛ラインを調べてきたようだ。

この街はかつて城郭都市としての名残が今でも残っている。鉄や石造りの建物も多く、鋼殻アリの進路を妨げやすい構造となっている。

ヴィーノは僕の肩をポンと叩いた。その表情は真剣味に溢れている。

「やるからにはアテにするぞ」

「うん！」

それから作戦会議が開始され、各々の配置が決まっていく。

帝都のギルドや王国のギルドには連絡がされており、準備を整えて進軍しているということで二日耐えきることができれば僕達の勝利となる。

帝国製の飛行船を使えればすぐに到着するのにとヴィーノは嘆いていたが……できないのは仕方ない。

「避難は進んでいるか？」

「ええ、警察の方々が率先してやってくれています。避難民を数十カ所の強固な建物に隔離、アリの侵入を徹底的に押さえましょう」

「あとは外で戦うあたし達が二日耐えられるかどうかよね。カナディアなんてほぼ出っぱなしになるけど大丈夫？」

「食事とトイレの時だけは侵攻を押さえてくれるとありがたいんですけどね」

鋼殻アリは昼も夜も構わず移動している。それ故襲撃は恐らく断続的に来ることになるだろう。

「シエラはどうすればいい？」

「防衛の戦力的にはカナデとシエラが鍵となるな。気になることはあるか？」

「お腹が空いたら困る」

「メシを用意させよう。カリス、冒険者達の配置は決まったか」

「はい、緊急時の離脱ルートも構築、集団で襲われてもすぐに助けにいけるようにある程度パーティを組む形で対処します」

「分かった。後は……女王アリか。俺とミュージで何とかする」

相手のボスを倒しに行くんだ……。ちょっと緊張してきたな。

「女王アリの場所は把握しているの？」

「それについては……」

「おまたせ！」

なんだ？　作戦会議の場にノートを持った女性とカメラを背負った男性が入ってきた。

「女王アリがいそうな所、調べてきたわ。役立ててちょうだい」

「助かるよ、レリーさん」

帝国時報の腕章を付けている。

この人達は記者なのか。ヴィーノ達と関係性が深そうだ。記者達の情報を得て作戦は再度組み替えられる。

「私達の命に関わるしね。でも解決したらしっかり取材させてもらうからね！」

「よし……各自、行動を開始する。絶対死ぬなよ！」

「おーーー！」

全員が手を挙げて気合いを入れる。何だろう……大作戦に参加する高揚感（こうようかん）で胸がドキドキしてきた。

大丈夫かな。

◆　◇　◆

「このあたりだな」

ヴィーノと僕は早々に街を離れ、何も存在しない草原へ足を踏み入れる。

ヴィーノの読みだと女王アリを討伐すれば指揮系統が乱れ、鋼殻アリは混乱し団体行動が取れなくなるらしい。

鋼殻アリの怖い所は集団で襲ってくることだ。

単体であればただの硬いアリなので複数人で叩けばすぐに討伐することができる。

街が襲われる前にヴィーノと僕で女王アリを倒せばこの戦いを早期に終わらせることができる。

でも地中に潜る女王アリを見つけるのは至難の業だ。

「どうやって……女王アリを探すの？」

「女王アリの性質は鋼殻アリの制御(せいぎょ)と産卵なんだ」

「それは分かるけど……」

「つまり鋼殻アリの制御をするためにはある程度近づかなければならない。何かあった時、鋼殻アリに卵を守らせるためそこそこ近い所に女王アリはいるはずだ」

「それでこの草原なんだね。記者の人に調べてもらっていたんだ」

「ここはあくまで候補の一つだ。だけど街の防衛を考えると……さっさと出現させておきたいな」

ヴィーノはホルダーからポーションを取り出し、地面を掘って、ポーションを埋め始めた。

「もしかしてポーションで女王アリを？」

「ああ。霞隠龍の音波を吸収したアブソーブポーションを複製したからな。複製のたびに効力が落ちるが……女王アリを呼び出させるのはこれで十分だ」

「ポーションってなんなんだろう……」

「投擲武器だぞ」

「回復薬でしょ。ってか投げてないじゃん」

「これから投げるんだよ」

ポーション使いってこういう人しかいないんだろうか……。スティーナがヴィーノは【ポーション狂】だからと苦笑いしていた理由がよく分かってきた。

ヴィーノは指で耳をおさえるように僕に指示をする。

これで霞隠龍の音波は三度目。さすがに慣れてくる。

ヴィーノは地中に埋めたアブソーブポーションに向けてまた別のポーションを取り出した。

「音波をこの草原全域、地中も含めて行き渡らせる。さぁ……飛び起きな！　【クエイクポーション】」

ヴィーノは別のポーションを握りしめて、思いっきりアブソーブポーションに向けて振り下ろした。

瓶が割れる音がすると同時に霞隠龍の音波が炸裂する。

今回は地中に向けているため……地上の僕達にはほとんど影響がなかった。

だけど……。

ゴゴゴゴゴゴゴッッッ！

「どうやら」

「ああ、ビンゴのようだ。来るぞ、ミュージ！」

地中に天敵の霞隠龍の声が響き渡ったため恐怖か防衛かすぐに鋼殻アリが現れ始めた。

それはまさしく女王アリだったと思う。だけど……そのサイズはあまりに規格外で驚愕だった。

「お、おっきいね……」

「こんなサイズとは聞いてねーぞ」

霞隠龍のさらに倍。鋼殻アリが人の半分くらいのサイズであれば……女王アリは人の数倍のサイズを誇っていた。

武装は鋼殻アリと変わらない。ただ……大きすぎることで攻撃力と耐久力は増しているように思う。

卵を守るため女王アリは僕とヴィーノに敵意むき出しで歯を向けている。

「ここで倒しておけば……街への被害が最小限に抑えられる」

ヴィーノは懐からポーションを二本引き抜き、そのまま女王アリにぶん投げた。

ポーション瓶はまっすぐ、矢のように飛んでいく。銃でもないのに抜き撃ちができるなんて。

あの投げ方でどうやったらあんな速度と精度が出るんだろう……。

ポーションは女王アリの顔面左右にそれぞれ命中する。

パリンと割れる音がしたが女王アリはびくともしていなかった。

「だったら……よっ！」

ヴィーノは大きく腕を振りかぶってポーションをぶん投げた。

そのポーションはさっきよりも速く、勢いも強い。ものすごい強肩だ。これなら！

女王アリもさすがの威力に後ろへ仰け反る。

だけど……傷は見られない。

「鋼殻も女王級ってことか……」

まるで大砲の弾のような威力だったけど……あれでも女王アリに傷をつけられないのか。

女王アリからの鋭い刃の手が振るわれる。

ヴィーノはポーションを掴んで、その攻撃をうまく受け流した。

「ファイアポーション！」

ヴィーノは炎属性の魔石が込められたポーションをぶん投げる。

女王アリの体に命中し、炎属性の力が解放され、炎症を与える。

女王アリに始めて傷を与えられた。やっぱり魔法の力に弱いんだ。

「あのポーションを連発すれば！」

「そうしたいんだけど……あんまり持ってきてないんだよな」

王国にある自宅であれば高価な炎魔獣の素材を使って、炎系のポーションを作れたが……今は、出張中のためそれらは持ってきていないそうだ。

あとは作戦開始まで時間がわずかしかなかったため、現地調達もままならない。

でも、そのために僕がここにいる。見上げれば巨大な女王アリが君臨している。

こんな魔獣を僕は倒せるんだろうか……。

緊張で体が震えてくる。

「ミュージ、頼む！」

ヴィーノは僕に魔法の力を補充する、バッテリーポーションを渡してきた。

これに炎魔法を満たせばいいんだ。

霞隠龍の時のように、体内の魔臓に力を込めて、魔力をゆったりと体に行き渡らせる。

その力をポーションに込めた。

パリン。

その無情な音に血の気が引いた。

慌てて次のポーションに手をかける。さっきと同じように炎の力をポーションに込めた。

けれども……割れてばかりでまったく力が込められない。

「ヴィーノ！　ど、どうしよう！　ま、魔法がたまらない」

「……分かった」

ヴィーノは一歩下がって、体を捻り、腕を大きくまわしてポーションをぶん投げる。

そのポーションは大回転をしていた。そのまままっすぐ突き進み、女王アリの体を突き進む。

しかし……女王アリの甲殻を破ることはできず、無情にも割れてしまう。

「ジャイロでもダメか……。単純な耐久力だけは破滅級レベルかもな」

もう一本、さらに一本試すが全然うまくいかなかった。

焦りだけが頭に上ってくる。

ヴィーノの助けになろうとしたのに……これじゃあ完全な足手まといだ。

「ミュージ、撤退しろ！」

「で、でも！」

「このまま女王アリを引きつける。だが、引き続けすぎると子分共を呼ぶ可能性が高い。その時は君を守り切れない！」

だからといってヴィーノを一人残したら女王アリだけでなく、鋼殻アリが大勢でヴィーノを襲う可能性が高い。

でも、それを分かっていながら僕を撤退させようとしているんだ。

僕が魔法のポーションを作れればこんな事態、打破することができる。

作らないと……魔法を溜めないと！　でも割れてばかりで成功しない。

「何でできないんだよ！」

「ミュージ逃げろ！」

「えっ」

気付けば女王アリが目前にまで迫っていた。

ポーションに力を溜めることに集中しすぎて、全然気付かなかった。

女王アリが鋭い刃を振り下ろしてくる。

それはまるでスローモーションのようで……僕の体は金縛りにあったかのように動かなかった。

ヴィーノ達はこんな攻撃をギリギリの所で受け流すんだ……。

僕と五歳くらいしか変わらないのに……やっぱり凄いんだなと思う。僕は恐怖の言葉を口から出すだけで精一杯だった。

「うわあああああああ！」

「ぐっ！」

痛みはなかった。

振り下ろされる直前に思わぬ衝撃で地面に叩きつけられる小さな痛みはあったけど……。

すぐに何があったか……分かった。

ヴィーノが僕を庇って攻撃を受けたんだ。

ヴィーノの背中をさすると……鋭利な刃で斬られたことによる出血が僕の手に触れる。

そんな……そんなぁ！

「ヴィーノ！」

「だ、大丈夫だ。女房の大太刀に比べれば……こんなもん」

女王アリが再び刃をヴィーノに向けようとしていた。

「ちょっと黙ってろ！」

ヴィーノはホルダーからポーションを取り出し、その体勢のままポーションを投げつける。

投げつけられたポーションは女王アリの顔に直撃して、何かの粉がまき散らされる。

女王アリは怯(ひる)んでしまった。

「特製の殺虫ポーションだ。一本しかないから打ち止めだけどな」

ヴィーノは苦しそうに言いながらも……僕を庇ったままだ。

自分が情けなくて嫌になりそうだ。

どうしていつも肝心な時に上手くいかないんだ。

「ごめんなさい……僕のせいで……」

「怖がる必要はないさ」

「え……」

ヴィーノは僕の頭をポンと叩く。

「今までてんでダメだったのに急に力を手に入れたり、戻ったりするとびっくりするよな。俺もそうだった。自分じゃないようで怖かったよな」

言われて気付いた。

今まで何度練習しても魔法の力を出せなかったのに霞隠龍戦で急に魔法の力が行使できることが分かった。

無力だった自分が以前のように誰かを守れるようになれると思っていたけど……本当に以前のように戻れるか心配で仕方なかった。

女王アリを目の前にして……僕は恐怖した。

失敗したらどうしよう。頭の根底にあったのはそれだ。

「この戦いが終わったらさ。言おうと思ってたんだ」

ヴィーノは続ける。

「なぁ……ミュージ。成人したら俺のパーティに入らないか？」

「え!?　でも……」

「魔法が撃てる魔法使いなら欲しいのは当たり前だろ。俺のパーティ、魔法系が弱いんだから」

「僕、こんなに失敗して……今だって成功するかどうか」

「成功するさ」

ヴィーノは優しく僕の頭を撫でる。

「ミュージなら絶対やれる。霞隠龍戦の時のように……メロディを守りたいと思ったあの時のように……自信を持て」

思い出していた。

亡くなった両親もこんな感じでいつも僕を励ましてくれていた。

あの時は天狗になっていて、親の愛なんて……って思っていたけど……それでも側にいてくれていたんだ。

今しばらくずっと忘れていた。

僕が魔法を使う……意味。

それは大事な人を……大事な仲間を守るためなんだ。

「ヴィーノが僕をパーティに誘ってくれるなら……僕は仲間を守る！」

残りわずかなバッテリーポーションに手をかける。

このポーションは未完成品と言っていた。安定した魔力を供給しないとすぐに割れてしまうと……。

僕ならやれる。かつての神童と言われた僕だから絶対に……絶対やるんだ。

「集え、火炎の力。収縮しろおおおおぉぅ！」

魔臓を震わせて、魔力の全てを炎の力に変換する。

その力を出すことはできないけど、このポーションに込めることはできる。

「出来た……」

火炎の力がぐつぐつと滾ったポーションがそこにはあった。

ヴィーノに炎の力が込められたポーションを渡した。

「出来たよ！　ヴィーノ！」

「ああ！　最高だ！」

ヴィーノは僕が渡したポーションをすぐさま女王アリに向けて投げつけた。

体に当たって割れた時、中に入れた炎魔法が具現化し女王アリを炎で包み込む。

「効いている！」

女王アリは奇声を上げて、苦しんだ様子を見せる。

僕は再びバッテリーポーションに炎魔法を込めてみた。

やり方は覚えた。もう間違えない。

魔法の力を十二分にため込んだポーションをヴィーノに渡す。

「ヴィーノ、トドメを！」

ヴィーノはバッテリーポーションを手に左膝を大きく上げる。そのまま腰を後ろに捻って、勢いよく体をまわした。

「これが俺とミュージの協力攻撃だぁぁ！」

すでにポーションから僕の込めた【火炎極魔法（インフェルノ）】が解き放たれつつある。

ヴィーノのポーション使いとしての力がその炎魔法の力を増大させているのかもしれない。

「インフェルノ・ポーション！」

まっすぐ飛んでいくポーションの側に火炎の竜巻が出現し、その勢いを強く増している。

炎の力を得たポーションは女王アリの頭部へと到達した。

轟音と轟炎により女王アリの頭部は消し去り、全身は解き放たれた【火炎極魔法】によって全て焼き尽くされる。

たった一発の協力攻撃が巨大で強固な甲殻を持つ女王アリを粉砕したのであった。

「……ミュージの魔法すげぇな」

「……ヴィーノのポーションのおかげだよ」

ヴィーノがハイタッチのように手を挙げたので僕は全力でその手のひらを打ち返した。

僕達は勝利したんだ。

それからのことは正直ぼんやりとしか覚えていない。

たぶん、久しぶりに本気の魔法を二発使ったため体力を大幅に消耗してしまったんだろう。

背中を大きくケガしたヴィーノに連れて帰ってもらうなんて本当に僕は弱いなと思ってしまった。

女王アリを討伐したため数百の鋼殻アリは大パニックとなっていたのはかすかに見えた。

逃げていくのは追わず、街でたむろしている個体を一匹ずつ倒していくことで脅威は去ったんだと分かった。

ギルドの休憩室に運ばれて、眠って起きた後には全てが終わっていた。

それから数日。街の被害に対して修復作業などでヴィーノ達は朝から晩まで働き詰めだ。

子供の僕に手伝えることはそう多くなくヴィーノと会えない内に日々だけが去っていく。

「冒険者さん達明日帰るって」

「え、そうなんだ」

すっかり元気になったメロディはいつもの調子で言葉を告げる。

ヴィーノに直接言われたのだろうか。

「元々一週間の滞在予定だったのに三日も多くここにいるからね。後は任せて王国に帰るみたい」

女性陣は宿に帰ってきていたが、ヴィーノだけは冒険者ギルドに泊まりっぱなしだった。

あの戦いの後から一度として喋ることができていない。

あの戦いの時……僕をパーティに誘ってくれた話は夢だったんだろうか。

「ねぇ……ミュージ」

メロディは僕の服の袖を引っ張る。

「やっぱり……王都ティスタリアに行くんだよね」

「うん、僕の魔法の力を引き出せるのはヴィーノだけだからね」

「王国は遠くないけど外国だし心配だよ」

メロディにはすでに成人してからの僕の進路先を説明している。

進路の話は先日もしているので行き先が決まっただけマシになったと思ったがメロディの心配性は変わらなかった。

王国の王都は遠くないけど気軽に行ける距離ではない。

働き始めは生活するので手一杯だろうからなかなか帰ることもできないだろう。

「だけど……必ず温泉郷に戻ってくる。その時は魔法の力でみんなを守って……温泉にゆったりつかりたいな」

「でもさ」

メロディは怪訝な顔をする。

「冒険者のおにーさんって本当に大丈夫なのかな」

「何の心配をしてるのさ」

「だって……あんな綺麗な人達をはべらせているんだよ。男のミュージの扱いが心配だよ」

「さすがに……それはないと思うけど」

「じゃあ聞いてみよ！　あそこにシエラちゃんがいるし」

宿の入口の長椅子でシエラが温泉まんじゅうを食べてのんびりしていた。

滞在最終日だからのんびりしているのだろうか。

「ねぇ、シエラちゃん！　ちょっといい？」

「ん？」

一週間以上の滞在ですっかりメロディもヴィーノ達と仲良くなってしまった。

カナディアとかスティーナは大人びているから丁寧語だけど、姿や顔の幼いシエラは何となくそんな気にならず砕けた口調になってしまっている。

本人も戦闘の時以外はのほほんとしているし、失礼な言い方だが、飯を献上したら何でもしてくれそうな危うさが見える。

それでもシエラは何だろう。決して汚してはいけない。そんなイメージがある。

特徴的な白髪だからだろうか。褒めて称えなきゃならないような気にさせられるんだ。

「冒険者のおにーさんってシエラちゃんから見て……どんな感じかな？」

「ヴィーノのこと？　うーん、うーん」

シエラはまんじゅうを頬張りながら考え込む。食べきって、次のまんじゅうに手がいく。

晩ご飯これからなのに……どれだけ食べるんだろうか。

「クリームスープが美味しい！」

「食べ物はいいって」

思わず口を挟んでしまった。

「食べ物以外……うーん。とってもシエラをよく見てくれて、気遣ってくれるかな」

「そうなんだぁ」

確かに僕のこともそうやって見てくれていたから気配り上手なのかなと思う。

「シエラはよく胸がこるんだけど……ヴィーノが優しく揉みほぐしてくれるの」

「ぶほっ！」「ゴホッゴホッ！」

僕とメロディは思わず吹いてしまった。

「む、胸を……？」

メロディの顔が真っ赤になる。メロディはこういう話は得意じゃない。僕もだけど……。

「ん。シエラなんだかこりやすいから。こってますね～ってモミモミ」

確かにそれだけでかけりゃ……しかしそれをモミモミなんて何てうらやまっ……。

メロディにはまったく。

「ねぇ、ミュージ。何で私の胸を見るのかな」

「見てないよ⁉」

危ない……幼馴染のまったく成長が見られない胸部を見る所だった。

「たまにどさくさ紛れて肩を揉まれたりもするんだけど……それくらいかなぁ」

「ちょっと待って。ねぇ、シエラ。胸と肩……間違えてない？」

シエラはおおっと呟く。

「間違えた」

「そ、そうだよね。肩揉みのことだよね……。あぁ、びっくりした」

確かにびっくりだ。

とんでもない爆弾を放つなシエラは……。奥さんのカナディアが今の話を聞いたらとんでもないことになりそうだ。

……待ってどさくさ紛れて肩を揉まれるって言ってなかったか。

肩と胸を間違えて発言……ってことは。

「おお！　ミュージにメロディ、ここにいたのか」

宿の入口からヴィーノとカナディア、スティーナが現れる。

陽気で機嫌よさそうに僕とメロディの側に来たので……。

「メロディ後ろに下がって」

「え？」

「胸を揉まれるかもしれない」

「そんなことしねぇよ⁉」

そのまま晩ご飯を摂るためにみんなで食堂へ向かう。

何となくだけどさっきの騒動で聞き忘れてしまった。

本当にパーティに誘ってくれるのかどうか……。

そんなわけないじゃんと言われるのが怖い。

ヴィーノ達は帝国での仕事を全て終え、引き継ぎもしっかりしてきたようだ。

今日一晩ぐっすり休んで、明日朝一の魔導バスで王国の方へ戻るらしい。

最後の夕食も終わって……あとは温泉に入って眠るだけだ。

「うん……」

僕に必要なのはいつだって覚悟だ。

恐怖してしまうから魔法も成功しないし、上手くいかない。

だから一歩踏み出すんだ。

「ヴィーノ！」

「おっ！　な、なんだ」

僕は温泉へ行こうとするヴィーノ一行に声をかけた。

「お願いがあります！」

「へ？」

「ぼ、僕をヴィーノのパーティに入れてください！」

ここまで大きな声を出したのはいつぶりだろうか。

後ろにメロディもいるのに……うろたえて恥ずかしいマネをしてしまったのかもしれない。

だけど、今しかなかったんだ。

ヴィーノは微笑んだ。

「当然だ。もうミュージは俺の仲間だろ」

その言葉が嬉しかった。認められたんだって……僕はヴィーノのパーティの一人としてやっていけるんだって本当に思った。

「ミュージが来るのを楽しみにしていますね」

カナディアは黒髪をなびかせて優しげに言う。

「下働き要員として頑張ってもらわないとね」

スティーナが意地悪く笑う。

「魚料理覚えてから来て」

やっぱり食うことしか考えてないシエラが言う。

「ミュージ、良かったね」

後ろでメロディが涙ぐみながら応援してくれた。

「十五歳になったらすぐに王国に来い。待ってるから」

ヴィーノを中心とした心優しく強い冒険者達は王国へ帰っていった。

日常に戻り、ヴィーノが残してくれた大量のバッテリーポーションを僕は毎日一本、魔法を込める練習を行って勘が鈍らないように修行した。

それに伴って外国の就労にはいろんな手続きが必要なため十五歳になるまでに役所を駆けずり回ったんだ。

そして少しでも家族と一緒にいられるように宿の手伝いやメロディと一緒に夜遅くまでいっぱい話して……ついに誕生日を迎えた。

ヴィーノ達には事前に手紙でこの日に向かうことも伝えている。

向こうでの手続きもやってくれ、しばらくはヴィーノの家で暮らさせてもらうことも決まる。

王国での滞在書や就労書も忘れずに持ち、故郷である朝霧の温泉郷【ユース】から旅立つ。

涙ながらに送り出してくれるメロディをなだめるのは大変だったけどそれでも僕は成人して新たな道へと進むんだ。

両親を亡くしてから育ててもらったメロディの両親に礼を言い、いつか帰ってくる時のため僕は帝国を旅立った。

魔導バスを乗り継いで、国境を抜ける。

ティスタリア王国に入ってからは馬車に乗って王都へ到着する。

帝国に比べたら技術レベルは低いけど……軍事的には王国のレベルは非常に高い。

冒険者の質が高くてその落とし込みがされていると聞いたことがある。

馬車でまる一日かけて王都へ到着した。

王都は古風の街並みながら帝国とは違う文化が見えてくる。今日から僕はこの王都で暮らしていくんだ。

事前に手紙で地図は送ってもらっていたためさっそくヴィーノの住む家を目指してゆっくりと歩く。

観光はヴィーノ達と会ってからでもいいだろう。

早く会って成長した僕の姿を見せたい。

この角を曲がればヴィーノの家だ。

「ここか……」

さすがS級冒険者。大きな家に住んでるなぁ。

確かカナディアとシエラも一緒に住んでいるんだっけ。

僕は胸がドキドキする中、扉を開けた。

「こんにちは！　ミュージ……です！　久しぶり」


「ヴィーノ！　いったい私達三人の誰を選ぶんですか！」

「あ、……いや……その！　俺はそういうことを言ってるんじゃ」

「普通は妻である私ですよね！」

「ん、黒狐は黙ってる。シエラを選ぶべきだと思う」

「ここはあえて、あたしを選んでみるとかない？」

「……」

僕が所属しようとしているパーティのリーダーは三人の美女に迫られあたふたとしていた。

これは修羅場ってやつかな。

「よし……！」

ヴィーノはふいに僕の方を見る。

「ミュージ！　君に決めた！」

どうやらハーレム男の修羅場に僕は巻き込まれてしまったようだ。

「実家に帰っていいかな？」

第六章 ポーション使いと最強の仲間達

いやぁ、昨日は修羅場だった。

いつも通りカナデとシエラがケンカして内容を聞いていると両成敗なんだけど何だか無駄に盛り上がってしまったな。

そもそも炎上大好きスティーナが燃料を入れてくるのが悪い。

俺が困っている所を見るのが本当に好きなようだ。ほんと変態だなあいつ。

「で、初めての王国はどうだ。ミュージ」

「最悪だよ！」

外を歩く俺の新たな仲間、ミュージは随分とご立腹のようだ。

十五歳で成人してこの王国の冒険者ギルドで働くためにここへやってきた。

魔法の才能はあるが現時点では俺の持つバッテリーポーションでのみしか魔法を使うことができない。

ま、帝国の事件から帰国して数ヶ月。何もその点考えなかったわけじゃない。

「カナディアから微妙に敵視されてるし意味が分からない」

「悪いな。カナデは嫉妬深いんだ。あいつの前でイチャイチャしなきゃ大丈夫」

「僕は男だよ!?」

昨日のあの場で苦し紛れにミュージを選んだのはある意味まずかったのかもしれない。

〝なるほど、男もヴィーノの守備範囲内なのですね〟って言っていたから完全にマークされてしまったようだ。

「ミュージ、少しだけ背が伸びたか？　童顔なのは変わらずだが」

「うっ、気にしてるんだから言わないでよ」

ミュージの身長はカナデとそう変わらないほどまで成長した。

茶髪の幼顔ながら整った顔立ちは大層ギルドのお姉様受けするんだろうなと感じる。

俺の指揮下のメンバー内では一番年下だから一層弟分みたいな感じになりそうだ。

「そうか、そうか。昨日はよく眠れたか？」

「よく……眠れるわけないでしょ！」

昨日ミュージが来た時間は遅かったので話半分で次の日となっていた。

「君用に部屋も与えてやったのに」

「それはすごくありがたいよ。感謝してるし、世話になる分全力で頑張ろうと思う」

ミュージはぐいっと顔を上げた。何やら頬が赤い気がする。

「カナディアのあえぎ声とずっこんずっこん動作がうるさいんだよ！　あれ何⁉」

「同衾だよ。あはは、まだまだ子供だなぁ」

「意味を聞いてるんじゃないよ！　あの家にはシエラもいるんでしょ！　よくできるね」

「まぁ、初めは気を使っていたんだがシエラはセラフィムの力で防音できるみたいでな。我慢は体に悪いから、お互い出張がない時は毎晩やらせてもらってる」

カナデのご機嫌取りってのもある。

優しくすると機嫌がよくなって甘えてくるんだ。そこがたまらず可愛く、体を重ね合わせてしまう。

体の相性も良い。

「あまりに堂々すぎて僕の常識がおかしい気がしてきたよ。あんな声聞いたらドキドキして眠れないし……」

「なんだ気になるのか？」

「ち、違うよ！」

ミュージは顔を真っ赤にして否定した。初々しい限りだ。

「こっちに来る前にメロディに想いを告げておけばよかったのに。あれだけ長くいたんならお互いの気持ちを分かっていたんだろ？」

「いや、でもあの関係を壊したくなかったし」

「相手のことが好きなのであればなるべく早く行動に移しておいた方がいい。後悔するぞ」

「何か実感のこもった言葉だね」

ああ、もう妻の両親に謝罪したり、妻と大バトルなんてしたくないからな。

ミュージが同じようなことになるとは思わないが。

「毎月一回は手紙を送るようにしておけ。金が貯まるなら帰省もしていいし」

「うん、分かった」

しかしミュージが来たことで本格的にあの計画をスタートさせないとな。

想定通りにできるなら……俺はもっと強くなれる。

「ヴィーノはさ」

「ん？」

「黒髪の人の血って入ってるの？」

「なんだ急に」

「あ、いや……。あの温泉郷の事件の後にメロディと話してたんだ。ヴィーノとカナディアが結婚したのが珍しいって」

その話は黒の民の里でも言われたことがある。

俺やスティーナのような異色髪を持つ者が黒髪を持つ人間に好意を持つことはほとんどないそうだ。しかしその話がミュージから出るってことは……。

「ヴィーノだから言うけど、僕やメロディは黒髪の血が少し入ってるんだ。茶髪なのもその影響って両親から聞いたことがある」

「そういうことか」

あの温泉郷の事件の時、ミュージとメロディはまったくカナデに対して嫌悪感を持っていなかった。個人的にちょっと不思議に思っていたんだ。シエラが側にいたのがもちろんあったと思うけど……。

例のまじないの効果を受けない、もしくは受けづらいのか。

黒の里の件があっていろいろ調べてみたが、低所得者は黒の民の血が入っていることが多いと調べがついている。

単純に過去の黒と白の騒乱時に敗北した黒の関係者が最下層まで落ちて、そのまま抜け出せずにいるということだろう。

工芸が盛んな街の孤児院の子供達や王都のスラムでまじないの影響が少ないのもそれが要因なのかもしれない。

「俺の住んでいた村では黒髪は一人もいなかったし、そんな話は聞いたことがない。多分血は入っていないと思う」

「じゃあ、父さんが言ってた通り飛切りの変態……」

「今、何て言った」

俺はがしっとミュージの頭を摑む。

ひっと可愛らしい悲鳴を上げるが俺は男には容赦しない。握力で握りつぶしてやろうか。

「いてててて、な、なんでもないから！」

「飛切りの変態って言おうとしただろ。スティーナは変態かもしれないが、俺は違う」

まったく、どいつもこいつも変態扱いしやがって。

俺がカナデを愛したのは純愛だっての！　あの黒髪は崇拝すべきものだと思うけど……。

「と、ところで今、どこに向かってるの？」

話題を変えてきたな。まぁいい。

「冒険者ギルドだよ。君の身分証を作る必要がある」

「講習とか受けなきゃいけないんだよね。ちょっと調べてきたよ。予習もしてきたから試験も大丈夫だと思う」

「ああ、S級からの推薦だと一切必要ない。五分でできるぞ」

「ええ……せっかく勉強してきたのに」

シエラの冒険者証作成も五分で終わったからな。

冒険者ギルドの格差社会ってやつだ。Ｓ級冒険者が早く作れと言えば何でも許される。

もちろんそれに見合った成果を挙げないといけないが……。

シエラはその強さで破竹の勢いでクラスを駆け上がった。

ミュージの場合は単体では何もできない。だからこそ俺とシィンさんが考えているプロジェクトを進めなきゃいけないんだ。

「よし、ここからは乗り物に乗って行くぞ」

「馬車に乗るの？　そういえば王国では馬型魔獣を使うこともあるんだよね！　僕見てみたい」

「セグウェイポーション！」

ミュージの顔がものすごく嫌そうな顔になった。

「なんだよ、ポーションに乗って移動すればあっという間だぞ」

「スケートボードとかでいいじゃん……」

「セグウェイポーションはポーションを燃料とした移動道具だ。ブレーキも方向転換も思いのままだ」

「どうしてそんな画期的な発明をポーションでやっちゃったの……？」

まだまだ改良が必要のため基本下り坂を推奨している。

俺は基本操作をミュージに教えて、セグウェイポーションに乗って移動した。

ゴロゴロ、ポーションの横回転の力を利用して移動だ。

平坦の道ならどこでも使えるから便利だぞ〜。

「うわぁ……地味に出来がいいのが怖い」

「こんなことで驚いてたらこれからの生活大変だぞ」

「ヴィーノって冒険者より発明家の方が向いてるんじゃない？」

「たまにそれは思う時がある」


「へぇ……王都の冒険者ギルドっておっきいね」

ミュージは到着早々感嘆の言葉を述べた。

温泉郷【ユース】のギルドに比べたら段違いに大きいからだろう。

S級から低級までこの王国中の案件を取り仕切っているだけあって王都ティスタリアの冒険者ギルドは世界の中でも規模が大きいと言われている。

「あ、おはようございます！」

「【ポーション狂】！」

「いい天気ですね、【ポーション狂】」

受付の方へ向かっていると低級の冒険者達から挨拶で頭を下げられた。

「やっぱ……ヴィーノってすごいんだね。みんな頭を下げてるよ。僕まで何か気持ちよくなってくるね」

「S級は絶対的な権力を持つからな。ただ俺やカナデが偉いんであって、君が偉いわけじゃない。

そこははき違えるなよ」

「わ、分かってるよ」

若者にありがちな、偉い人の取り巻きになると自分も偉いと勘違いしてしまうやつ。

S級のお気にいりになったら偉くなれると勘違いする冒険者はかなり多い。

俺の指揮下のやつ、スティーナやシエラは性格的に大丈夫だがミュージは危うい所があるように見える。

ミュージにはそういう風に育ってほしくはない。ちゃんとそこは教えていかないと。

ま、俺もカナデもS級でも下位の方だから偉そうにはできないんだよな。アメリとかシィンさんにはまったく頭が上がらないし……。

ミュージを連れて受付の方に顔を出す。

「あ！　ヴィーノさ～～～ん！」

可愛らしく愛嬌のある声、S級に対してこんなに気安く声をかけてくる子は一人しかいない。

前の街にいた時から変わらないのは嬉しいけどな。

桃髪の受付係のミルヴァがぶんぶん手を振って声をかけてきた。

「おはようございま～～す。今日はどうしたんですか」

「ミルヴァおはよう。今日も元気だな」

「元気だけがとりえですから。随分とかわいい子と一緒ですね、また浮気ですか!?」

「おい、上にクレームいれんぞ」

「何だかすごい人だね……」

「冗談ですよ。でもヴィーノさんが男の子と一緒って珍しいですね」

「人を好色家にするんじゃない。前にちょっとだけ話したことあったろ。俺の推薦で冒険者にさせたいやつがいるって」

「言っていましたね～！　じゃあその子がガルバリア帝国から来た魔法使いさんですね」

ミルヴァがぐいっと受付台から身を乗り出す。

ミュージは思わず後ずさったが挨拶するように背中で合図させる。

「ミュージ……です」

「ミュージくんですね！　ミルヴァといいます。一つ年上なのでミルヴァさんかミルヴァおねーさんでいいですよ！」

「ヴィーノ、この人が風で飛ばした報告書を涙目で二時間追いかけて回収してきた受付係の人？」

「ああ、冒険者の名前を間違えて冒険者証作って、挙げ句の果てに改名しませんかって言いやがった受付係だ」

「ぎゃあああああ！　何てこと教えるんですか！」

「じゃあ宜しくねミルヴァ」

「いきなり呼び捨て⁉」

ミルヴァに即席でミュージの冒険者証を作ってもらった。シエラと同じでD級からスタートだ。

まったくもうってプリプリ怒っていたがでぇじょうぶだ。どうせ五分で忘れる。

「あれでも受付係としてやっていけるんだね……」

「違う違う。仕事ができる受付係より逆に可愛くて元気がよくて誰にでも平等な受付係の方が貴重なんだぞ」

ミルヴァに救われている冒険者も数多いんだよ。

彼女の笑顔は本当に励まされるものだ。

下位からS級まで変わらずに接してくれる人はそう多くない。

詫びにまた差し入れでも入れてやろう。

次の目的地へ向かおうと思った矢先、一人の人物が向こうからこちらにやってくる。

「おっす、ヴィーノ！」

耳に残る甲高い声、俺にここまで気安く声をかけてくるのは一人しかいない。

「おはよう、アメリ」

【風車】の二つ名を持つS級冒険者アメリだ。ぴょこぴょこステップしながらやってきた。

「お、そいつが例の生け贄(いけにえ)か！」

「生け贄!?」

「ああ」

「否定しないの!?」

「ふーーん」

今度はアメリがじーっとミュージを見ていた。

そしてうんと一度頷く。

「シィンに会わせんだろ？　結果はまた教えてくれよ」

手を振って去ろうとする。

シエラの時はあれだけ執着したのにあっさりだな。

「分かった。それにしてもアメリ的にはミュージはお気にいりにならない感じか？」

アメリは歩みを止めた。

「顔は悪くねーけど、筋肉がなぁ。あと四十年老けないとあたしの好みにはなんねーよ」

アメリはかわいい女の子と鍛え上げたナイスミドルにしか興味のない変わった趣味を持っている。

やはりミュージのような美少年はお気に召さないようだ。

アメリは軽く手を振って去って行った。

「あの人……強いよね」

「分かるのか？」

「うん、魔力の質が高かった。あんなに子供なのにあれだけ練っているなんて」

「あれでも二十六歳だぞ」

「えっ⁉　えぇ⁉」

ミュージが何度も驚きの声をあげていた。

王国冒険者業界の七不思議みたいなもの……。

アメリのやつ本当に老けないよな。絶対十二歳くらいの時から止まっている。

「そ、それより生け贄ってなんだよ。僕そんな話を聞いてない」

「まぁ言ってないからな。それじゃいくぞ。王国最高の魔法使いの研究所にな」

冒険者ギルドの用事は終わったので当初の目的であったシィンさんが住む魔導研究所へ向かう。

S級冒険者【幻魔人】の二つ名を持つシィンさん。

王国最高の魔法使いにして世界でもトップクラスに著名な人物でもある。

実はシィンさんの研究所は王都から離れた郊外に存在する。

様々な魔法の実験で町中にあるといろいろ壊れてまずいということでそのような対処をされているのだ。

俺とミュージはジェットポーションを使ってかっ飛ばし、魔導研究所の前へ降り立った。

「ヴィーノって本当に魔法使いじゃないんだよね？」

「おいおい、魔法を使えるように見えるか？」

「ポーションを空に飛ばすのは魔法使いでもできないと思うよ」

呆れた顔でミュージは言うが、大したことではないと思うけどな。

シィンさんの使う空間転移（テレポーテーション）とかに比べればまだまだだ。

俺達はさっそく研究所の中へ入った。

「こんにちは～」

応答はない。一人で住んでいるし、せっせと出迎えに来てくれる人ではないので気にしない。

さっさと奥の研究室に向かう。

「何なの……ここやばくない？」

「女性に見せていいものではないな」

「禁止薬物とかもあるんだけど……うぇぇ、何か気持ち悪い」

「成人したんだから覚えておくんだ。偉いやつは何でも許される」

小動物がここへ迷い込んだら最後、あっと言う間に実験動物に早変わりだ。

違法薬物に毒物、実験動物と言葉にするのは憚(はばか)られる何かの死骸(しがい)。一般人がこの施設を所有していたら即刻逮捕だが、シィンさんは許される。

俺も正直ここには来たいと思わない。

今回それもあってカナデ達を連れてこなかった。

シィンさんだって女性を連れてきたら困るだろうし。でも先輩冒険者を俺の家に呼びつけるのは立場的にできないんだよなぁ。

奥の研究室へ足を運んだ。

「お疲れ様です」

「来たか……」

「あ！」

ミュージはシィンさんの姿を見て、怖がるどころか目を輝かせた。

「も、もしかして世界三大魔導研究者の一人のシィン先生ですか！　ぼ、僕……先生が書いた魔導書を熟読しました！」

「ほぅ」

やっぱり魔法使いを志していたからシィンさんの存在は知っていたんだな。

しかし世界三大魔導研究者って。

「シィンさんってそんなすごい人なのか？」

「何言ってんのヴィーノ！　魔法の中でも新たなカテゴリーを生み出した天才だよ⁉　そっか、今は王国にいたんですね！　会えて光栄です」

「若いのによく勉強をしているな。そこのハーレム男とは大違いだ」

「シィンさん、それだけすごいのに何で女性が寄ってこないんでしょうね」

「……私に会いたがるのは男ばかりだ。それより……」

ギリッと睨まれる。

「カナディアとシエラちゃんとスティーナちゃんと温泉に入ったという噂は本当なのか」

めんどくせぇ質問が来た。

「いや、まぁ……。でも仕方ないじゃないですか、ねぇ」

「ヴィーノが積極的に誘ってたってスティーナが言ってたけど」

余計なことを言うんじゃない。

「それでどうだった。三人のその体つきというか」

このおっさん……。

さっきまで目を輝かせていたミュージが冷たい目になっているじゃないか。

「妻のことを話すわけないでしょ。もう、そろそろ話に入りましょう。ミュージが来たんです。一気にプロジェクトを進めましょうよ」

「う、うむ」

「それで何なの？　アメリ……さんも僕を生け贄って言ってたけど」

俺はポーションホルダーからバッテリーポーションを取り出してミュージに手渡した。

「炎属性の魔法を溜められるか？」

「もちろん、めちゃくちゃ練習したし」

ミュージは魔力を込め始めた。

あの女王アリとの戦いのような不安定な形じゃない。

力が均等にポーションに吸収されている。

相当練習したっぽいな。ちゃんと努力していることが嬉しい。

「どう？」

自慢気質な所はもうちょっと指導しなきゃならないが十五歳にしては十分と言った所だろう。

「ミュージの魔力体質はどうですか？」

「ふむ、悪くない。これだけの素質が帝国で埋もれていたのはもったいないことだ。事故がなければ大成しただろう」

「やっぱりシィンさんでもミュージのケガはどうにもならないんですよね？」

「私は医者ではないからな。だが若い魔法使いがやりがちな成長期の魔臓負荷が最小限になっているのはかえって今回の計画ではよかったのかもしれん」

魔法を扱う臓器、魔臓。ミュージやシィンさんは大きく強く発達しており、そこから魔力が作られる。

若い魔法使いは魔法練習のために魔臓に負担をかけやすいそうだ。

ミュージも事故が起こるまでは魔法の練習をしていたが、事故後は魔法の放出が出来なくなったため臓器の負荷は最小限に収まっている。

さらに魔法が放出できないながらも魔法の訓練は続けていたため魔臓の機能は破格のレベルに達しているらしい。

「そろそろ教えてよ！　何をしようとしているの？」

「そうだな。まず前提として残酷なことを言うが俺のパーティで動くにあたって今のままでは使い物にならない」

「そ、そんな！」

あんなに修行したのに！　とミュージは愕然とした表情を浮かべる。

この話はあくまでS級である俺主導で動くパーティでの話だ。

俺はさきほど力を込めたバッテリーポーションを手にとった。

「もうすでに炎の力が消えかかっている。長期保存できればよかったんだが、短期じゃな……」

「だったらすぐに使えば！」

「それだったら結局魔法が使える魔法使いを連れて来た方が早い。そういうことだ」

「……」

ミュージは黙り込んでしまう。

まぁそうだろう。俺が同じ立場なら愕然としてしまう。だけど……。

「ミュージの才能を有効活用してこそだと……俺は思っている。そのためのプロジェクトだ。成功するかどうかはわからん」

「ヴィーノ……」

「魔力を大幅に消費するつらく厳しい戦いになるかもしれない。それこそ生け贄になるレベルでな」

「あ……」

「それでもやるか？」

俺の問いにミュージは一度も目をそらさず、真っ直ぐ見続けた。

「当然！　僕はそのために王国へ来たんだ」

「いい答えだ。ではシィンさん、あれをお願いします。俺は〝砲弾龍(ほうだんりゅう)の心臓〟を持ってきました」

「……ほ、本当に何をするの？」

俺は拳を上げて叫んでみる。

「聞けミュージ。俺とシィンさんとミュージでポーション・ホムンクルス製造計画を始動する！」

それから二ヶ月が過ぎた。

いろいろなことがあったんだけどポーション・ホムンクルス製造最終計画にさしかかる。

百回を超える失敗の末、研究はシィンさんの研究所から俺の家にあるポーション研究室に移した。

ここから先は俺の家で充分だったし、この後の問題でどうしても必要なことが出てきたんだ。

「そんなわけで頼む、シエラ！」

「ん」

ここ二ヶ月の事情を話してシエラにも参加してもらうことになった。

基本的に女性陣には最後の最後まで黙って、あっと言わせたかったんだけど……どうせシエラはあっと言うタイプでもないし、彼女の持つ白魔術【セラフィム】がどうしても必要だった。

「セラフィム」

シエラはセラフィムを具現化させた。

半身を鎧で纏った不思議な生命体。

人間とは違う構造の生命体だがある意味俺達の計画の参考データになる存在だ。

セラフィムは喋れないがシエラの身辺のお世話をしているために無茶苦茶器用だった。

もはやシエラのお母さん的存在だ。俺達の言っていることも理解しているらしい。

「じゃ、シエラは向こうに行く」

「ああ、戸棚に俺の食う分のケーキがあるから食っていいぞ」

「食べる！」

シエラはたたたっと行ってしまった。

「じゃあ、セラフィム宜しく頼むな」

「$%&´(!」

セラフィムはぐっと指で合図した。シエラと違って仕草が豊富だよなぁ。

「本当に不思議だねぇ、白魔術って……」

ミュージも口を広げ、空を浮くセラフィムを見ている。

「黒魔術もそうだが特別なんだろうな」

シィンさんも白魔術、黒魔術は従来の魔法と完全に体系が違うと言っていた。

魔法と魔術の違い。このあたりに鍵があるのかもしれない。

「でもシエラって大丈夫なの？」

「何が」

「食べるのに一直線というか……何か見ていて危なっかしいよね。食べ物で誘われたらどこでも行っちゃいそうじゃん」

「おいおい」

俺はミュージの言い草に少し腹が立ってしまう。

「あの温泉郷の事件の時、メロディを助けられたのはシエラのおかげだぞ」

「え？」

「霞隠龍が逃げようとした時にシエラが俺を呼んでマーキングポーションを投げさせなかったら……メロディは助からなかった可能性が高い」

「そ、そうだったの⁉」

あの時俺とシエラは後衛にいたが、ミュージは音波攻撃で気を失っていたっけ。シエラのあの機転は本当に助かった。シエラとセラフィムがあの場にいなかったら間違いなくメロディは助からなかっただろう。

「僕全然知らなかった。シエラも何も言わなかったし……」

「そうだな。シエラは多分あえて言わないんだと思う。マイペースに見られがちだけど……結構まわりを見ている子なんだよ。面倒くさがりやだし、服はだらしないし、食べこぼしも多いけど……他人の不幸を良しとしない優しい子だ」

出会った次の日の朝、誘拐されそうになった子供をいの一番に助けにいったし、鋼殻アリに街が襲われた時だって指示する間もなく、敵へ向かっていった。

シエラの中ではきっと分別が出来ているのだろう。他人を幸せにして自分を幸せにする。それが出来る子なんだよ。

カナデに対しては血の影響か敵対気味だけど……俺やスティーナに対して、ここぞって時はちゃんと話を理解してくれる。

「シエラの語らない誠実さは素敵で尊敬できる。だから俺はシエラを信用しているし、仲間としてずっと側で支えてあげたいと思っている。だからミュージもそうしてあげてほしい」

「分かったよ。……だってシエラ」

「ふにゃっ!?」

え……と振り向いた途端シエラがすっころんでしまう。

「あ……あぅ」

恐る恐る立ち上がると顔をめちゃくちゃ真っ赤にしていた。表情をそこまで変えないイメージがあったのに照れているのか。……あんな反応されるとめちゃくちゃ恥ずかしいんだが。

「き、聞いてたのか」

「セラフィムがもし消えたら……魔力切れ！　シエラにこ、声かけて！」

ぴゃーっとシエラは走り去ってしまった。

あんな慌てたシエラを初めて見たな……。

「ああやって年下の女の子を口説いてるんだね、勉強になるよ」

「イヤミかこの野郎」

ニヤニヤしやがって……。

そうしてセラフィムの支援もあって計画のリハーサルも無事成功。

ついに……女性陣へのお披露目(ひろめ)の日となる。


「男達ってほんとそーいうの好きよね」

「研究ばっかで……もう少し私に構ってほしかったです！」

お披露目の日、カナデとスティーナにここまでの二ヶ月の経緯(いきさつ)を事細かに話しているのに何だかとても冷たい。シエラも欠伸(あくび)をして聞いていた。

くそ、やはり女どもは研究に対する理解ってやつが足りてない。ミュージをメンバーにいれておいてよかった。

「え、夜もカナディアを放置してたの？」

「あ、それはしっかりと愛してくれましたぁ」

「ほんとこのバカ夫婦、毎日毎日ドコドコやってよぉ。僕の安眠を妨害しまくりだよ！」

「オラオラ、俺の性事情はどーでもいいんだよ。さぁ、行くぞ！」

部屋の中央に無数のポーションと管に繋がれた一体のホムンクルスが存在する。

シィンさんが持っていた秘蔵のホムンクルスの素体と動力源として破滅級の魔物……かなり前に倒した砲弾龍の心臓素材を加工して生み出した。

これがまたすごい出力を生み出すんだよな。大事に取っておいてよかった。

そしてエネルギー源はミュージの魔力である。

ミュージが己の魔力を溜め始めた。

ホムンクルスとミュージの間に魔力を伝達させる特別なチャンネルを開通させることにより、触れなくても魔力を行き渡らせることができるのだ。

これは外への放出機能のみ死んでしまったが、それ以外はピカピカのミュージの魔臓だからできることである。

この国でこれができるのはシィンさんとミュージくらいなものだ。

シィンさんはＳ級や研究者としても多忙だ。だからミュージというフリーな存在がこのプロジェクトで絶対に必要だったのだ。

「さぁ……起動しろ！　ポーション・ホムンクルス【ポー！】」

ホムンクルスは目を開き、両手足を動かした。

そしてゆっくりと顔を上げて……ブルーの瞳を開く。

「はい、マスター」

「喋った!?」

よし、成功だ。

スティーナの驚く声に思わずにやりとしてしまう。

ポーション・ホムンクルス【ポー】はミュージの呼びかけに答えて空へと飛び上がった。

身長はおおよそポーション二本分、女の子タイプのホムンクルスである。

ポーションと同じ色の青の、腰まで届くロングヘアーで決めている。

四枚の魔力の羽を使うことで空中も思いのままだ。

当然言語機能も搭載(とうさい)、自律機能も備えてる代物だ。

「初めましてですの！　ポーはポーと申しますの。ポーちゃんと呼んでくださると嬉しいですの！」

「ポーションのホムンクルスだからポーちゃんですか……」

ネーミングはいろいろ案があったんだけど……結局こういう形で落ち着いた。

「カナディアしゃん！　スティーナしゃん、シエラしゃん！　宜しくお願いしますの！」

「か、かわいい！」

カナデとスティーナがぱっとポーちゃんを抱きしめにいく。

うん、女性陣からの評価も上々だ。

始めは動物案もあったんだけど、シィンさんが断固として女の子タイプがいいと押し切りやがった。

……かわいい系の方が愛着湧くのは間違いない。

「しかしよく出来てるわねぇ」

「すごいですよ……。ポーちゃんを介してどのようなことができるんですか？」

ミュージが指を立てる。

するとポーちゃんの手から炎が吹き出た。

「僕の体の放出機能をポーに移しかえている。だから僕の魔法は全てポーを介して出すことができるんだ」

「へぇ、つまりミュージは魔法使いとして活動できるってことですね」

「うん、ポーの稼働分の魔力は取られちゃうけど、S級にだって負けない魔法を使うことができるよ」

「それだけじゃないさ。ポーちゃん、アレを出してくれ」

「はいですの！」

ポーちゃんは何もない所からポーションを生み出した。

そう、ポーションの作製機能も付加させている。

ポーちゃんが存在し、ミュージの魔力が続く限り、半永久的にポーションを生み出すことができるのだ。

千個のストックが無制限になるってことだ。

「無限大にポーションを生み出すことができる。ポーちゃんの最高の機能ってわけだ」

それにポーちゃんの技能はそれだけじゃない……が。

ここでそれを出すことはできないのでどこか大きな戦闘があった時だな。

「ねー、ヴィーノ」

「なんだシエラ」

「何でこの子、あんな語尾なの？　ヴィーノの趣味？」

これはシィンさんの趣味である。だって語尾に特徴付けないとスポンサーになってくれないって言うから仕方なくなんだよ。

「シエラしゃん、ダメですの？　マスターとおにいしゃんが付けてくれたポーの機能ですの！」

「おにいしゃん⁉」「おにいしゃん⁉」

カナデとスティーナの声が重なる。

「ちなみに僕がマスターでシィンさんがグランドマスター。お兄ちゃん呼びさせてるのはヴィーノだから！　言っておくけど」

「あ、てめっ！」

「ヴィーノ、お兄ちゃんって呼ばれたかったの？」

シエラの直球な言葉に若干どもってしまうが……割り切ろう。

「そうだよ。悪いかよ！　俺、男兄弟で育ったから妹が欲しかったんです！　お兄ちゃんって呼ばれてみたかったんです！」

「あ、だから私にたまに妹プレイを強要するんですね」

「今、それを言わなくていいよねぇ……カナデさぁん」

「じゃあさ……ヴィーノ」

「んだよ」

今度はスティーナから問いかけるような口調で聞かれる。

「なんでポーちゃんのおっぱい大きいの？　別に大きくする必要ないよね」

ポーは女の子らしくってことで胸が大きめに設定してある。

「ま、まぁ……気にするなよ」

「え、でも手足の細さはスティーナ、胸の大きさはシエラ、胸の柔らかさはカナディアを参考にって言ってなかった？　俺が一番女を知ってるってドヤ顔してさぁ」

「ミュウゥウーージ!?　おまえ余計なこと言ってんじゃねぇーーよ！　巨乳案はおまえも納得だっただろうがぁ」

「ヴィーノ」「ヴィーノ」「ヴィーノ」

「ひっ！」

あの……何か三人の女の子の目が怖いんですけど……ってかシエラ、君までそんな顔しちゃうの!?

「ちょっと向こうでお話聞かせてもらいますね」

「どういう気分でポーちゃんを作ったのか詳しく聞かせてもらおうじゃない」

「ヴィーノ……めっ」

「いや、ちょ、ちょ、ごめんって！　ぎゃあああああ!?」

「マスター！　ポーはいっぱいいっぱいがんばりますの！」

「うん、宜しく頼むよ。ヴィーノ達の力になろう」

俺は三人の女性から折檻（せっかん）を受けて反省を促（うなが）されるハメになったのであった。

新しい仲間、ポーちゃんを加えて……話は新たな局面へ進む。

S級クエストに設定されているものは多岐（たき）に亘る。

強力なS級魔獣を倒しに行ったり、難易度の高いS級ダンジョンを探索したりするのが有名だと言える。

俺のようなS級になって一年も経たない冒険者にとって一番やっかいなクエストがこれだったりする。

「今日という日を大変楽しみにしておりました。宜しくお願い致します」

実に高貴なお方が俺に対して頭を下げていた。

ウェーブがかった桃色の髪はお日様の光をたっぷり吸収して光輝いていた。

気品のある顔立ち、至る所に散りばめられた装飾品の数々、丁寧な言葉遣い、歩き方や表情まで落ち着いていて美しい。

お忍びだというのにお忍びとは思えぬほどの上等な着衣に庶民（しょみん）の俺は声が出ないというものだ。

彼女はティスタリア王国第一王女シュトレーセ様である。

王族や上級貴族の護衛もS級冒険者のお役目である。

もちろん、お城の中は軍人や近衛兵などがお守りするのだが……王都に出て来る時は軍人達より荒い場に慣れたS級冒険者の方が護衛に相応しいと思われている。

「ヴィーノ様、どうかされました？」

「あ、いえ……何でも……ないです」

S級昇格の際、王族やお貴族様について大層お勉強させられたもんだがこうやってお目にかかるとびっくりしてしまうな。

まさかお姫様の護衛をやる日が本当に来るなんて思わなかった。

「悪いな～！　ヴィーノのやつ、姫様を守るの初めてだから照れてんだよ！　気にしないでくれ！」

「ふふふ、そうでしたか。これからも護衛をお願いする機会がたくさんあると思いますので気楽になさってください」

「は、はぁ……」

「っても冒険者ギルドまでの護衛だもんな～。今度もっと遠出しよーぜ！」

「そうですね。その時はいつも通りアメリ様にお願いさせていただきます」

今回のお仕事は王城から王都の冒険者ギルドまでの短い距離を護衛する内容だ。

こんなことにS級冒険者を使うほどこのシュトレーセ様が重要人物であることが分かる。

といっても人払いもしてるし、遠方からも監視及び護衛をしているのでそう危なくないはずなのだ。

俺とアメリは最終防衛ラインって所だな。

「しかしまた何で冒険者ギルドでやるんですか。王城に呼べば良かったんじゃ」

「申し訳ありません。今回はわたくしのわがままなのです。お忙しい中お二人の時間を奪ってしまっているわけですから」

「あややややや！　深い意味があったんですよね！　小市民でごめんなさい！」

「ヴィーノ、あんたホント小市民だな」

地方の村育ちで王族とか無縁で育った俺がいきなりお姫様と気軽に話せるわけないだろ！

それにしてもシュトレーセ様ってほんと美人だな。

王国随一の美姫（びき）という噂。その噂は世界中にも響き渡り、世界で最も美しい女性十選の中に入るらしい。

王国で発行されている新聞の一つキングダムタイムズでよく見ているがやっぱり実物が一番だ。

何より声まで美しいのが良い。今回のクエストを軽くスティーナに話したら相当羨ましがられた。

S級の特権だな。

王国は性別関係なく王になれるから……次の王はシュトレーセ様が最有力らしい。

「ところで姫様、前言っていた婚約者は決めたのかよ。いろいろと話はあるんだろ？」

「そうですねぇ……。こちらに来てもらうとなると様々なしがらみがあるようで。どなたか良い人はいないでしょうか」

「お、ヴィーノ。名告を上げてみるか」

「俺はもう妻がいるってば……」

「ふふ、でもヴィーノ様はお若くてＳ級冒険者ですし惜しかったですね」

「そうだな。でも姫様。ヴィーノは愛人が二人もいるからやめとけ」

「まぁ……意外に好色な方ですのね」

なんてひどい扱いだ。

ま、でも……おかげで王族に対する緊張感が薄れたのは良かった。

しかし、アメリの奴すごくフランクだな。シュトレーセ様も気にしていないみたいだし。

「アメリは何度か護衛してるんだっけ」

「まーな。ほらっ、あたしって愛嬌あって親しみやすい顔しているだろ？」

「子供と間違えそうになるくらいにな……」

確かに同性で年も近い方がシュトレーセ様も気兼ねせずにすむか。

シュトレーセ様って今年で十六歳だったたっけ。

「ヴィーノ様は……」

「はい？」

「いえ、何でもありません」

「はぁ……」

口を開こうとしたシュトレーセ様が噤んでしまった。

まぁ深く聞くと不敬になりそうだしここは抑えるようにしよう。

「姫様って絶対敏感肌だと思うんだよなぁ。隙をついておなかあたりをこちょこちょしてみてーな」

「不敬で処罰されるから絶対やめろよ、俺を巻き込まないでくれ」

わりとワイワイ話ながら歩いていたが二十分ほどで冒険者ギルドに到着した。

本当に護衛なんて必要ないんじゃと思うがでもこの二十分で誘拐などされたら大騒ぎとなるからやっぱり護衛の質は重要だと思う。

当然騒ぎになるのでギルドの表から入らず、裏口から上がることになる。

シュトレーセ様を応接室へ送ったのでクエスト完了だ。あとはギルドの上層部達と会談しそのまま会食で別の場に行くようでその後の護衛は別のS級冒険者が担当するのでお役御免となった。

「我々はこれで失礼しますね」

「んじゃなー。姫様」

「アメリ様、ヴィーノ様。お待ちください」

応接室の中でシュトレーセ様に呼び止められる。

「実は会談は十六時とご連絡させていただいたのですが、ギルドマスターには十六時三十分開始と急遽(きゅうきょ)変更させていただいたのです」

「え、何でまた……」

「どうしても、冒険者ギルドである方々とお話がしたくて……」

そういえば姫様のお付きの執事とかもギルドの裏口前で待たせていたな。

つまり人払いということか。

その時、応接室の扉をノックする音が聞こえる。

「バーベナ」

シュトレーセ様が急に花の名前を言った。

「パンジー」

その言葉に合わせて扉の奥から花の名前が返される。

この声、聞いたことがあるぞ。

「どうぞ、お入りください」

失礼しますと扉を開けて見知った人物が入ってきた。

「な、なんで君がここに⁉」

入ってきたのは桃髪でギルドの受付係の制服を着た人物。

「ミルヴァ⁉　どうしてここに！」

「おーー、姫様が会おうとしてたのってミルヴァだったのか」

アメリも知らなかったようでびっくりしていた。

ミルヴァはたたた……っと歩いてシュトレーセ様と嬉しそうに手を合わせる。

「久しぶりですねミルヴァ。王都に来たと聞いて会うのを楽しみにしていたのですよ！」

「わぁ、嬉しいです姫様！」

「えっと……ミルヴァとシュトレーセ様はお知り合い……ということですか？」

「ふっふっふ、そうなんですよヴィーノさん！」

元気よくミルヴァは物足りない胸を突き出し、えっへんと自慢気に喜ぶ。

「そうなのですよ、ヴィーノ様」

つられてシュトレーセ様が胸を突き出した。こっちは大したボリュームだ。

美人でスタイルまで良いとか完璧な王女といえる、こうして横に並ぶと何となく見えてきた。

この二人、同じ桃髪なんだ。

「姫様とミルヴァは親族……ではないけど遠縁ってことか」

「そのとーりです！」

さすが先輩。俺よりも早く気付きやがった。

桃髪って王国では珍しいんだよな。王家の女子に発現しやすい髪色って聞いたことがある。

「わたくしの祖母とミルヴァの祖母が姉妹だったのです。ミルヴァの祖母はとある事情で王家を離れてしまったのですがそのままであればミルヴァは王族であったのですよ」

「えっへん、もっと敬ってもいいのですよ」

「報奨金の額、間違えてこの前めちゃくちゃ怒られたミルヴァがかぁ」

「ハゲてる冒険者に今日もまぶしいですねって言っちまうミルヴァがねぇ」

「姫様の前でそーいうこと言うのやめてください」

「ふふふ、そういう所は変わらないのがミルヴァの良い所なのです」

真っ赤になって怒るミルヴァに対してシュトレーセ様は優しげに微笑んでいた。

俺達と違ってミルヴァを敬称無しで呼ぶってことはそれだけ関わりがあったんだろうな。

しかしこのためだけに冒険者ギルドまで来るなんてよっぽど会いたかったんだな。

いや、それなら普通に王城にミルヴァを呼び出せば良かったんじゃ……。いや待てよ。

「そもそもミルヴァ。君はここに来れないだろ。ギルドの四階は機密でうるさくて警備員がいるはずだ。ギルドの幹部かS級冒険者しか入れないはずじゃ……」

「だからS級冒険者に連れてきてもらったんですよ～」

「それは……」

「そこにおられるのであればお入りください。今日はあなたにお会いしたくてここまで来たのです。カナディア様」

応接室に入ってきたのは……カナデだった。

あまりに予想外の出来事に俺もアメリですら言葉を失う。

無言のまま……真面目な表情で部屋に入ったカナデは俺の側へと来る。

「ヴィーノ、わ、私、王族の方と話したことないのですが、どうしたら不敬でなくなりますか！」

やっぱりいつも通りのカナデだった。

小市民はね……王族と関わりなんてないものなんだよ。

聞けば数日前に急に連絡があったらしい。それでミルヴァと一緒にここへ来たということだ。

一緒に住んでいると言っても王族関係の話はクエストによっては極秘となるので不用意に漏らせない。

「本当に黒髪なのですね。少しの雑じりけも無い……完全な黒」

昔もちょろっと話したがこの国で黒髪はほとんど存在しない。

S級冒険者として仕事を始めて国中をまわったが、黒の里の民以外で見ることはなかった。

本当に隠れて暮らしている。もしくは黒髪を異色に染めているのかもしれない。

シュトレーセ様はカナデの側に近づいて手をゆっくりと掴む。

「カナディア様、お会い出来て光栄です。これほどお美しい方だったのですね」

「いえ、私なんてそんな……。ありがとうございます」

シュトレーセ様に微笑みかけられ、カナデは顔を紅くする。

「おー、カナディアと姫様なら並んでも絵になるなぁ」

「ふんだ、どうせ私は貧弱ですよ」

さっきシュトレーセ様とミルヴァが並んだ時は差が歴然だったので、今の形は素晴らしい。

「今日に至るまで大変だったとお聞きしております。申し訳ありません、わたくしに力があればそのようなことにはならなかったのに」

「つらいことが多かったですけどそのおかげでヴィーノ達に会えたので今となっては良い思い出だったと思います。なので気に病まないでください」

「そうでしたか。良いご縁があったのですね。そして今回カナディア様をお呼び立てしたのは……ただ一つの理由からです」

もしかしたら出会った時に俺に呼びかけ、言い淀(よど)んだのは俺がカナデの夫だと知っていたからだろうか。

しかし、さすが王女様。人によってはカナディアの黒髪を見るだけで体調を崩すほど嫌がる人もいるのにまったく動じていない。

まじないの効果を寄せ付けないほど精神が強いのか、王家の血筋がそうなのか……。

ミルヴァがカナディアに悪感情を抱かないのは王家の血が入っているから……なのか？　いや、あれは素だろ。

王族でカナディアの味方になってくれる方ができるのは……良いことだ。

「わたくしなりに黒髪の言い伝えと黒髪の与える影響について調べて参りました。しかしやはり情報としてあまり多く残っていません。白の国の影響なのかもしれませんが」

「……はい」

「王国と黒の民の関係をこのままにしてはならないと私は思っています。なので……わたくしがこの国の王になった暁には女性だけの親衛隊を作ろうと思っています。カナディア様、その時は親衛隊長になっていただけませんか？」

おお⁉　マジで言っているのか。

それは……大騒動に発展するぞ。

「姫様、それは結構ヤバイ発言だぞ」

アメリも危険性を感じたのか忠告をする。

「分かっております。まだ大きな発言は出来ないのです……ちょっときな臭くなっている雰囲気があるのです」

もしかして白の国のことだろうか。

危険が及んだらすぐにペルエストさんから連絡が来るはずだからまだ微妙なラインなのかもしれない。

「失礼ながらカナディア様が冒険者をやられている目的を知りました。わたくしとカナディア様。利害が一致するかと思うのです。黒髪の地位向上も王家の後ろ盾があれば活動しやすいと思います」

確かにその通りだ。

S級冒険者かつ王の親衛隊隊長。これが実現すれば国の中枢に影響力を持つことができる。すぐには黒髪の呪いを打ち消すことはできないだろうが……今よりは間違いなくカナデのためになる。

カナデは少し険しい顔で考えこむ。いろいろと考えているのだろう。

「少し考えさせていただけませんか。ちょっとびっくりしちゃって……。確かに黒髪を侮蔑する世界を何とかしたいと思っています。でも今は冒険者としてやれることをもっとやりきりたいと考えています。ヴィーノと一緒ならもっとより良い方法が見つかるんじゃないかなって思うんです」

「カナデ」

「ふふ、分かりました。実際に動くのはわたくしが確実に王になれるタイミングからなので今はまだ顔繋ぎだと思ってくださって構いません」

「でも嬉しかったです。王家の方々に考えていただけているのが分かっただけでも……私にとって大きな実りとなりそうです」

「それにしても残念です。わたくしよりもヴィーノ様を選ばれるなんて……夫婦愛が溢れていていいいですね！」

「えへへ……そうなんですぅ。だから早く結婚式も挙げたいんですよ」

「まぁ！　そうだったのですね！　では是非結婚式は王城にある大聖堂をお使いください！　わたくしも参加させていただきますから！」

何だか変な方向に話が進んでいる件。

え、俺……カナデとの結婚式は王族も呼ぶの、マジか⁉

そんな結婚話にアメリやミルヴァが加わり、女四人で時間がギリギリになるまで話し込むのであった。

シュトレーセ様との出会いそれはさっそく次の事件に関わってくるのである。

◆◇◆

夜も更け、いつもの営みを終えた後に疲れて眠ったのだがふと夜中に目が覚めてしまう。

ベッドにいつもは朝までぐっすりのはずのカナデの姿がなかった。

珍しいなと思いつつもリビングの方に足を運ぶと窓をじっと見上げたカナデの姿があった。

「カナデ、こんな所でどうした」

「すみません、起こしてしまいましたか」

「いつも朝までぐっすりだもんな。さすがに気になるよ」

俺はテーブルの椅子に腰掛けて、隣に座るカナデに飲み物を手渡した。

「夜に飲むにはやっぱこれだな。ホットミルクポーション」

「ただのホットミルクでいいと思うんですけど」

まるでミルクの味がするホットミルクポーション。眠れない夜にぴったりだ。

「完全にポーション業界の回し者になってますね」

「宣伝してくれって最近大手業者がうるさくてな」

ふふっとカナデは笑って、ポーションをゆっくりと飲み始めた。

「最近、すごく穏やかですね」

「そうだな……。そろそろカナデと出会って一年は経つのか」

「お互い絶望の淵（ふち）にいたのに……こんなに変わるものなのですね」

俺の絶望はカナデのに比べると大したことはない気がする……。

まぁ殺されかけたけどあれがあったからカナデと共に生きることができたんだ。

「スティーナもミュージもポーちゃんも……あと白狸も」

「最初は俺達二人だけだったのに……増えたよなぁ」

俺のパーティと表しているが厳密にはS級には固定のパーティはない。

俺が冒険者の中でも上役（うわやく）であるペルエストさんやバリスさんにお願いしてカナデと一緒に組んでいるのだ。

戦闘の相性が良いってのもあるが、不遇な黒髪の立場にいるカナデをフォローできるように計らってくれていているんだ。

みんなとっても優しくてカナデを取り巻く現状をどうにかしてやりたいと思っている。

冒険者も王家も力になってくれようとしている。あとは……国内、最後には世界だろう。

「みんな、みんな優しくしてくれるのが嬉しいです」

「そうだな」

「でも……」

カナデは俺の肩に首を預けてくる。

「あなたが側にいてくれることが一番嬉しい」

ああ、嬉しいことを言ってくれる。

もうちょっと近づいてカナデの肩を抱いてやる。

女性の中では長身な方だけど、俺からすれば赤子のように小さい。

守ってあげたいし、この上なく愛してあげたい。

「二十歳になったら……」

「なったら？」

「ヴィーノとの子が欲しいなぁ」

「ヤキュウチームが作れるぐらい作ろうぜ」

そうだな。カナデには黒の民の血を次世代に繋いでいく役目もある。

「今年の休暇はどうしましょうか？」

「俺とカナデで二週間ずつもらえるんだっけ。みんなに悪いけど一緒に取りたいよな」

「結婚式を挙げるのも手ですけど……王族やお互いの両親を呼ぶとなるとかなりの時間とお金が必要になりますね」

「マジで王城の大聖堂でやるの⁉　でも……」

「でも？」

「カナデが最高級のウェディングドレスを着れるってことを考えると価値あるよなぁ」

「ひゃう。もう～～～。そんな似合わないですよぉ」

言うわりに嬉しそうだ。

かなり先になるだろうけど、予約だけしてみるか……？　金はS級二馬力分あるから多分何とかなると思うし。

「それより休暇だな」

「そ、そうですね。……本当は二人きりの新婚旅行に行きたいですけど……、今回は」

カナデは外を見上げた。

「親しい人みんなで行きたいですね。スティーナ達にミルヴァさんやメロディちゃん。アメリさん、シィンさんも誘いましょう。まぁ白狸も誘ってやらなくもないです」

「あはは、そうだな。公国の南端にあるアプリペストビーチへバカンスに行くか。カナデの水着姿が楽しみだなぁ」

「もう！　そうですね、分かりました。私がヴィーノを悩殺（のうさつ）してあげます」

よし、南国のバカンス決定！

これは絶対楽しみだな……！

俺はカナデの両肩を摑んで、ゆっくりと口づけをする。

キス自体は毎日やっていることだけど、やっぱり……好きという気持ちが昂ぶった時こそしてあげたいと思う。カナデもちゃんと俺を受け入れてくれている。

唇をつけて、離して、もう一度唇をつけた。

愛しい気持ちが膨れ上がってくる。

「ヴィーノ……」

「なに？」

「もう一回抱いてほしいな」

「おっしゃ」

「きゃっ！」

その言葉が聞きたかったので妻をお姫様だっこで持ち上げる。

言わされたぁって可愛く呟くカナデをだっこして寝室へ歩いて行くその時だった。


ゴンゴンゴンゴン！


ドアを強烈に叩く音が聞こえる。

戸締まりをしてなかったのが悪いがドアががちゃりと開いて慌てたまま一人の男が入ってきた。

……その服装は冒険者ギルドの制服であった。

「や、夜分にすみません！　緊急事態です。Ｓ級のお二人には王城の方へお越し願います！」

えーーーー。

このタイミングで緊急かよ……。

俺は恐る恐る聞くことにした。

「一発ヤってからじゃだめ？」

さすがにダメだった。

◆◇◆

緊急の招集で俺とカナデは冒険者ギルドの方へ向かった。

今回の招集指定はＳ級だけのためシエラやミュージは家で待機してもらっている。

シエラはぐっすり寝ていたため、どっちにしろ置いていくしかなかったが。

「カナディアしゃん、おにいしゃん……何があったのですの？」

記録要員としてポーション・ホムンクルス、ポーちゃんを連れていくことにする。

データ処理機能を設けているので録音も思いのままである。我ながらとんでもねーものを生み出しちゃったぜ。

ちなみにこの子はミュージの側にいれば常に魔力が供給されるが、離れている場合は約二日間稼働できる。

ポーションを魔力に変換してエネルギー源とすることもできるので俺とミュージとポーちゃんは相互の関係にあると言える。

基本的にミュージの支援キャラとして作製しているからマスターとしているが、あの機能を俺が独占して使うならもう一体、ポーちゃんが欲しくなるな。

ま、今はこのままでいいだろう。

冒険者ギルドへ到着。夜中なので受付場は閉鎖(へいさ)状態だった。

二階にある会議室へと向かう。

「お！　来たな、二人とも」

「アメリにシィンさん他の人達も揃ってますね」

外国出張へ行っている人達以外は全員が集まっていた。

一番下(した)っ端(ぱ)の俺が遅かったことに軽く謝罪し、リーダーである【聖騎士】の能力を持つバリスさんが前に出た。

「みんな、夜間に呼び出してすまない。ここ数十年で例を見ない事件が発生しちゃってね。先遣隊(せんけんたい)は即刻出てほしくて、集まってもらった」

「んで何があったんだよ」

アメリがもったいぶらずに言えと言わんばかりの口調で告げる。

「破滅級の魔獣が二体、別方向から同時に現れた」

ざわっと冒険者の間で沸き立つ。

破滅級とはS級～D級までのカテゴリーにある通常の魔獣とは別で設定されているカテゴリー群である。

とにかくサイズがでかい。俺が工芸が盛んな街で二十人弱で戦ったあの砲弾龍ですら小さい部類のカテゴリーとなる。

一パーティで戦うには不可能な魔獣。それが破滅級だ。

それが二体同時って冗談だろ。聞いたことないぞ。

「世界に目を配れば過去に例がなかったわけじゃない。一体目は通称【覇巌龍（はがんりゅう）】。世界最大級とも言われる破滅級の魔獣だ。隣国の公国で出現し、明後日には王国との国境を通過し、この国にやってくる」

バリスさんが恐らく公国から送られただろう写真をボードに貼り付けて説明する。

うーんでかい。特別な攻撃はしてこないようだがそのサイズ自体が大問題というわけか。実際に見たらきっとたまげてしまうのだろう。

「そして二体目は【岩砕龍（がんさいりゅう）】。こちらは一般的なサイズの破滅級の魔獣だが地中に潜ったり、体内の岩石をブレスと一緒に放出したりと知能が高い魔獣となる」

覇巌龍は西、岩砕龍は北からやってくるらしい。そして直線上には王国の街が存在する。

つまりこいつらを倒さなければ大きな損害となるわけだ。

しかし岩砕龍はともかく覇巌龍は冒険者をかき集めたって無理だろう。向こうからすれば俺達はアリみたいなモノだからな……。

まぁこの前そのアリに殲滅(せんめつ)されそうになったけど。

「今回、二体の破滅級の対処のため特別にある方から協力の要請があった。どうぞお越しください」

奥の控え室の扉が開く。

「あ……」

ウェーブがかった桃髪に圧倒的とも言える美貌。

王国で絶大な人気を誇る姫君、シュトレーゼ様がそこにはいた。

「冒険者の皆様、夜分にご苦労様です。我が国のためにお集まりいただき感謝します」

全員が敬礼をする。

この国は絶対王政だ。王……次期王の候補であるシュトレーゼ様には絶対的な忠誠を誓う。

「ふふ、と言っても見知った顔ばかりですのでいつも通りにさせてください。その方が良いでしょう」

「助かります姫」

バリスさんは柔らかく微笑んで礼を言う。

そうか、シュトレーゼ様の護衛はS級冒険者がつとめることが多いからほとんど顔見知りなんだろうな。

「私は一度もないんだが……」

シィンさんが悲しそうに呟いているがやぶ蛇(へび)になりそうだし、つっこむのはやめてあげよう。

「グランドましゅたー。悲しいですの？」

「そうなのだ。ポーちゃん。私は悲しいのだ」

ポーちゃんが慰めだしたぞ。もういいや放っておこう。

「今回は王国騎士団を動かします。もちろん冒険者の練度に比べたら落ちるのは分かっているのですが、経験のために宜しくお願いします」

「ええ、一人でも人数が欲しい状況です。支援などを期待させていただきます」

「昨年の王都と工芸が盛んな街の近くで短期間に連続で発生した件がありましたから……やはり急務でしょう」

そうだ。俺とカナデと低級冒険者で対処したあの砲弾龍戦は同時期に王都で破滅級が発生したせいで支援が遅れてしまったんだったな。

前回は完全に別の場所だったが、今回は最終合流地点が一緒だ。魔獣の規模的にも難易度は高いだろう。

今までは魔物の戦闘は冒険者。人同士の戦いは騎士団が主に担当していたが戦争などが少なくなったご時世、騎士団の練度の低下が問題視されていた。

シュトレーセ様はテコ入れをしようとしているのかもしれない。

前に言っていた姫様の親衛隊。カナデを入れようとしていたその親衛隊に冒険者を使おうと見極める気があるのかも。

今回、下っ端S級の俺は基本的に指示に従うのみ。

前のような砲弾龍戦とは違う。一冒険者として派手に暴れさせてもらおうか。

「すまない、遅れたな」

「ペルエストさん」

「ペルエスト様、夜分にありがとうございます」

「ああ、姫君。このような時間に起きていては美貌が台無しだぞ」

「どうせ、眠れないからいいのです！」

王国最高の冒険者、ＳＳ級のペルエストさんがやってきた。

正直楽観視できているのはこの人がいてくれるからってのがある。単体戦闘能力、指揮技能は最高だからな。

バリスさんもシュトレーセ様も何だか緊張が緩んだように思える。

「ヴィーノ」

ペルエストさんから呼ばれてどきりとする。

「今回の戦い、期待しているぞ」

「お、俺がですか？」

「シィンと共同で作り上げたあの子を使ったトリックがあるんだろう」

ペルエストさんがポーちゃんを見つめる。

「ま、まぁ……よく知ってますね。カナデにすら教えてないのに」

「俺には目があるからな」

ペルエストさんは【神眼(プロビデンスアイ)】と呼ばれる二つ名がある。

もしかして俺がやろうとしていることも見えているのか？

後ろからカナデも近づいてきた。

「カナディアとヴィーノ一派は姫様の護衛をしろ。ヴィーノだけは一時的に俺達についてくるんだ」

一時的？　よく分からなかったが了承することにした。

「シュトレーセ様も来られるんですか？」

「はい、近くで見ないと分からないこともあると思います。それに魔法をちょっと使えるので魔獣くらいなら倒せるんですよ～！」

シュトレーセ様はえいって腕を振る。実にかわいらしい。良き、見惚れちゃう。

カナデが後ろから腕をつねってくるがこれはさすがに許してほしい。

魔臓が発達していたら魔法は使えるので王族だろうが何だろうが使えるのは不思議でもない。

「ヴィーノ一派って。スティーナ達はまだBランクじゃないですよ」

「俺が許可してやる」

「は、はぁ」

基本的に破滅級の戦闘ではBランク冒険者にならなければ参加できない。

スティーナ、シエラ、ミュージは皆低ランクだから参加資格はないのだがペルエストさんに出ろと言われたら出るしかあるまい。

「私がシュトレーセ様をお守りする最終防衛ラインってことですね」

「そうだ。ヴィーノを最初だけ借りていく。姫様をしっかり守れよ」

姫様の親衛隊も付いているだろうし、シエラのセラフィムがいるからたとえ目の前に現れたとしても被害がいくことはないだろう。

自分のことを考えた方がよさそうだな。

こうして初期配置や持ち場などの役割が決定し、一旦解散することになった。

そして翌日Ａ級、Ｂ級の冒険者が集められて……二体の破滅級の魔獣を討伐する作戦が開始される。

それから日が過ぎて王国北西の砂漠地帯にて【覇巌龍】が出現したという報告を受けてクエスト開始となる。

事前準備もしっかり出来ていたし砲弾龍の戦いに比べたらかなり余力のある状態だ。

大きな戦闘が楽しめそうだ。

「おはようございます。シュトレーセです。この戦いに赴かれる方々、王国の危機に勇敢に立ち向かっていただき、王家を代表してお礼を申しあげます」

王国で最も人気の高いシュトレーセ姫までいるんだから士気も上がるってものだ。

活躍した冒険者、兵士達には姫から直々に勲章をもらうことができるらしい。

ちなみにシュトレーセ様は王家が誇る魔法の軽鎧も着られており、これまたかわゆい。

カナデ達が守護する形となるからうらやましーな。戦闘が終わるまでにお話できればいいんだが。

「前置きはここまでにして……さぁ、皆様……破滅級をぶっ倒して、有終の美に酔いましょーーーーっ！」

「おおおおっ！」

冒険者達は荒くれ者が多い。

堅苦しい挨拶で頑張ってと言うより軽くこうやって言ってくれる方が親しみを感じて心地よい。

王家の規律を求める派からはシュトレーセ様は好まれていないが、着実に地に足をつけて頑張ろうとしている様はすごいなと思う。

これでカナデと同い年だもんな。

姫がこのまま王になるのであれば良い未来が見える気がする。

それを実現させるために夫として頑張るとしよう。


覇巌龍討伐の最前線部隊の第一軍として俺は組み込まれることになった。

メンバーはペルエストさん、アメリ、シィンさんと俺である。

S級の俺はまだまだ新米だし、支援役として先輩三人の手助けに専念する予定だ。

人は二十四時間ずっとは戦えない。ある程度戦ったら撤退し、他S級メンバーと交代して断続的に攻撃を加える手法となる。

でも今回はペルエストさんもいるし案外、早く終わるんじゃないかと思っている。

「ヴィーノ」

カナデが近づいてきた。

後ろにはスティーナ、シエラ、ミュージとポーちゃんが控えている。

「砲弾龍戦とはわけが違うと思うので気をつけてくださいね」

「そちらもな。姫様を守らないといけなくなるから無理する形になると思うけど油断はするなよ」

「こっちは最後衛ですからね。戦闘になった時点でもうヤバイと思います」

最終防衛ラインに到達しているってことだからな。

人相手ならともかく、魔獣相手にそうなることはほぼないだろう。

「絶対に戻ってきてくださいね。私が側にいないと心配で心配で」

「俺は子供か！　いやでもありがと」

カナデの頭をそっと撫でて、俺は移動用の導力車がある所へ進む。

心配そうな顔をするカナデに側にいてあげたい気持ちが芽生えるけど仕方ない。

大きな戦いでは基本一緒に戦うことがほとんどだったからな。

導力車にはすでに全員が揃っていた。

何というかその様子は三者三様だった。

「カナディア……あのお転婆娘もあのような顔が出来るようになったのだな」

ペルエストさんがお父さんチックな表情になってる！

黒の里からカナデを連れ出したのはこの人だから感慨深いのか。

「健気でかわいーな！　もっとも笑顔が一番だぜぇい！」

アメリのテンションは高い。この人はもう思うがままだな。

「ギリギリギリギリ、ウラヤマ悔しい」

シィンさんは放っておこう。

「遅くなりました！　行きましょう！」

S級冒険者四人を乗せて……現地へと出発だ。


遠目からでも覇巌龍の姿がよく見える。まだまだ距離はあるというのに近づけば近づくほどその大きさに圧倒される。

「これは想像以上だな……どれだけでかいんだ」

「一説によるとシロナガスクジラ百体分の全長と言われているな」

ペルエストさんが葉巻に火をつけてそんな言葉で返してくれる。

いやいや、クジラですらでかいのにそれはありえないだろう……。

もう街じゃないか。

当然跳躍では到底届かない高さを誇っている。山かな？

「ふむ、何とか撃破したいな」

これだけでかいとどんな攻撃も効果を発揮しないだろう。

なので覇巌龍戦では基本撤退させるのが主な目的となる。

しかし……シィンさんの言う通りなるべく倒したい。

覇巌龍ほどの規模となると表皮だけで莫大(ばくだい)な利益となるのだ。

全部の素材を売ったら相当に儲(もう)かるぞ。

数少ない生物の保存？　そんなん知らん！

実際こいつが帝国側に行ったりしたら……帝国側が刈り取るだろう。

今回他国からも支援要請があったらしい。

王国は冒険者が充実しているから一旦断ったらしいが。

現地の砂漠地帯に到着した頃にはすでに戦闘は始まっていた。

成果を挙げたい第一線組が砂上船に乗っていち早く現場に到着していたのだ。

「おーやってんなぁ！」

だがこれだけのサイズだ。前衛はまともに仕事ができない。剣で一発殴ったところで痛みすらないだろう。

基本的に遠距離攻撃か魔法攻撃でチクチク一方向から攻撃させて街へ進む進路を妨害させる必要がある。

そのため従来の戦い方であれば、この地方で飼っている砂馬などに乗って近づきながら砲や魔法を撃つモノだ。

「この光景はマジで異常だな」

「俺が想像していた現代の戦いとはまた違うな」

アメリとペルエストさんが先遣隊の戦いの様子を見て呆れたような言葉を残す。

そんなこと言われると俺的には面白くない。

なぜなら先遣隊の冒険者達はポーションに乗りながら移動して戦闘をしているのだから。

俺が乗っているのは隣国である帝国から購入した魔法の力で動く導力車だ。一台あたりがお高いのでそこまでの数を購入できない。当然S級の運搬に使われるために購入されたのである。

この導力車が一般的になったらもっと戦い方は変わるのだろうな……。

今までの戦いである馬達では急な方向転換はできない。そうなると出番は俺が作ったセグウェイポーションである。

ポーションをエネルギー源とした移動道具。スピードはそこまで出ないが走るよりはよっぽどよい。

覇巌龍の移動に沿って魔法や遠距離攻撃をすることができる。

セグウェイポーションをかなりの冒険者に配っている。

大量生産しておいてよかった。売り上げでホクホクじゃい！

「俺達も行くとしようか」

「うぃっす！」

S級冒険者である俺達も同じようにポーションで陸地を移動するか？　そんなわけがない。

A級以下とはレベルが違う俺達S級は空から行くのだ。

「ゴー！　ジェットポーション」

ポーションなのは変わりないけど。

俺とアメリとペルエストさんはポーションに乗って覇巌龍の近くを滞空する。実はポーションに乗っての空中戦ってなると一気に難易度は増大する。

落ちた時のことも考えるとあまり低級冒険者にはこれを渡したくないんだよな。

セグウェイの移動技術をジェットに応用することである程度ポーションに乗りながら方角、速度を制御できるようになった。

「シィンは使わねーのか」

「必要ない」

高等な魔法使いは風属性魔法【スカイ】で空を飛ぶことができるので、さすがのポーションもそれには勝てない。

だけどあれは魔力消費が凄まじいので……どっちを選ぶかはその人次第である。

ペルエストさんも【スカイ】が使えるがポーション移動を選択している。

「アメリが前衛、俺とシィンで後方だ。ヴィーノは支援に努めろ」

「了解っす」

「分かった」

「分かりました！」

S級四人で組むことは滅多にないので楽しみだ。先輩の活躍を見せてもらうとしよう。

俺達が近づくと同時にA級以下の冒険者が撤退していく。出撃のタイミングで連絡をいれたから巻き込まれるのを恐れたっぽいな。

その判断は正しい。一番身軽で器用なアメリはジェットポーションでどんどん覇巌龍に近づく。

最大級のクジラ百匹分だっけ？　正直それ以上のサイズに思える。

試しに不自由だが超速のポーションをぶん投げてみたが……やはり効果は薄いようだ。

こりゃポーション千本ぶっ放してようやく怯ませられるくらいかもな。

「ヴィーノ！」

アメリが手をあげたので攻撃力を増すソードポーションをぶん投げて、アメリの口に入れてやる。

「了解！」

支援係としての役目を忘れちゃいない。

【スカイ】の魔法で上昇しているシィンさんが手を翳す。

「【ディープフリーズ】」

のしっと前を進み続ける覇巌龍の前方の砂が全て凍り付いてしまった。

範囲だけで言ったら覇巌龍のサイズ以上の砂地が凍っている。

普通だったら十人、二十人の魔法使いが全魔力を使ってやることをシィンさんは一人でこなし……猶且(なおか)つ魔力消費も最小限に抑えている。

これが【幻魔人】の真の実力ってわけか。

覇巌龍の動きが止まった。

それを好機と捉えたアメリが一気に覇巌龍に近づく。

背負うハルバードを両手で持って大量の魔力を込め始めた。

【風車】の二つ名の本気をこの目で見れる。

「どっっせ～～い！」

アメリのハルバードによる打撃が覇巌龍の側面に剛打。

とんでもない轟音と覇巌龍の側部に大きな凹(へこ)みが入って思わず驚いてしまったところ、覇巌龍がなんと横転してしまったのだ。

その衝撃で砂が舞い上がり、周囲の全てを包み込む。

「嘘だろ。すっげー馬鹿力」

「おらっ、聞こえてんぞ！」

ありえるか？

俺のポーションですらほとんどダメージを与えられなかったのにアメリの攻撃でバカでかい覇巌龍が横転だぞ。

あんな小さい体のどこにあれだけのパワーがこめられているのやら。

シィンさんもアメリも本当にすごいな。

俺も負けられない……。

気付けばペルエストさんが手を翳していた。

ペルエストさんの背負う矢筒から大量の矢が魔法の力でシュポポポポっと出て行く。

あれが有名なスキル無限矢筒(むげんやづつ)だな。

ペルエストさんの周囲には千本以上の矢が覇巌龍に向けられていた。

これは魔法使いとしても優秀なこの人だからできる芸当だ。

横転した覇巌龍が元の体勢に戻ったと同時にその矢は一気に放たれた。

くらったわけじゃないのに痛覚が伝わってくるような気がした。

一本の針なら大したことはないが、千本の針にぶっさされたらさすがに悶絶してしまう。

その矢全てが覇巌龍に突き刺さった。

「なるほどな」

ペルエストさんはそんな言葉をつぶやき、愛用の弓を従える。

こうして矢をゆっくりとした動作でセットし、そうして放った。

たった一本……。それでは効果なんてあるはずがない。

「ギャアアアアアアアアアアアアアアアアアアア」

その一本が突き刺さった瞬間【覇巌龍】の大きな悲鳴が響き渡った。

耳が潰れてしまいそうな音量に思わず耳を塞いでしまう。

百人を超す冒険者達も横転させるほどの攻撃を与えたアメリでも上げさせなかった悲鳴を……わずか一矢で出させるなんて……。

やはりこの人はすごい。

「急所への的確な一射。末恐ろしい男だ」

「ペルエストさんすごいすごい！　はよ、結婚して！」

あの千本以上の投射で急所を特定し、そして威力のある一射で確実にダメージを与えていく。

俺もいつかポーション投擲でこんな芸当ができるように頑張らないとな……。

ペルエストさんの連射で覇巌龍は苦しそうな動きで前へ進んでいく。

これならかなり早くに倒せるんじゃないだろうか。

「来たか」

「え？」

ペルエストさんの声と同時にその時、俺が腰に巻いたポーションホルダーが揺れ始める。

ポーションデンワに着信が入ったようだ。

ポーションを上下繋げて通話を開始する。

「ヴィーノ、大変！　【岩砕龍】が地面に潜ってこっちに来ちゃったの！　ど、どうしよう！」

スティーナからの通信でその戸惑っている声色が聞こえる。

詳細を聞くとどうやら偵察役が一時的に岩砕龍を見失ってしまったらしい。

地面を掘り進んで現れたのはカナデ達の近くだったようだ。

そこは岩砕龍用に組んだS級冒険者のメンバー達がいる所とは離れた場所になっていた。

やはり予定通り北西の街の方に進んでおり、カナデ達で止めないとダメだ。

「予感はした。悪い方向に的中してしまったか」

ペルエストさんは続ける。

「カナディア達に防衛させろ。姫に傷をつけるなよ」

「そんな！　あっちは姫の親衛隊を抜けば四人しかいないんですよ!?　いくらなんでも」

「言っただろう？　おまえは一時的にこっちによこしたと」

そういえば戦闘前にそんな話をされた気がする。

「相手の戦力は計算できた。こっちは問題ない。ヴィーノ、今から飛べ。おまえ達五人なら立ち向かえると俺の眼が言っている」

ペルエストさんが言うなら間違いない。滞空しているアメリやシィンさんも頷いてくれた。

ここで躊躇するわけにはいかない。ジェットポーションの最速のやつを使えばすぐにカナデ達のいる場所に到着することができる。

ペルエストさんのシナリオ通りに事が進んでいるなら決して悪い方向にいかないはずだ。

「気ーつけろよ！　時間を稼げばバリス達の隊が救援にくるはずだからよ！」

アメリは声を大きくして応援してくれる。

「ポーちゃんの機能を全開にして使うといい。貴様の考案した多次元の戦いを見せてもらうぞ」

シィンさんには例の機能のプログラミングも行ってもらっており、俺のやろうとしていることを肯定してくれる。戦闘で使用するのは初めてだ。絶対に失敗はしない。

「さぁ、ヴィーノ行け。姫様を……カナディアを頼むぞ」

「分かりました！」

俺はジェットポーションを起動させてカナデ達のいる方へ向かった。

◆◇◆

十分ほど空を飛んでいるとミュージがぶんぶんと手を振っているのが見えた。

ここだな。

覇巌龍がいた砂漠地帯じゃなくてどちらかというと草原地帯となっている。

大型魔獣との戦闘では入り組んでいる岩場とかの方が戦いやすいんだよな。

「ヴィーノが来た！」

地に降り立った所にミュージとポーちゃんが近づいてくる。

「おつかれさま！　覇厳龍はどう？」

「何とかなりそうだ。王国一の冒険者と魔法使いと馬鹿力がいるからな」

「それなら良かった」

振り向くと【岩砕龍】がのっしりと近づいてくる。

ちっさいな。覇厳龍に比べたら小さすぎる。

前に工芸が盛んな街で戦った砲弾龍と同等くらいのサイズのようだ。一般的な破滅級の魔獣はこれくらいの大きさだ。

「ケガはありませんか？」

カナデとスティーナとシエラが近づいてくる。

「ああ、君達も無事のようだな」

「戦ってないですからね」

「そろそろ体を動かしたいと思ってたのよね」

「ごはん我慢した」

一番小柄なシエラの頭を撫でてやり、岩砕龍の方を見据える。

「フォローが来るまでは俺達五人であいつを押さえないといけない」

「大変ですの！」

「そうだな。大変だ。でもやるしかない、それにこれはチャンスだ」

「チャンスってどういうことよ」

スティーナの問いに俺はカナデを見る。

「考え方を変えるんだよ。王国の姫の前で破滅級の魔獣を五人でぶっ倒すチャンスができるんだ」

「ヴィーノ」

「災いをもたらす黒髪を持つ冒険者が破滅級の魔獣のトドメを刺す。いいシナリオだと思わないか」

「黒髪は悪という風潮に対して良い風が吹くのは間違いないね」

ミュージが肯定するように頷く。

今回の騒動は王国メディアも強く注目している。

カナデだけであったら無視されたかもしれないが、シュトレーゼ様の目の前でカナデが成果を挙げる。

これだと大きく変わってくる。

「ペルエストさんはそのためにヴィーノ以外のみんなを姫様の護衛にさせたのでしょうか」

「その可能性は高い。あの人の眼ならここまでの流れを読んでいそうだしな」

「ヴィーノ様」

シュトレーゼ様が親衛隊を連れてやってきた。

「岩砕龍が予定していた進路と違う所を突き進んでいるので姫様はこの場にいてください。こっちには来ないように押さえますので親衛隊の方も護衛をお願いします」

「たった五人で向かわれるのですよね、大丈夫なのですか？」

「俺達五人だから大丈夫なのですよ」

「ポーもいるですの！」

おっとそういう意味で六人か。

「ふふ、ではここで皆様の活躍を見させていただきます。カナディア様が成果を挙げれば将来の親衛隊に誘う話が王国議会にも通しやすくなりますし」

「あはは……頑張ってみます」

姫様も何となく状況が見えているようだ。

「おっし！　ヴィーノ隊、準備はいいか！」

『おう！』

全員がはっきりと声を返してくれる。

「カナデ、メインのアタッカーとして頼む。あの龍の頭を切り落としてくれよ」

「当然です」

「シエラ、カナデの援護……ってのは言わないから思いっきり戦ってこい。全体攻撃の際はセラフィムの防御を頼む」

「ラジャ」

「スティーナ、前衛の支援を頼むぞ。責任重大だが大丈夫か？」

「ふん、怪盗業より楽だっての」

「ミュージ、今回はあの機能を使う。ポーちゃんの魔力供給に専念してくれ」

「アレをやるんだね。分かったよ、僕の魔法も破滅級にはまだ通用しない。今回の見せ場はヴィーノに譲るよ」

「ポーちゃん、攻めるぞ」

「はいですの！」

各員身軽なメンバーにジェットポーションを渡し、シエラとミュージはセラフィムに乗って空中を移動させ岩砕龍の近くまで移動する。

目前に迫る岩砕龍。

四足歩行で飛ぶことはできないが、地中に潜ったりすることができる。

長い首をもっており、全身の硬度はかなり硬い。

本来であれば五人で戦う魔獣ではないが……ぶっ倒すしかない。

岩砕龍がじろっと俺達を睨みつける。元々気性の荒い生物と言われている。

引きつけるのは簡単だ。姫様の方へ行くことはまずありえない。

俺達と前の魔獣のどっちが倒れるか……勝負である。

「ミュージ、ポーちゃん！」

「了解、魔力供給量を通常の倍に！　ヴィーノを頼むよポー！」

「はいですの！　おにいしゃん、いくですの！」

俺のポーションホルダーから大量のポーションが抜き取られていく。

「ポーション・ピット展開！　ポーション・ピット展開！」

抜き取られたおおよそ百本のポーションを制御し、空へと展開されていく。

「いくぜ！　ポーション・ピット！」

「ライフルモードへ移行するですの！」

百個近くのポーションが岩砕龍の周囲に展開される。

その一つ一つをポーちゃんが制御しており、完全なオールレンジ攻撃を可能としている。

莫大な魔力を消耗するが、それを魔力タンクのミュージが担当することで可能としている。

なので今は全力全開で動かすことができるのだ。

「いけー！」

ポーションから砲撃が放たれる。

これは事前にポーションに魔力の石と防御力を減衰させる薬液を混ぜた特注品だ。

それをたっぷりぶっかけてやれば岩砕龍もただではすまない。

強酸性の薬液を浴びて岩砕龍は強い悲鳴を上げる。

効果はある。おまけに防御力も減衰しているはずだ。

これで前衛組の斬撃も効果絶大だ。

「スパイクモードへ移行するですの！」

薬液の無くなったポーション。

半分は残して、もう四割は突貫させる。

中に若干の火の魔石を残しているため爆裂ダメージも見込める。

四十本ほどのポーションが岩砕龍に突撃した。

もう十本は……。

「ストレートポーション！」

自分で投げる方が強いからな！

目前に配置させた十本のポーションを連続で投げて岩砕龍を怯ませた。

さっきの覇巌龍はデカすぎて効果がなかったがこの程度のサイズだったらポーションでもいける。

俺のポーション投擲は大砲並と言われているんだ。

「グウウウウウウウ！」

あらあら随分怒っておられる。

当然一番強い打撃を与えた俺に強烈な殺意を向けている。

岩砕龍はその四足歩行の前足を何度何度も地面に叩きつけた。

その衝撃で地面が隆起して、まるで擬似的な岩場が誕生してしまった。

口を開けたまま、長い首を上げて、一気に振り下ろした。

その時吐き出された息吹がブレスとなり、岩場を崩して全て俺に飛んでくる。

そのブレスは広範囲過ぎて避ける方法がない。

防御してもおそらくズタズタに削（けず）られてしまうだろう。

単体攻撃ではないためポーションパリィでも防げない。できるのはセラフィムによる広範囲バリアくらいだ。

しかしセラフィムは前衛組の護衛に行かせている。

万事休すのはずだった。

ポーちゃんができるまでは！

「シールドモードへ移行するですの！」

薬液を使い切った五十本が一本ずつ隊列を組み、俺の前に飛んでいき盾を作る。

最近のポーションは俺が投げるという話を聞いて硬度を強めにしてくれているのだ。

ヴィーノ専用ポーションということでポーション業界と結びつきを強くしたおかげだな。

もちろんポーション瓶職人の熟練の技により投げ心地は以前と変わらない。

なので充分瓶は防御として役に立つ。

俺に飛んできた岩片は全てポーションによるシールドで防ぐことができるのだ。

ガリガリと削られてポーションは割れていくが、岩片はポーションの壁を通過することができない。

スペック上、シィンさんの強力な光線魔法ですら防ぐんだ。

この程度の龍のブレス、何てことはない。

そしてもう百本が追加でポーションホルダーから抜き取られていく。

このポーション・ピット・システムにより俺は攻防一体のポーション投擲を成し遂げることができるようになった。

俺の周囲に絶えず十本のポーションが展開している。

抜き取って自分で投げるのもよし、ライフル、スパイクで攻撃するもよし、シールドにまわすのも良し。

俺はもうポーションに始まり、ポーションで終わる。

名実ともに世界一のポーション使いなんだよ！

後衛は良い感じに敵を引きつけることができた。

あとは……前衛組に任せるとしよう。

頼むぜカナデ、スティーナ、シエラ！

【スティーナｓｉｄｅ】

あたしは後目でヴィーノの様子を見ていたけど予想を大きく超える光景を目にしていた。

なにあれ。何でポーションが空中を浮いてんの？

ポーションが砲撃して、突撃して、防御する。

わけがわからない。元々ポーちゃんの存在の時点でとんでもなかったけど……。

いやまぁ……怪盗の事件の時もポーションは浮いていることはあったし、それに乗って空も飛んでたけど……あんな規則正しく動くポーションは魔導機械ですら見たことがない。

ポーションにこだわりを捨てて研究者になった方が絶対世の中のためになる気がする。

ヴィーノとポーちゃんが引きつけているおかげであたし達は楽々近づくことができた。

破滅級の魔獣の倒し方は足を攻撃して崩させて、強力な技で徹底的に叩くことである。時間を引き延ばし、この現場に近づいているS級冒険者の支援を受けるため待つのもいいんだけど、カナディアのためになるべくあたし達五人でこの岩砕龍を倒すことを推奨されている。

あたしはそんな無理しなくてもって思ったりもするけど黒と白の関係を知ってしまった。

国の上層部しか知らないような秘密を知っちゃったからね。

生まれはスラムで大した血筋もない一般人のあたしが白の民とか黒の民とかそんなことに巻き込まれてしまっている。

でも大事な仲間で友達のために動くことは決して嫌じゃない。

むしろ……この目で見てみたいとすら思う。

横で一緒に走るカナディアが、今まで虐(しいた)げられていたカナディアが誰からも愛される存在になることを。

「カナディア……失敗したらごめん」

「ん？　失敗なんてしませんよ」

この一つ年下の誰よりも綺麗な黒髪の女の子は笑う。

「スティーナなら失敗しないって心から信じていますから」

ったく、予防線張ったのにそんなこと言われたら失敗できないじゃないの。

あたしはヴィーノから渡されたポーションを空へと投げる。

確かリフレクターポーションだったかな。

元々は撥ね返すためのものだけど、空中に一定時間浮遊させられるから簡易的な足場にもなる。

あたしは岩砕龍の側部に足をかけて、一気に跳躍する。

得意のフックショットを使って岩砕龍の背中まで一気に飛び移る。

自慢だけど、これだけの芸当ができる冒険者はほとんどいない。

多分S級でもいないだろう。空飛ぶのは例外だけど。

卓越した身体技能と空中のバランス感覚。

怪盗ティーナで暮らしてきたあたしにはこのぐらいお手の物である。

飛び乗る段階でリフレクターポーションを至る所に置いてきたのでカナディアはそれに乗って飛び上がっていく。

リフレクターポーションは移動できない。つまり岩砕龍が位置を移動すると足場として役に立たなくなるのだ。

だからあたしはできる限り広範囲に足場を組むように移動する。

カナディアが戦いやすいように足場を何個も作って、支援するのだ。

一個置いて、さらに遠くに一個を置く。フックショットを使ってポーションに引っかけて、リフレクターポーションを設置していく。

まるであたしが空中を散歩しているように見えるだろう。

「あ、やば」

油断した!

岩砕龍が岩をぶっ放していたことに今、気付いた。

双銃剣でガードしようとした所に淡い光のシールドが張られたのだ。

「だいじょぶ？」

「だいじょーぶ！」

シエラがセラフィムを使って守ってくれたみたい。

「ちょっと引きつける」

本当にシエラは不思議な子だわ。

箱入りっぽくて物をまったく知らないのに戦闘能力は高いし、魔力も高い。

だけど危機の時にいつもしれっと現れて対処してしまう力を持っている。

性根が優しいんでしょうね。普段はご飯ばっかのワガママ娘に見えるけど、あたしはシエラの良さを理解できているつもりだ。

シエラが剛の剣を振って岩砕龍の顔面に斬撃を与える。

セラフィムが守ってくれるって分かっているけど、何も躊躇せず空を飛ぶのは度胸がいいというか何というか。

頼りになるのは間違いないわね。

そしてカナディアがあたしの設置したポーション足場を伝って岩砕龍の位置まで上がってきた。

「一の太刀【落葉】」

身の丈ほどもある大太刀を軽々と振って岩砕龍の首に一撃を与える。

あの大太刀ってすっごい大業物らしくて、斬れ味凄いのよね。

すっごく重たいのに軽々と扱うから本当にすごいと思うわ。

「ちっ」

ヴィーノのポーションの効果で防御力は下がっていると思うけど、サイズがバカでかいだけあって多少の傷はつけられても両断までは難しい。

岩砕龍の意識がカナディアの方に向く。

生み出された岩石がカナディアに向けて飛ばされた。

カナディアは大太刀を振って岩石を切り裂いていく。

岩砕龍は大きく息を吸ってブレスを吐いてきた。あのブレスには鋭くて細かな岩石まで含まれている。

あれは恐らくガードしきれない。あたしがカバーする⁉　でも間に合わない。

「セラフィムバリア」

情の入らない声で半身の鎧の魔人がカナディアの前に立ち塞がった。

魔力の壁が出現し、岩砕龍のブレスを防いでいく。

そのバリアを盾にあたしもカナディアも岩砕龍の背に降り立つ。

シエラがカナディアを守るように指示するなんて……。

カナディアも信じられないような顔でシエラを見ていた。

「ずっと見てたけど」

シエラはあたし達がいる岩砕龍の背中に降り立った。

「黒狐は……黒の力をまったく使えていない」

「っ！」

「え、でもカナディアは黒魔術の才能があまりないってスイファン……カナディアのお母さんが言ってたけど」

「それはあくまで魔術の話。巫女であれば百パーセント引き出せる特異の力、それが白の力と黒の力」

「あなたなら引き出せるのですか」

「当然。半端ものじゃないし」

ガアアアアアアアアアアアアアアアアア！

岩砕龍が強く叫んだ。

耳が痛いほどの咆哮に少し怯んでしまう。

すると岩砕龍の周囲には大きな竜巻が出現した。

その竜巻が全部……あたし達の方へやってきたのだ。

「スティーナ、しゃがんでて。セラフィム！」

あ、うん。

シエラはセラフィムの背から投げられた対の剣を掴み取る。

剛の剣、魂の剣だっけ。

赤と青で光輝く対の剣……シエラは両手を横に伸ばして両手の剣を地面と平行にする。

大型の竜巻が複数迫ってくる。

「すぅぅぅぅ……」

大きく息を吸う、シエラを見つめる。

シエラの体が淡く、光り始めた。

これがさっき言っていた白の力ってやつなのかもしれない。

シエラの輝きがさらに増していく。表情は……あれ？　何だか無性に顔が赤い。

「白皇の剣（エクスカリバーン）！」

シエラが大きく腰をまわして生み出した白の刃。

周囲全てに飛び出して行き、竜巻を巻き込んでいく。

「なんて綺麗……」

光の残滓（ざんし）がそのフィールドに残り、何だか心地よい思いがした。

まるで……シエラの幸せさが伝わるようなそんな気がした。

岩砕龍の竜巻はその効果で全て消え去り、岩砕龍自体の怒りさえも消えさってしまったような気がした。

これが白の力、白の巫女であるシエラの本当の力だって言うの……？

シエラは振り返り、カナディアに顔を向ける。

「黒狐もこれぐらいできなきゃ。黒の巫女はその程度なの？」

シエラは大きな力を見せつけた。

「……」

カナディアは何も言わない。

だけど目を見たら分かる。この女むかつく————！　って思っている。

カナディアはまじないの影響で迫害を受けていたからか、嫌なことを言われても我慢しがちである。

シエラに対してはお互い様だったので言いやすかったっぽいけど、今回のような決定的な差を見せつけられるとさすがにカナディアも何も言えない。

「黒狐が首を斬れないなら、シエラが斬る。それを黒狐の成果にしてやってもいい」

「なっ！　ふざけてるんですか⁉」

「ふざけてはない。できないならシエラがやるしかないし」

「ちょっと二人とも！　一応戦闘中だから！」

ヴィーノが向こうにいるからあたしが二人のケンカを止めないと……。

って岩砕龍がまたこっちを睨んでいるじゃない。ケンカなんてせずに攻めれば倒せたのに。

岩砕龍があたし達に向けて強い咆哮を打つために大きく口を開く。

耳を壊してしまうような攻撃、だけどそのモーションは分かっていた。

ヴィーノからもらったアブソーブポーションを投げて音による攻撃を吸収する。

咆哮が効かないことを知ると、今度は身を震わせた。

この攻撃は恐らく噴出孔から蒸気を噴き出して熱によるダメージを与えてくる。

あたしはバリアポーションを使って険悪な二人まとめて蒸気から身を守った。

「二人ともしっかりして！」

岩砕龍の放つ岩石のつぶてをディフェンスポーションで防いでいく。

双銃剣で受けると刃こぼれするから余裕があるときはこれで防ぐ。

あたしはシャインポーションをぶん投げた。閃光弾の代わりだ。効果はあるようで岩砕龍は怯む。

「おー、スティーナ、ヴィーノみたい」

やばい……ヴィーノのポーションが支援技として便利なのでいつのまにかあたしは世界第二位のポーション使いになってしまってる。

この前、いつでも俺の跡を継げるなってヴィーノに言われた時は張り倒してやろうかと思ったわ。

カナディアは大太刀を握って考えこんでいる。

シエラに言われた黒の力、それについて考えているんじゃないかと思う。

「シエラ！　その力ってコツとかないの⁉」

「あるよ」

あるんかい！

カナディアの方を向く。

そうよね、教えを乞うなんてプライドが許さないわよね。

そのプライドは絶対に持っておいた方がいい。

多分白の巫女と黒の巫女は対等でいた方がいい。

ああ、もうあたしって性格良すぎ！

「シエラ、白の力はどういう風に使うの？　教えてよ」

「……んと、術者の感情が大きく影響してる。シエラの場合は幸せな気持ちを思い浮かべると心が凄く熱くなる」

なるほど、それが白の力の原点ってわけね。

シエラにとって幸せな時、ご飯を食べているイメージしかないわ。

「シエラは何をした時、一番幸せになる？」

「んー」

シエラは考え込む。

「ヴィーノに頭を撫でてもらった時……」

「へ？」

「っ⁉」

「ヴィーノの腕の中でおしゃべりする時」

「ヴィーノの胸の中で眠る時」

「ヴィーノに肩や胸を触れられた時」

「……ヴィーノにずっと側で支えてあげたいって言われた時」

シエラの頬がほんのりと赤く染まっていく。

あれ、予想と違くない？　あの男、いつの間にシエラまで口説き落としてたの⁉

出会った時ヴィーノとつがいになるとか言っていた。

あれは多分意味も分からず言ってたと思うしカナディアへの対抗心だったと思う。

だけど……シエラは今、明確な好意を示している。

「シエラはヴィーノのこと好きなの？」

「え？　あ、分かんない。好きってよく分かんない。でもヴィーノと一緒にいると胸がポカポカする」

あぁ、かわいいなぁ。

恋の自覚はまだしてないけど女の子としての感情がシエラに芽生え始めているんだ。

何だか嬉しいな。

シエラを妹みたいに思っていたから……何だか感慨深い。

カナディアはどう思って……顔を向けるとぞっとした。

「あの……」

カナディアは顔を下に向けてぶつぶつと言っていた。

「あの……浮気男ぉぉぉぉっ！」


「ひょえっ⁉」

「ヴィーノ、どうしたの。いきなりびびって」

「何かすごく恐ろしいことが俺に待っているような気がして……」

「おにいしゃん、何があったですの？」

「どうせ、また女がらみでしょ。最近シエラがよくベタベタしてくるじゃん」

「そうなんだよ。何か無性に一緒にいたがるんだよな……。おかげでカナデの目が怖い」

「とか言って肩揉みしつつ、胸を揉んでるくせに。ポー、ヴィーノに近づいちゃ駄目だよ」

「違うんだよ！　揉みたかったわけじゃなくて、たまたま手が当たっただけなんだって！　誤解なんだ！」

「分かったですの！　つまり、おにいしゃんはクズってことですの！」

「違うんだよおおおおっ！」


カナディアから黒いオーラが出始める。

さきほどの白の力とは真逆の黒の力。

「なるほど……黒の力。見えてきた気がしました」

これはまさか嫉妬の力が黒の力に変換されている⁉

カナディアは大太刀を一度鞘に戻し、いつもは背負うのに腰へ大太刀を差し込んでしまった。

カナディアの体から纏う黒のオーラが大太刀にも伝わってきた。

「はあぁぁぁぁぁ！」

カナディアは走り、飛び上がる。

閃光弾の効果が切れた岩砕龍が目を開く。

長くて硬い首がうねり、岩砕龍はこちらを見つめている。

だけどカナディアの方が一歩速かった。

「黒皇の太刀(エクセキューション)」

次の瞬間、岩砕龍の首は綺麗にずり落ちてしまっていた。

「え？　え？」

我が目を疑うほどその抜刀は速かった。

巨大で太い首が本当に綺麗に斬れてしまったのだ。

後ろへ飛ぶ鞘が岩砕龍の背中にぱらりと転がる。

大太刀で抜刀術ってできるんだ。

斬撃がまったく見えなかった。あまりの速度に岩砕龍もきっと気付いたら斬られていた……そう思っていただろう。

「ふぅ……」

カナディアは大太刀に付着した魔獣の体液を振って飛ばし、鞘の方までゆっくりと歩いて行く。

さきほどまであった黒のオーラはもう出ていない。

「カナディア……大丈夫なの？」

カナディアがあたしの方を向く。

「ええ、スッキリしました」

そのすっきりはどっちだろうか……。まぁいいや。

「ただやっぱりかなり体力を使いますね……。体中が痛いです」

あれだけの一撃だ。かなり体に負荷がかかっているのだろう。

シエラの方は何も感じてなさそうなので慣れかもしれない。

カナディアはゆっくりとシエラに近づく。

「不本意ですが……あなたのおかげでとっかかりを摑むことができました」

「……」

「だけど完成形にはほど遠い。まだあなたのようにはいきませんね」

「ふーん、やるじゃん」

ちょっとだけお互い歩み寄った感じかな。

シエラもあたし経由だけどヒントを出していたし。

「ちょっと大変だったけど……何とかなったわね。シエラもわざわざ、カナディアに花をもたすなんてやるじゃない」

「違うよ」

シエラはそっけなく言う。

「黒狐なんてどうでもいい。でもヴィーノが喜んでくれるならそっちの方がいいって思った。褒めてもらお」

「びしっ」

カナディアからまた黒のオーラが出始めたんだけど……まったくもう！

ぐらりと足場が揺れ始める。

当然、岩砕龍の首が斬れたんなら絶命してしまっている。

四足歩行の足が砕けてしまい、維持できなくなるのは当然。

あたしはシエラとカナディアを抱えた。

そのまま岩砕龍の顔面をフックショットで突き刺して、魔獣の背中から離脱する。

宙に浮いたままの一部のポーションにもう一方のフックショットを引っかけて、空中を飛び続ける。

「スティーナすご～い」

「やっぱり身軽ですね」

破滅級の首を斬ったり、竜巻を打ち消したりするあなた達ほどじゃないっての。

「ん？」

あと一個ポーションに引っかけたら終わりってタイミングであたし達は違和感を覚える。

「ミュージはいるけど、ヴィーノがいない？」

「本当ですね……どこに？　いやその前にアレなんですか」

「……ヴィーノはあの側にいる」

シエラが見た方向に視線を向けると……。

とんでもない光景がそこには広がっていた。

カナデの一撃が決まり、岩砕龍の首は二つに分かれることになった。
正直な所、もう少し時間がかかると思っていた。

何か黒のオーラを纏っているのがすっごい気になるけど……岩砕龍を一撃で倒すなんてさすがだと思った。

「何かすごかったね。カナディアの前は何かまばゆい光で竜巻が消えちゃったし」

魔力供給に専念していたミュージが近づいてきた。

岩砕龍のまわりに竜巻が出来た時はびっくりした。

幸い、俺達の居る場所は範囲外だったので攻撃を受けることはなかったがカナデ達が巻き込まれるんじゃゃって心配した。

白色の光が岩砕龍の背中から刃のように広がったと思ったら竜巻が消えちゃったもんな。

「恐らくシエラの白魔術だろう。あとでスティーナに聞いておかないとな」

前衛の支援を任せてしまったが俺が行くべきだったか。

さっきのカナデの攻撃といい、何が起こってるかすごく気になる。

「あの場にいたら岩砕龍に巻き込まれるんじゃ」

「スティーナがいるから大丈夫だろう」

リフレクターポーションを張り巡らせていたし、身軽さだけだったらS級すらも上回るはずだ。

伊達に伝説の怪盗、怪盗ティーナをしていない。


ゴゴゴゴゴゴッッッ。

大轟音で地響きがする。

音のした方を向くと覇巌龍の姿が見えていた。

「侵攻スピードが上がってるね」

「ああ、あとちょっとなのかもしれないな」

ペルエストさん達が絶えず急所に攻撃しているからいずれは倒せるだろう。

しかし時間をかければかけるほど低級冒険者達に被害が出てくる。

「おにいしゃん。ポーション・ピット・システムは切りますの？」

「そうだな、岩砕龍も倒したしいいだろう」

空中に浮いていた未使用のポーションが俺のポーションホルダーに戻っていく。

「だったらさ、構想中だったアレをやってみない？　魔力はかなり残ってるし、使い切ってもいいと思っている」

ミュージの提案に少し考えてみる。

どこかで試してみたかったあの技か。ポーション・ピット・システムと違ってまだ一度も試せてはいないが……理論上可能なはずだ。それにちょうどいい相手でもある。

「ポーちゃん、距離はどうだ」

「計測〜〜！　大丈夫ですの！　あと二分近づけば最大威力の範囲内になりますの」

「よし、じゃあやってみるか！」

ポーションデンワでペルエストさん達に射線上にこないように連絡を取った。

何をする気だと問われたけど、面白いことですとだけ言ったら笑ってくれたので了承ってことでいいだろう。

俺はポーションを一本、取り出す。

「メテオシステム起動！　メテオシステム起動！　マスター、急激な魔力消費に気をつけてくださいの！」

「分かったよ！　ポーション・ピット・システムだけじゃない僕らの成果を……あっちの冒険者達に見せてやろう！」

大地に両足をつけ、強く、強く……気をため込む。

ストレートよりもジャイロよりもさらに強く、速く……ポーションをぶん投げてみせる。

俺ならいける、やれる。

右足を軸に左足を天よりも高くあげる。

そうして下ろした左足と一緒に右肘をしなやかに伸ばして半回転、一気にポーションを放り投げる。

リリースするこの一瞬だ。

「巨大化、巨大化、巨大化！」

「うぐっ。すごっ魔力吸われる……」

ポーちゃんとミュージの支援を経て、今……ポーションは巨大化する！

「メテオポーション！」

魔力により岩砕龍サイズまで巨大化したポーションをリリースする。

ポーちゃんのシステム補助もあり、そのスピードは理論上、音速にまで到達することができる。

その巨大化したポーションは恐ろしい速度で進み、魔法の力で射程圏内では威力が減衰することなく真っ直ぐ進む。

正直な所……リハーサルをやってないためどういう風に進むか分かっていない。

一応射線上には誰も入らないように指示はしていた。

恐ろしい速度で進む巨大なポーションはあっと言う間に覇巌龍の頭部を直撃した。

ピギャアアアアアアアアアアアアア！

遠くにいる俺達まで聞こえるほど覇巌龍の悲鳴と骨がボッキボキに折れる音があたりに響き渡った。

メテオポーションは標的に命中すると魔力が霧散し、元のサイズに戻ってしまう。

まぁ大体ぶつかってコナゴナになるから消滅したと言ってもいい。

「あぁぁぁ……もう無理、魔力尽きた！」

「マスターからの魔力供給の停止を確認したですの！　残存魔力で動作するですの！」

「うーん、思った以上の効果だったかもしれんな」

「……あれはもう二度と撃つなって言われそうだね」

覇巌龍が完全に沈黙してしまうとは思ってもみなかった。

思った以上の火力だったようだ……。

「ちょっとあなた達、何やってんの！」

スティーナ達が降りてきた。

カナデもシエラもスティーナも大きなケガはないようだ。

「ヴィーノ、何をやったんですか？」

「あ、ああ……後で詳細は話すよ……とりあえず」

俺はカナデとシエラとスティーナの前へ立つ。

「お疲れ様。遠くから見えていたぞ。二人の支援おつかれさん。前衛を支えられるスティーナがいてこそだな」

「ふえっ」

スティーナはびっくりしたのかいつものようなツンツンした口調じゃなく、しおらしくなってしまった。

本来であれば岩砕龍を倒したカナデや危機を救ったシエラを褒めるべきなんだ。

だけどそのお膳立て(ぜんだて)をした支援役ってのはどうしても日の目を見ない。

この二人を一生懸命支援したスティーナこそが一番の功労者なのだ。

どうしても目立たない立場となるから分かっている人しかその凄さが分からない。

俺は支援役だったから……支援がどれだけ大切か理解している。

「ふ、ふん……当然よ。それよりカナディアやシエラを褒めてやりなさい」

ここで素直じゃないのがスティーナらしさだな。

ま、後で褒めてあげるとしよう。

「じゃ、カナデ……うげっ！」

カナデからはいきなり黒いオーラが生じる。

え、何でそんな怖い顔してるの⁉

「ヴィーノ、ヴィーノ！」

シエラが俺の腕を引っ張る。

「シエラすごく頑張った。褒めて褒めて」

「あ、ああ。頑張ったなシエラ」

「いつもみたいにおムネ触ってもいーよ」

「何言ってんのっ⁉」

それじゃいつも俺がシエラのいい感じに柔らかくてでかい胸を揉んでいるかのようじゃないか！

「へぇ……」

カナデの黒のオーラの濃さが増したような気がする！

「ヴィーノ、やっぱり白狸のことも随分お気にいりなのですねぇ」

「ち、違うんだ！　俺はそんな大それたこと」

「ヴィーノの腕の中でおしゃべりしたり、ヴィーノの胸の中で眠らせたり、ヴィーノに胸を触られたり、シエラをずっと側で支えてあげたいって言ったでしょ？」

「スティーナ、君はいいタイミングで口出ししてくるよな！」

この修羅場大好きツンツン女め……。適切なタイミングで燃料を入れやがる。

「私が新しく覚えた黒皇の太刀。浮気症の夫に是非とも味わってもらいたいと思うのですが」

「ちょっと待って、それって岩砕龍ぶった切った技⁉　あんなんくらったら消滅するわ！」

シエラのやつはずっと腕にからみついたままだし……って胸の谷間に腕入れるのやめろ！　柔らかくて気持ち……ってカナデの目が怖い！

「スティーナ、なんだ⁉　二人に何があった」

「カナディアとシエラには優しい顔してベタベタ触るくせにあたしには手を出してくれないもんね。それじゃ助けてあげられないわ」

「え、触っていいの？」

触っていいならその細くてでもしっかり肉の付いた手足を是非とも。

「カナディア、やっぱこの浮気男、成敗した方がいいわよ」

「はい」

「チキショウ、謀(はか)ったな！　ミュージ、助けてくれぇ！」

「やっぱり現実の女は怖いよね。僕にはポーがいるから安心だね。僕はヴィーノみたいにはならない」

「そうですの！　マスターにはポーがいますの！　愛してくださいですの！」

ミュージが俺達のせいで妙な価値観になってしまっている件。

メロディと両思いじゃなかったのか。

現実の女よりも二次元半だね、何て言いかねないぞ！

「みなさん！」

痴話(ちわ)ゲンカしているとシュトレーセ様と親衛隊の皆様がやってきた。

破滅級の魔獣が倒れたのを見て安心したのだろう。

「何があったのですか！」

「覇巌龍はちょっとまだ分かりませんが岩砕龍は間違いなく我々で倒しました」

「いえ、そっちではなくヴィーノ様が三人の麗しい女性達と修羅場になってたので詳しく話を聞きたいと思いまして」

「そっちっすか⁉」

「ふふふ、冗談です」

えへっとシュトレーセ様は笑顔でウィンクした。

「かわいい。っつぁ⁉」

今、三カ所つねられたんだけど⁉　一カ所なら分かるけど、三カ所はどういうこと⁉

こうして二体の破滅級との戦いは無事終わることとなったのであった。

「ヴィーノ、今日帰ったら家族会議です」

「はい」

だが俺の戦いはこれからのようだ。今日こそは死ぬかもしれん。

今回に至っては正直、戦いよりも後処理の方が大変だったかもしれない。
覇巌龍をメインで戦っていた先輩達にまずは挨拶。

「やっぱ先輩達はすごいですね！」

「おまえ（あんた）ほどじゃない」

三人に揃って言われることになる。

「あんたやベーな。何がやばいってあんなでけーポーションをぶん投げて超遠距離から飛ばしてくるのがやベー。ちょっと我が目を疑っちまったよ」

「何かあんまり褒められている気がしないな」

アメリ先輩から凄く呆れた声で物申される。

「ポーちゃんの機能でメテオシステムは聞いていたがポーションを巨大化させるとは……さすがに私も予想できなかったな」

「いや～、あんなに上手くいくとは思ってなかったです」

「なぜポーションなのか。何度考えても私には理解できない。おまえは想像以上に頭がおか……独創的だと思う」

シィン先輩から頭がおかしいと言われかけ気を使われる。いや、普通に言ってくれた方が気が楽だったかもしれない。

「ヴィーノ」

「ペルエストさん」

「さすがの俺も覇巌龍をあんな風に一撃では倒せん。岩砕龍もよくチームで戦ったな」

前の二人と違ってやはりペルエストさんは落ち着いた言葉で褒めてくれる。

憧れの冒険者に褒められるってうれしいな。

「岩砕龍でのポーションの使い方を聞くともはや単体でおまえに勝てる冒険者はいないのかもしれん」

「そんなことないですよ、さすがに」

「あんな頭おかしいポーションの使い方をするやつに常人が勝てるわけねーじゃん」

「我々は常識の範囲内で戦っているのだ。頭おかしいやつには勝てん」

「やっぱ頭おかしいって連呼すんのやめてくんないですか」

まぁ確かにポーちゃんの機能はエグいと思う。ポーション・ピット・システムをかいくぐれる人間は恐らく存在しないだろう。

そういう意味では王国最強の冒険者になることを証明できたと言ってもいい。

「だけど……俺が最強だというのであれば仲間がいてくれるからでしょう」

「ほぅ」

「カナディア、スティーナ、シエラ、ミュージ、ポーちゃん。みんながいてこその最強です。俺はみんながいて最強になれるんだと思います」

「うん」

アメリは頷く。

「フン」

シィンさんは鼻で笑うが笑みを浮かべている。

「それを忘れるな。忘れなければ……おまえは最強の存在のままでいられる」

今回の件を経て、俺は限定的ではあるが王国の最強の冒険者の一人として肩を並べることとなった。

そして……。

「わたくしはこの目で見ました。岩砕龍を倒したのは美しき乙女、冒険者カナディア様であると」

シュトレーセ様と共にカナデは王国新聞キングダムタイムズの取材を受ける形となった。

さすがに姫君と一緒であれば今まで黒髪ということで放置していた記者達も無視することができない。

新聞社の上役は難色を示したらしいがやはり記者の中には取材をしたいという心意気を持った者もいたようで、それに焚(た)きつけられて真実を知りたい記者達が集まることになる。

時に厳しく、時に鋭い質問を投げかけられたがカナデは笑顔で答えていく。

横には次期国王候補のシュトレーセ様もいるのであまりにひどい質問はされなかった。

「カナディアさんは冒険者になり、その黒髪ゆえにたくさんの迫害を受けてきたと聞きました。恨む気持ちはあるのではないですか？」

「そうですね。私も人間ですから。でも冒険者になって素晴らしい出会いもたくさんあったのでそれ以上に喜ばしい気持ちでいっぱいです」

「これからのことについて教えてください」

「いつの日か王国そして世界中で黒髪でいることが憎しみの象徴にならない世界となることを願います。黒も白も世界中のみんなが笑って暮らせる世界にしたい。ずっと笑顔でいたいです」

そう言ってカナデは微笑んだ。その笑みはこの場にいる全員を魅了してしまう。

「カナディア様、感動しました。わたくし、全力でカナディア様の後ろ盾にならせていただきます！　他ならぬ友として！」

「へ？」

「う、美しい……女神だ」

シュトレーセ様まで感激させてしまったカナデは詰め寄られて慌ててしまう。

いろんな声が聞こえる中、最後、一つだけ質問が飛んできた。

「そうだ、カナディアさんの嫌いなことってなんですか？」

カナデはまた笑顔になった。

「浮気と不貞です」

でもまたなんか黒いオーラが出ていた気がするし……。

なぜかとても耳が痛かった。

そして二匹の破滅級の魔獣を倒したということで俺のパーティは全員取材を受ける形となった。

さらに俺とカナデが夫婦であることも取り上げられることになる。

「二人は夫婦とお聞きしたのですが、すみません一夫多妻なのですね」

「違います！　シエラもスティーナも離れてくんない!?」

「シエラはこのままでいいよ」

「あたしも面白いからこのままでいいよ」

俺の両腕をシエラとスティーナががっちりと掴む。

おかげで妻のカナデが少し下がった位置となっており、あきらかに怒っている雰囲気なのが伝わる。

「あ、あのカナディア。顔が……いけないことになってるよ」

「ミュージ、何か問題でも？」

「ごめんなさい。もう何も言いません」

「マスター、お顔が真っ青ですの！」

「ちょっと、ちょっと！」

六人揃っての写真を撮ろうとした時、聞き覚えのある声が撮影所の方に入ってきた。

「帝国時報でーっす！　その五人の知り合いだから優先的に撮らせてもらうわよ！」

「レリーさんか！」

朝霧の温泉郷【ユース】で出会った、女性記者であった。帝国人の彼女がなぜここに……。

「あなた達大活躍だったそうじゃない！　カナディアに最初に目を付けたのはあたしなんだから
……取材は当然でしょ！」

確かに。レリーの情報のおかげで女王アリを見つけて撃破することができたのだ。まさかわざわざ王国まで取材に来るとはすごいな。

「世界中にあんた達の活躍を届けてやるから！」

レリーはカメラマンのマイケスに指示し、俺達五人とポーちゃんはいろんな感情を出しつつも笑顔で写真を撮ってもらう。

そしてその写真と取材内容は世界中へと伝わった。


「へぇ～あの時のポーション使い。また成果を挙げたようだな」

「ヴィーノの奴、凄く頑張ってるよね！　あたし達【アサルト】も負けてらんないね」

「分かってるわよ。まー、オスタルとトミーはボコボコにされたから恨む気持ちあるんじゃやない？」

「るせーー。ヴィーノの野郎……生き生きとしてんな……。もう仲良くはできねーだろうけど……いつかまたあいつと」

「ふん……」


「お父さん、お母さん！　ミュージが帝国時報に出てるよ！　冒険者のおにーさん達と一緒に写ってるよ！」

「ああ、本当に大きくなったな。王国に行くって聞いた時は心配だったけど……本当によかった」

「ミュージ……いい笑顔をするようになったね。メロディも安心したんじゃやない？」

「うん、ミュージ、いつか私も王国に遊びにいくから……！　成長した所……しっかり見せてね！」


「おー、スラムのアイドル、スティーナちゃんが新聞に出てるぞー！」

「食堂を辞めちまって寂しくなったけど……元気にやってんだな！」

「俺たちゃ、いつまでもスティーナちゃんを応援してるぜ」

「（怪盗ティーナ、新たな道を見つけたのだな。君は私を知らないが……私は君と姉と母に付き合いがあったから……逝った彼女らへ報告しておこう）」


「シュウザ、スイファン」

「ペルエストさん⁉　いったいどうしてここに」

「おまえ達に娘の活躍を見せてやろうと思ってな」

「おお！　カナディアちゃんと婿殿が写ってるじゃないか！」

「カナディア……こんなに大きく写って……ぐすっ」

「泣くなスイ。そうか、夢に向かって大きな一歩を歩んだのだな」

「おまえ達の娘は本当に立派な冒険者に育ったぞ」


世界中に広がったそれは……大きなうねりとなり、黒髪への迫害に対して疑問を投げかけることとなった。

ヴィーノとカナディアにとって夢に向かって進む、本当に大きな第一歩だったのだ。

これから二人とその仲間達は協力しながら幸せに暮らしていく。

はずだった。

そしてその時は来てしまった。

「教皇様！　シエラ様の行方が……白の巫女の行方が分かりました！」

「どこだ」

教皇と呼ばれた一人の男は配下の者から帝国時報を手に入れ、軽く文面を読む。

「ふん、やはり王国あたりにいたか……。ようやく準備は整った。さぁ……我らの姫を迎えにいこうか」

そして男は新聞を投げ捨てる。

「白の巫女よ……、いや……シエラ、幼馴染として夢を一緒に叶えよう」

白と黒にまつわるポーション使いの最後の戦いが始まる。

書き下ろし短編

冒険者達のレクリエーション

二体の破滅級の魔獣の討伐に大きく貢献（こうけん）したことで、ティスタリア王家より勲章を頂くことになった俺とカナデ。

報奨金とか式典への出席とか報道機関からの取材が殺到、忙しい日々を過ごしていた。

ある程度落ち着いた頃にギルドマスターより長期休暇を命じられることになる。

S級冒険者は規定により年に一度、二週間の休暇を取らなければならない。

元々カナデと一緒に取りたいなと話していたが上記の件で大忙しとなりなかなか取ることができなかった。

そんなわけで俺とカナデは隣国であるエスタ公国（こうこく）南部にあるアプリペストビーチに行くことを決めた。

「綺麗な海ですね」

「ああ」

風の強い海岸線で黒髪を靡（なび）かせるカナデの姿は大層美しい。

にこやかに笑い、寄り添ってくるとつい肩に手をやりたくなってしまう。

やばいな、惚れ直してしまいそうだ。まだまだ新婚気分は抜けきらない。

そろそろ結婚式を挙げたいんだよな……。王家所有の大聖堂を使わせてもらう予定だけど、また何かと金がかかる。

このあたりの試算はまた今度だな。

「これだけ綺麗なビーチとは思わなかったな」

「ええ、さすが公国一の観光地だけありますね」

隣国であるエスタ公国は観光業に精を出している国だ。

その中で最も金をかけられているのがこのアプリペストビーチである。

気候的に年中海に入ることができ、ビーチとしては世界最大級と言われている。

今回は王家のご厚意により、特権階級のみが使用できる最上級のエリアを使用できることになっている。

そのためこのエリアを使用しているのは俺達だけだ。

このご厚意には理由があったりもするのだが……。

「静かで良い所ですね」

「ああ」

「ここまで静かだったら二人きりでのんびりと……」

「マスター、すっごく綺麗な海ですの！」

「うわっ、本当だ！　温泉郷の海は荒いから……こんなに穏やかな海は初めてだよ！」

「へぇ、これがアプリペストビーチなんだ。感激かも」

「シエラは美味しいものがあれば何でも良い」

「のんびりとしたかったなぁ」

「みんなで行こうって言ったのはカナデじゃないか」

「そうなんですけどぉ」

カナデは非常に残念がる。

夫婦二人でのんびりと過ごすにはロケーション的に最高なんだけどな。

そんなわけで今回の旅行は俺とカナデの休暇にみんなを付き合わせる形となった。

スティーナ、シエラ、ミュージ、ポーちゃんは当然ここにいる。

そして今回は仲間達だけではない。

「す、すごい……。私が来てよかったんでしょうか」

朝霧の温泉郷【ユース】で世話になったミュージの幼馴染、メロディもこの場にいた。

俺とカナデが二週間休暇を取るので、同行するか帰省するか迷っていたミュージにメロディも誘ってみたらどうだと言ってみたのだ。

「ああ、ミュージが頑張ってくれてるからな。ミュージに対するご褒美って意味でもある」

「え、それってどういう」

「ヴィーノ！　変なこと言わないでよ！」

ミュージは顔を紅くして口調を荒くさせる。

メロディに会いたがっていたのは分かっていたからな。俺って何て優しい先輩なんだ。

今回のゲストはメロディだけじゃない。というより……こっちの方が重要かもしれない。

「アプリペストビーチは公国へ視察に来て以来ですね」

「姫様、いっぱい羽を伸ばしてくださいね！」

「ええ、ミルヴァと過ごせる休暇を楽しませてもらいます」

そう、ティスタリア王国第一王女、シュトレーセ様も一緒なのだ。

このあたりを話せば長くなるが、簡潔に言うと働き過ぎなシュトレーセ様に休暇をってところだな。

王家のご厚意により、この最上級エリアの使用もシュトレーセ様がいるおかげである。

そして姫様の希望でミルヴァの同行も許される。

さらに言えば。

「おおー！　いい眺めじゃねぇか！　かわいい子達の水着が楽しみだなぁ。でっへっへ」

おっさんみたいな言動なのはS級冒険者のアメリ。

俺達が姫様とこのビーチに行くという話をしたら護衛任務にかこつけてついてきたのだ。

報酬いらねーからついて行かせてくれって頼み込んだらしい。

こうしてヴィーノ一行に加えて、メロディ、アメリ、ミルヴァ、シュトレーセ様を加えたメンツが揃って、南国のビーチを堪能する。

特級リゾートホテルに荷物を置いてさっそく全員でビーチへ行くことにした。

当然ながら更衣室は別なので俺とミュージは男子更衣室へと行く。

「水着の貸し出しがあると聞いていたが……こんなにあるのか」

「どれを選べばいいか迷うね」

海パンなんて色と形で適当に選べばいいが、女性陣はそうもいかないだろうな。

先にビーチに出て、パラソルやチェアの準備をしておくとしよう。

「しかしまぁ」

「ん？」

「前に比べて筋肉がついたんじゃないか」

「なんだよ……急に」

じろじろ見るとミュージは恥ずかしそうに体を隠し始めた。

何弱いポーズを取ってんだ、ったく。

「冒険者って結構大変だから自然と体が鍛えられるんだよ」

「ミュージは元がもやしみたいだったもんな」

魔法使いは体を張る前衛と違い体を鍛える必要がない、というのは間違いである。

結局ダンジョンを潜るのにも魔獣に囲まれて危機的な状況に陥っても最後に頼りになるのは自分の肉体なのだ。鍛えておいて損なことはない。

「僕もヴィーノくらいの筋肉があったらなぁ」

「そこは体質の差はあるだろ。なんだメロディは筋肉ある方が好みなのか」

「ち、違うと思うけど……でも憧れるじゃないか」

童顔の美少年タイプのミュージはあんま筋肉無い方がいいと思うけどな。

特別な戦闘スキルも魔法も使えない俺には体を鍛えることしかなかったんだ。

ポーションを最高速でぶん投げるには強肩を維持しないといけないし、支援として味方の口にぶん投げるのも腕の感覚とかが大事になってくる。

休暇といっても鍛錬は怠るわけにはいかない。

俺は天才ではないからな。

水着に着替えた俺達はさっそくビーチへ出る。

快晴の天気に白い砂浜、本当に海水浴日よりだと思う。

「くっくっく」

「何、いきなり笑い出して」

「すました顔しやがって。ミュージだって実際楽しみだろ」

「ななな、なんのこと」

やれやれウブな奴め。

今回の旅、男女比二：八という恐ろしい比率なのだ。女性陣の水着姿というのはワクワクするもの。

正直言うと八人の内の三人は温泉で一緒に入ってるから初見の楽しさは無い。残る四人は子供体型だから微笑ましい感じになるだろう。

だが世界の美女十選に選ばれるシュトレーセ様の水着姿なんて金払っても見れるものじゃないぞ。

ロイヤル水着……想像するだけでワクワクする。

ちなみに本当はシィンさんも一緒にくるはずだったんだ。

今回の破滅級の戦闘、ポーちゃんの作製に貢献（こうけん）してくれたからお礼も兼ねて旅行へ誘ったんだ。

あの人出不精（でぶしょう）だから休暇とかも全然取らないし……。

本人は死んでも這っていくって言ってたんだが……当日の朝に四十度の熱を出してダウン。

俺とアメリは興奮しすぎて熱を出したという見解で一致した。

せっかく美女達の水着姿が見れるというのになんて可哀想な人だと哀れんでしまったよ。

写真だけでも撮って見せてあげよう。さすがにそれぐらいはしてあげたい。

「メロディの水着姿とか気になるんじゃないか」

「あ、あんな幼児体型どうでもいいし！」

素直になるのが一番だぞ。

さてと日焼けを防ぐパラソルとチェアを用意して……と。

ブルーシートとあと何が必要だ。しかし女性陣は遅い。

「おーーーい！」

「あの声は」

聞き覚えのある声が聞こえる。

一人の少女が一人の少女の手を引っ張っている。

少女と評したが二人の年齢差はポーちゃんを除けばこのグループの中で一番離れていたりする。

つまりアメリとメロディである。

「お、やっぱ男性陣ははえーな」

同じS級冒険者のアメリ。

シュトレーセ様の護衛のはずだが完全に遊びモードになっている。

でも動きやすいセパレートタイプを直感で選んでいるのはさすがだなと思う。

「どうだヴィーノ。惚れ直したかぁ」

「ああ、かわいいかわいい」

「ペルエストさんが見たら惚れ直すと思うか？」

「見た目だけだとおじいちゃんと孫だもんなぁ」

二つ結びの髪型も可愛らしいがいかんせん、二十六歳の現実が足を引っ張る。

本人がそれでいいならいいんだが……。それより。

「ど、どう？」

メロディはいじいじと体を動かしてミュージに声をかける。

ミュージは直視できないようで顔を背けてしまっていた。

こりゃ随分決めてきたな。

タンクトップビキニという奴だろうか、体のラインは見せないようにしているがピンクの可愛らしい色合いが実によい。

茶のミディアムヘアにワンポイントの花飾りを付けており、女性陣にそそのかされてお化粧をしたのかいつもより大人びて見える。

カナデやスティーナあたりが面白がったに違いない。

「あ……うん……その」

気が利いたことが言えないのがこのウブな男である。

メロディが似合ってないんじゃと思って沈んでしまったじゃないか。

まったく……すっごくかわいいよって言うだけでいいのに……。

「メロディ、良く似合ってるじゃないか。ミュージも照れてんじゃねぇーよ」

「そ、そんなこと」

「すごくかわいいと思うぞ。自信を持つといいさ」

「冒険者のおにーさん、ありがとうございます！」

俺はミュージの背中をどんと押す。

ったくこの期間中にかわいいって言ってやれよな、まったく。

次にやってきたのはスティーナとポーちゃんだった。

スティーナの肩にポーちゃんを乗せてやってくる。

「マスター、おにいしゃん！　お待たせですの！」

ポーちゃんはそのサイズから特別製の水着を用意させている。

俺達が作ったポーション・ホムンクルスは水場だって問題ないぜ。

ウチの女性陣を参考に作製したポーちゃんはスタイルも完璧だ。リボン・ビキニで可愛らしく決めている。

「マスターどうですの？」

「うん！　すごくかわいいよポー！」

ミュージは手放しで褒める。このバカ！

「へぇ……ミュージはお人形好きなんだねぇ」

「え」

褒められなかったメロディの表情に暗雲が垂れこめるのは当然だ。

ったくさっさと褒めておかないからこうなるんだ。

「もう知らない」

「ちょ、メロディ待ってよ！」

「スティーナ、君の好きな修羅場だぞ」

「あたしはヴィーノが修羅場ってる所の方が好きだから、そっちはいいかな」

堂々と言いやがる。この女。

スティーナはスタイルに自信があるせいかオフショルダー系を着ている。

肩出しとは何とセクシーなことか。

元々手足が細く綺麗であるため自然と目がそちらに行ってしまう。

胸だって決して小さくはない。自分の武器を最大限に生かしているのはさすがだ。

「でもよく似合っている。スティーナはセンスがあるよな」

「と、当然じゃない。あたしを誰だと思っているのかしら」

そういうわりにちょっと照れているのが可愛らしい。

スティーナは小細工なしで褒めてあげる方が手っ取り早くて良いのだと最近分かるようになってきた。

実際、美人だしなぁ。

「おお！」

スティーナから目を逸らした先から神がかった容姿を持つ人物がゆっくりと歩いてきた。

そう、シュトレーセ様だ。

桃色のウェーブの髪と正統派ビキニがこれほど似合う人物がいるだろうかと思うほど似合っていた。

「ちょっと……見過ぎ」

スティーナが面白くなさそうに声を上げるが、悪いな。

俺にはもうシュトレーセ様しか見えない。やはり美しい。

「姫様も結構攻めてるじゃねぇか」

「あはは……。普段なかなか着られませんからね」

王族の立場上、着る服も決められてしまうもの。

こうやって自由に水着を着ることもなかなかないのだろう。

どの服着たってシュトレーセ様は美しい。

「あのー、ヴィーノさん」

「ん、なんだミルヴァ」

「私もいるんですけど」

「お、良く似合ってるぞ」

「姫様見ながら言わないでください！」

いやぁ、ミルヴァは可愛らしいし決して悪くないんだけど……シュトレーセ様と一緒に来ると見劣りしちゃうよなぁ。

子供っぽい外見を何とかしようとハイネックビキニなんて着ているけど……ちょっとおませさんな気がする。

「く、こうなればミュージくんを悩殺してやります」

お、修羅場の所にいくか。

まぁそこは止めないでおこう。

そして最後は……。

「ヴィーノ！」

「おわっ！」

急にシエラが抱きついてきた。

発育良好な胸部を押しつけて、アピールをしてくる。

シエラの奴、最近急に積極的になったよな。

破滅級との戦いから急にべったりするようになった。家にいるときはずっと俺の側でメシを食っているような気がする。

シエラはセクシーな白の三角ビキニを身につけている。

そんなに無邪気に動くと胸がこぼれ落ちちまうぞ！

しかし悪い気はしない。まじない効果でシエラの好感度はどうしても上がってしまうし、実際にシエラぐらいの絶世の美少女に抱きつかれて悪い気なんてするはずもない。

だが……。

この後すぐにプレッシャーを感じるようになる。

「随分と楽しそうですねぇ」

「ぐはっ！」

世界一美しいはずの妻からのプレッシャーに俺の額から出る汗が止まらなくなる。

シエラと同じで破滅級の戦い以降、カナデの出す嫉妬の圧力が膨大に膨れ上がっている気がする。

何だあの黒のオーラは……。何がカナデをそうさせる！

小市民なら気絶しそうな圧に気落ちしそうになる。

「まったく……もう！」

シエラに断って、カナデの下へ行く。

「カナデ凄く似合っている。とっても綺麗だぞ」

「そんなことで私が許すとでも」

カナデの腕を引っ張ってぎゅっと全身を抱きしめた。

そう、他の子と違ってカナデだけは自分が思うままに抱き寄せることができるのだ。

世界で一番かわいい奥さんなのだから我慢できない。

三角ビキニはシエラが先だったかカナデが先だったか分からないが黒の水着はとにかくよく似合っていた。

カナデの黒髪との親和性は抜群で、ここに誰もいなければ一気に抱きしめて情事に進んだことだろう。

「やっぱり俺にとってカナデが一番だ。最高だよ」

「は……はぅ」

「だから機嫌直してくれ」

「もう……仕方ないですねぇ」

にへらっとカナデは笑う。

機嫌が直って本当に良かった。

頬を赤らめて嬉しそうに振る舞うカナデを置いて振り返ると……他の女性陣の表情が呆れたり、照れていたりと三者三様だったが……。

「むぅ、シエラが黒狐の当て馬にされてる感じがする……」

「そうね。次の手を考えてみようかしら」

シエラとスティーナがろくでもない事を考える気がする。

前者はともかく後者は絶対修羅場を楽しんでるだろ。

全員揃ったので他の客もいない最高級のビーチで休暇を楽しむことにする。

ビーチボールや遠泳、最近導入された導力ボートを使ったマリンスポーツも十二分に楽しむことになる。

海を走る導力ボートか。これもポーションで何とか応用できないだろうか。

今度是非とも作製してみよう。

お昼はこのビーチの名物であるシーフードランチを大海原を眺めながら楽しんで。お昼から自由に過ごすことになった。

俺は一人釣りをして楽しんでいたが、一人でいるのは寂しくなってきたので全員の様子を窺うためにビーチを歩くことにする。

さっそく見知った顔を見かけたため声をかけにそこへ向かうことにした。

この素晴らしいビーチに海の家なんてあるわけもなく、立派なシーサイドレストランが建てられていた。

お昼はそこで摂ったんだけど値段見てびっくりしたね。ここで毎日メシ食ったら破産してしまうような金額だった。

今回は王国王家が援助してくれており、旅行代金に含まれているため懐は痛まない。

まぁ飲み物とか追加の食べ物とかはさすがに払わないとだけど。

「しかし絵になるな」

レストランの海沿いの席でシュトレーセ様とミルヴァが仲良さそうに話していた。

絶世の美女の日常として写真を撮れば何万枚と売れそうな光景である。

「あ、ヴィーノさん！」

ミルヴァが俺に気付いてぶんぶんと手を振った。

「お二人は休憩ですか？」

「はい。ミルヴァとこうしてゆっくり話す機会はなかなかないですから」

いくら親族とはいえ、王家と一般人。

きっかけでもなければこうやって話をすることもできないのだろう。

「二人の出会いはどんな感じだったんですか？」

「私、実は昔王宮に住んでいたんですよ！」

ミルヴァがえっへんと自慢気に言う。

確かミルヴァは工芸が盛んな街【エグバード】出身だったと思ったが。

「家庭の事情で頼れる所が王宮の侍女（じじょ）しかいなくて……ちょうどわたくしと年が近いこともあり一時の滞在を許されたのです」

「毎日お話しして遊びましたよね！」

なるほど、そのような出会いがあったんだな。

その後も手紙のやりとりなどで交流はずっと続いており、ミルヴァが王都に仕事で来たこともあり……さらにって感じか。

「ミルヴァの裏表のない性格のおかげで本当に楽しいです。どうしても王宮は政治色が……ね」

まぁいろいろあるのだろうな。このあたりはS級冒険者として情報は嫌でも入ってくる。

「そのとおりです！　姫様の大親友としてヴィーノさんももうちょっと私を敬うといいですよ！」

「そーいうのは報奨金の桁間違えて渡すクセを直してから言ってほしいもんだ」

「そんなことがあったのですか？」

「そうなんですよ。他にも」

「わあああああ！　姫様に変なこと吹き込まないでください！」

だったら初歩的なミスは無くしてほしいもんだ。

「でもシュトレーセ様には本当に助かってます。カナデの件で便宜(べんぎ)を図ってくれてありがたいです。何か困ったことがあったらいつでも俺に言ってください」

「ふふ、ありがとうございます」

「良かったですね！　姫様、ヴィーノさんがお気にいりだから！」

「ちょ、もうミルヴァ!?」

え、まじ？　シュトレーセ様の頬が赤く染まっていく。

実に可愛らしい。

「姫様はヴィーノさんみたいな筋肉質で頼りになる男性が好きなんですよ～！」

「ミルヴァ！　あなただって同じでしょ！」

まさかこれはモテ期!?　いやぁカナデという妻がいるというのに。でも悪い気はしない。

「ですね。以前の砲弾龍戦の時は頼りになったからちょっといいなぁって思ったんですけどぉ」

ミルヴァがにこにこ顔で続ける。

「カナディアさんへの不誠実な対応とかぁ。妻がいるのにスティーナさんやシエラちゃんへの過剰なスキンシップとか見てるとぉ、ほんとクズだなって思ってぇ。好意も消え去りますよね」

「おまえ、そろそろ殴るぞ」

どうやらミルヴァの好感度は意外に低かった。悲しい。

桃髪の女の子達との触れ合いはこのへんにして……次の場所へと向かうことにした。

次の場所は修羅場となっていた。

いや、行くか迷ったんだけど、修羅場に慣れてなさそうなミュージの手助けをしてやろう。

そう、メロディとポーちゃんが言い争っていたのだ。

「ミュージは私の幼馴染でずっと一緒だったの！　あなたにそんなこと言われる筋合いはない！」

「ふんですの！　マスターはポーを大事にしてくれるですの！　幼馴染なんてざまぁされるべきですの」

「ふ、二人とも……落ちついて」

「ミュージは黙ってて！」

「マスターは黙ってるですの！」

「ハイ」

「おぅミュージ大丈夫か」

「ヴィーノ、どうしたらいいの？　僕には分からないよ」

「簡単だ。どっちもしっかり愛してやればいいんだよ」

「ヴィーノみたいなクズムーブはちょっと……」

「んじゃ永遠に修羅場ってな」

俺が行こうとするとミュージは申し訳なさそうに腕を引っ張る。しゃーない。

「メロディ、ポーちゃん」

「冒険者のおにーさん」

「おにいしゃん！」

「思うことは分かるがケンカはよくない。ケンカさせるために君達を呼んだわけじゃないのは分かるよな？」

諭すように声をかけるとメロディもポーちゃんも静まってしまう。

そう、今回はあくまでレクリエーション。みんなの気持を休めるための旅行なのだ。

「メロディ、王国でのミュージのことを知りたいって言ってたよな？」

「は、はい」

「ポーちゃんはマスターの昔を知りたいと言っていたよな」

「はいですの！」

「だったら二人は仲良くなれるはずだ。同じ人を大事に想っているのだから」

ポーちゃんとメロディは向かい合う。

二人が言い争う必要なんてどこにもない。

「私が悪かったわ。あの……ポーちゃん。もし良かったら私にミュージの王国での暮らしを教えてくれる？」

「分かりましたですの！　メロディしゃんにマスターのことをいっぱいお話するですの！」

言い争いなんてできる限り避けた方がいい。

メロディもポーちゃんも良い子なんだから。

「ふぅ……二人が落ち着いて良かった」

だが……女の扱い方ってのをもうちょっとミュージは学んでいく必要がある。

「ポーちゃん、ポーちゃんのカラダを作製したのはミュージなんだから。しっかりとその良さを教えてやってくれ」

「え」

「分かりましたですの！」

ポーちゃんが動くたびにぷるんと大きく育てた胸部が揺れる。

そう、確かにポーちゃんの女体案は俺の経験から作られているが実際に作製したのはミュージなんだ。

「へぇ……ミュージってそんなに大きな胸が好きだったんだね」

「ちちちちがっ！　ヴィーノ、なんてこと言うの⁉」

悪いがこれは仕返しだ。

ポーちゃん作製時に女性陣三人に詰め寄られたあの怨みは忘れられぬ。

女同士の争いは見たくはないが、男が詰め寄られるってのは経験として覚えておいた方がいいんだぞミュージ。

俺は妻に詰め寄られながらこの一年生きてきた。

「ミュージ、少しお話しよっか」

「ま、待ってメロディそんな怖い顔……うわぁ！」

もう問題ないだろうし、放っておくとしよう。次に向かった先は海に近い、砂浜だ。

アメリとスティーナが座り込んで話していた。

「二人は何を話してるんだ？」

アメリとスティーナが見上げる。

こっちは穏やかな雰囲気だ。

「おぅ。あたしもスティーナも出身は王都の貧民街だからな。昔話ってやつだな」

「ふふ、アメリは貧民街でも有名人だったからね」

年の差的にはアメリが冒険者になった時にスティーナは六、七歳だったわけだ。

S級冒険者になった頃、貧民街で大層話題になっただろうな。

「そんでよ、ヴィーノ。今度スティーナを貸してくれ」

「え、それどういう」

「久しぶりにあたしも外国出張に行きたくなったんだ」

アメリは外国出張に行かない冒険者で有名だった。

理由はいくつかあるけど、一番は……。

「子供と間違えられるから」

十二歳くらいの顔立ちと体格だもんな……分からんでもない。

この王国では無敵の存在だが外国だったらまた一から説明しなくてはならない。それも面倒だと言う。

「それであたしが外国を見てまわりたいって言ったらさ」

「見たくなったんだよ。ま、ここ三年くらい行ってなかったしたまにはってな」

心境の変化ってのがあったのかもしれないな。

そういうことであれば断る理由もない。そもそも断ることもできない。

スティーナも破滅級の戦いの功績でB級冒険者に昇格予定だし、これで小細工なしで外国出張にも行けるようになる。

「外国出張ほんと楽しみ！　温泉郷も最高だったし……いろんなとこ行きたいなぁ」

「スティーナはさ」

「ん？　なによ」

「いや、何でも無い」

この喜び様、俺やカナデにはない感覚だと思う。俺は王国から出ていく気はない。カナデも恐らくそう。

だけどスティーナは違う。天涯孤独の身だし、外国でのクエストを希望するスティーナはいつしか王国を出て行くのではないかと思う。

「よーし、休暇終わったら出張の準備をしなきゃ。ヴィーノも手伝ってよね！」

「ああ」

まだしばらくは俺の下にいてくれるだろうけど……いなくなってしまったら寂しいな。

スティーナやアメリと別れ、ちょっとしんみりとした気持ちでビーチを歩いていた。

俺達六人揃えば誰にも負けない。ペルエストさんに言ったけど、スティーナは外国へ、ミュージもいずれは帝国へと戻ってしまう。

そして。

「ヴィーノ！」

その声はシエラだった。

ビーチチェアの上でアイスを頬張って、余暇を満喫している。

側のテーブルには食器が山積みとなっていた。どれだけ食事を頼んでるんだ……結構高いんだぞ！

シエラの座っている、チェアの隣に腰かける。

「んごっ！」

と思ったらシエラが俺の上に乗ってきた。

破滅級の後から今まで以上になつき始めたんだよなぁ。

悪くはないけど……。

しかし……シエラの白髪、本当に光輝いていて素晴らしい。

カナデの黒髪に劣らない髪質。是非とも顔を埋めたい。

「ご機嫌だな、シエラ」

「ん！　ヴィーノの側でご飯食べると美味しく感じる」

「ふーむ、安心できてるってことなのか」

のんきに俺を椅子代わりにしやがって……。

まぁ……悪くはないんだけどちょっといたずらしてやりたくもなる。

シエラの両脇腹をつんつんとつついてやる。

「にゃひ⁉」

可愛らしく反応するんだよな……。

カナデと同じくらい敏感でくすぐったがり屋のシエラはこうやって構ってあげるとすごく楽しい。

「だめぇ……やめるぅ」

「やめないぞぉ」

「ふひひ……」

苦手なポイントは熟知している。右脇腹を揉めば左へ、左にすれば右へと分かりやすく逃げるのが面白い。

「むぅ」

ちょっと控えてやり……、終わったと思ったシエラがテーブルの上の食べ物に手を出した所で一気に腋の下に手を入れ、ゴリゴリとくすぐってやる。

「にゃあああ！」

「ここが弱いのかぁ？」

「やぁ！　やぁ！」

「ほれほれ！　そういや、ダメージとかはセラフィムに受け渡すことができるんだろ？　くすぐったいのは無理なのか？」

「む、無理ぃ！　これだけは……だめなの！　がまんできないの！」

白魔術の力でシエラのダメージはセラフィムに肩代わりさせることができる。

そのためシエラは想像以上に前衛として耐久力が高い。

セラフィムの体力が尽きても、シエラの魂で再び復元することができる。

俺とミュージとポーちゃんの関係のように、シエラに食べものを与え続ければ回復なしで戦い続けることが可能なのだ。

「ヴィ……ヴィーノゆ、ゆるしてぇ」

「お、わりぃやり過ぎたか」

「あへぇ……」

普段はあまりころころと表情を変えないんだが、くすぐるとすっごく反応してくるからやりがいがあるんだよな。

この前晩メシ食い尽くした罪でアメリと二人がかりでくすぐった時は楽しかった。

ちなみに胸とかお尻とかには触れてないからな！　あくまでスキンシップ……。

しかしこれだけ暴れるんだからシエラのカラダが俺の肌に密着するのは……とても気持ちが高揚する。

「随分と楽しそうにイチャついてますねぇ」

「ああ、めちゃくちゃ楽しい。ってぐげっ！」

ダークな笑みを浮かべているカナデの姿が目に映る。

「ヴィ、ヴィーノ……て、手を止めて、やぁん！」

「あ、ごめん」

時は止まってしまったが俺の手は動いていたらしい。

シエラはピクピクと体を震わせて……落ちた。

その隙にカナデが行ってしまったので慌てて追いかける。

「ふぅ……」

「カナデ、ま、待ってくれ！」

「もういいです」

「いや、その……」

「前に言ったこと覚えてます？」

「え……」

「白狸に優しくしたら」

そういうことか。俺はカナデの両腕を持って抱え込む。

「カナデに三倍優しくする……だったな」

「そういうことです」

カナデをそのまま持ち上げて、別のビーチチェアに下ろすことにした。

さて……優しくってどうしたものか。

「じゃあ……朝塗った日焼け止めですが、もう一回塗ってくれますか？」

「分かった体の隅々まで塗りたくってやる」

「あの、三倍の優しさはそういうことではないんですけど！」

日陰にブルーシートを用意してカナデを仰向け（あおむ）にさせる。

そのまま美しく、柔らかい肌に日焼け止めクリームを垂らした。

「ずっと分かってたことですけど」

「ん？」

「ヴィーノって誰にでも優しいですよね」

「ま、まぁ……そうかもしれん。決してカナデを蔑ろ（ないがし）にしてるわけじゃ」

「違いますよ。今回は褒めてるんです。誰にでも優しい……。みんなのことが好きなんですね」

……そうだな。そうやって言われて初めて認識する。

「俺はスティーナもシエラもミュージもポーちゃんも……この場にいるみんなが好きだ」

「ええ……」

「でも一番好きなのはカナデだな」

「うふっ……それを忘れなければ許してあげます」

ああ、やっぱり俺の奥さんが一番かわいいと思う。

誰よりも優しくて嫉妬深くて……でもかわいいんだ。

「ただあんまり私の前でイチャつかないこと。嫉妬で大太刀でぶった切っても文句は言わないでくださいね」

そして一番怖いのもそうかな……。

「きゃあああああ！」

突然の悲鳴にそっちに視線を向ける。あの声はミルヴァか！

「きゃっ！」

シュトレーセ様の声まで！

慌てて前へ出たら……複数のラッコがみんなを取り囲んでいた。

ミルヴァもシュトレーセ様も体を丸めている。

「な、なんなのこいつ！」

「やだぁ！」

「何ですの！」

スティーナやメロディ、ポーちゃんまでもラッコの攻撃を受けてしまった。

ラッコはスティーナの反撃を軽々しく、かわす。

「ほへ？」

「何するんです！」

しまった！　近くにいたカナデやシエラまで攻撃を受けてしまった。

しかし、妙だ。攻撃を受けたわりには痛みとかはなさそうだし……なんでみんな体を丸めてるんだ？

「そういうことか！　分かっちまったぞ、こいつらの正体」

「アメリ知っているのか⁉」

「ああ、エスタ公国にごくわずかに生息する切り裂きシーラッコだ！」

「そんな奴が存在するのか！　魔獣が出るなんて聞いてないぞ！」

「出現率は低いからな……。こいつは！」

アメリがラッコに指をさす。

「女の水着だけを切り裂く魔獣なんだぜ」

あ、アメリの水着も切られた。

なんてえっちな魔獣なんだ。みんな水着を切られて一生懸命体を隠そうと……素晴らしい。

ガキどもはいいとしてやっぱシュトレーセ様って体綺麗だし、スティーナも中々色っぽい。

「ヴィーノ、眺めてないで何とかしてください！」

「はい！」

恥ずかしそうに体を隠す奥さんに怒られてしまった！

「この魔獣のやべぇ所は……」

アメリが続ける。

「合体するらしいぜ！」

アメリの指摘通り、数匹のラッコが体をくっつけ合い……融合していく。

何とまぁ……無茶苦茶な体質を持ってんだ。

ラッコが集まったことで熊ほどのサイズになってしまった。

「ガアアアアアアア！」

でもあんまり強くはなさそうだ。

強ければとっくに対策されてるわな……。

しかしこの場に姫様がいる以上放置するわけにはいかない。

「ったく……せっかく休みだってのによ！」

仲間達は皆、武器を置いてきてしまっているし、水着を切られて一歩も動けない。

後ろで刺激が強すぎて鼻血を出して倒れたミュージは置いておくとして……ここは俺が何とかするしかないだろう。

ただ、ポーションホルダーは更衣室に置いてきてしまった。

ならこれしかない！

「ポーちゃん、ポーション・クリエート・システム！」

「クリエートするですの！」

魔力からポーションを生み出すことができるこの機能。

ポーちゃんさえいれば俺はポーション使いとして戦える。

生み出された一本のポーションを手に取った。

『いけー！　ヴィーノ！』

「ああ、負けねぇよ！」

みんなが俺を応援する。

向かって来る合体したシーラッコに向けて、ポーションを全力でぶん投げた。

真っ直ぐ飛んでいったポーションは魔獣の体を貫き、天よりも高く、空へと向かって行く。

「ポーションこそが最強の【武器】なんだからよ！」

俺はこの手にポーションがある限り、最強のポーション使いとして戦うことができるのだ。

共に戦ってくれるみんながいる限り、誰にも負けやしねーよ。

楽しいレクリエーションはこの後も続くことになった。

いつまでもみんなと一緒に。みんなと共にいたいって心から思う。

あとがき

二巻をお手に取って頂きありがとうございます。鉄人（てつびと）じゅすと申します。

ポーションぶん投げ物語、第二巻を刊行することができました。

ポーションを豪速球でぶん投げるのが売りのシリーズでついにポーションが縦横無尽（じゅうおうむじん）に空を駆けめぐることとなりました。

もはや作者も時々、この主人公は何をしているんだろうなと思う時がたたあります。

せっかくなので各章での思い出を語らせて頂きたいなと思います。

三章、ポーション使い、黒の民の里ではどうしてもやりたかった野球勝負を展開させて頂きました。

もう少し長く続けて変化球なんかも入れたかったのですが文字数の制限もあり泣く泣くカット。

しかし最後のヴィーノとカナディアの対決はしっかりと想いを吐くように書かせて頂きました。

四章、ポーション使いと白の巫女では新ヒロインのシエラが登場しています。この作品のカナディアに対のヒロイン。イラストでも優遇させて頂きました。

みんなに好かれるヒロインになればいいなと思います。

五章、ポーション使いと失意の少年では完全な新キャラとして男性キャラを用意しました。ファンタジー系だと女の子重視になることが多いのですが、あえて作者は年下男の子キャラを設けることで一番年長者のヴィーノとは違った視点でヒロインの良さを深掘りできると思っています。彼の活躍を描きたいですね。

ちなみに舞台を温泉郷にしたのは書籍化が決まってからです。ヒロイン達のお風呂シーン書きたい、挿絵が見たいとかそんな邪な考えがあったような、なかったような気もしますが……仕方ないですね！

六章、ポーションを使いと最強の仲間達では大規模戦闘を書かせて頂きました。楽しい全員戦闘。誰一人としてかけることない完全な姿で超巨大な魔獣を倒すってことをさせてもらいました。

みんなで協力ってのは素晴らしいですね！　人はひとりでは限界がある。仲間がいればどんなことでも対処できる。そう思っております。それができるファンタジー世界は最高ですね！

本作が二巻まで刊行できたということでイラストレーターの煮たか先生には本当に感謝しております。カナディアとヴィーノとスティーナのラフイラストから始まり、ああ、最高だなと思わせて頂きました。口絵、挿絵と申し分なく、キャラの良さを最大限に生かして頂き感謝しかありません。

そして本書の出版にずっと携わって頂いた書籍化作家で脚本家で役者でスーパー編集の芦澤様、駆け出し作家の私を見いだして頂き、本当にありがとうございます。

ＴＯブックス様、拙作の発行に尽力頂き本当にありがとうございます。

最後になりましたが皆様にお願いがございます。

ポーションの戦い最終章である三巻をお届けするには皆様のお力が必要です。

読み終わった感想をＳＮＳにアップしたり、レビューを送ったり、出版社にレターを送ったりということを形で頂きたいと願います。

三巻でお会いできる日を心から祈って、今後とも末長く宜しくお願い致します。

広がる
第二部
本のためなら
巫女になる! V
漫画:鈴華
新刊、続々発売中!
第三部
領地に本を
広げよう! IV
漫画:波野涼
本好きの下剋上
公式コミックアンソロジー ⑦巻
本好きの下剋上　コミカライズ
第四部 貴族院の図書館を救いたい! ②巻

シオン・ソール・サンクランドが
若くして、死ぬ。
…って、
そうはさせませんわ！

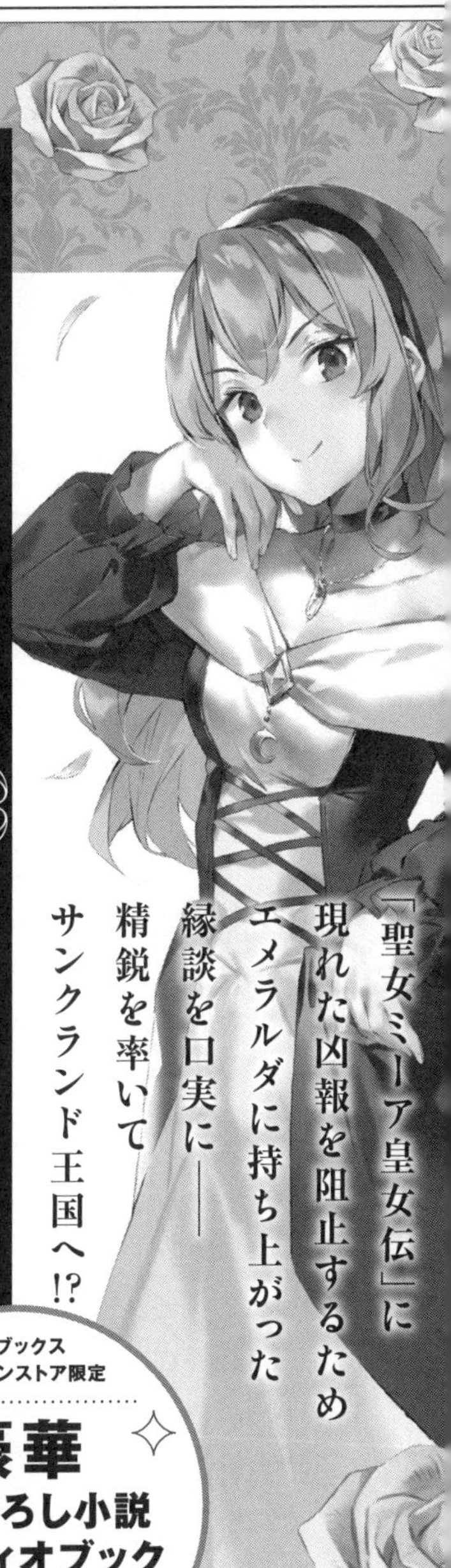

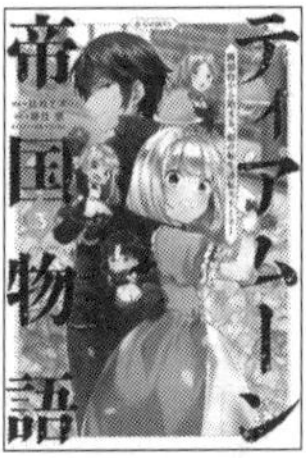

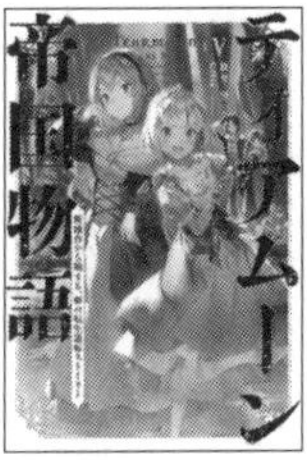

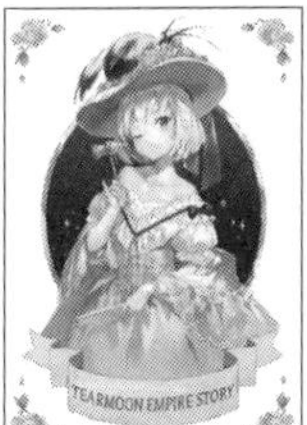

「雑草は駆除します」
当主の座を巡り最終局面へ！
大人気・幼い兄弟の
領地経営ファンタジー第6巻！
舞台DVD
2021年9月24日発売！
▼予約受付中▼
第1回
人気キャラクター
投票開催中！
投票締切：2021年10月25日まで！
第6巻の巻末にて結果発表！
▼投票はコチラから▼
冬発売!!!!!!!!

ついに父との対決へ――

兄弟（ふたり）なら無敵！

にぃに、おかえり！

白豚貴族ですが前世の記憶が生えたのでひよこな弟育てます

やしろ

illust. keepout

VI

2021年

ポーションは１６０㎞／ｈで投げるモノ！２
～アイテム係の俺が万能回復薬を投擲することで最強の冒険者に成り上がる⁉～

2021年8月1日　第1刷発行

著　者　鉄人じゅす

編集協力　株式会社MARCOT

発行者　本田武市

発行所　TOブックス
〒150-0002
東京都渋谷区渋谷三丁目1番1号　PMO渋谷Ⅱ　11階
TEL 0120-933-772（営業フリーダイヤル）
FAX 050-3156-0508

印刷・製本　中央精版印刷株式会社

ISBN978-4-86699-278-5